梶よう子

商い同心

千客万来事件帖 新装版

実業之日本社

実業之日本社文庫

商い同心　千客万来事件帖［新装版］

目次

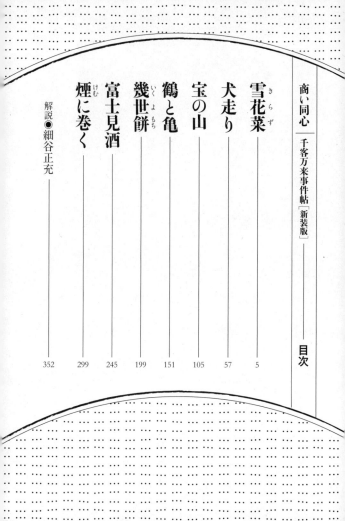

扉絵／おおさわゆう

雪花菜《きらず》

一

両国橋《りょうごく》の西詰。大川を背にした担ぎ屋台に下げられた三つの赤い提灯《ちょうちん》がぼうっとあたりを照らしている。

北町奉行所同心、澤本神人《さわもとじんにん》はその赤い光に導かれるように、酔いの回った足で屋台へ近づいていった。

今夜は横山町《よこやまちょう》の名主である丸屋勘兵衛《まるやかんべえ》に柳橋《やなぎばし》の料理屋に招かれての帰り道だった。江戸の町は二十一番組と、番外に吉原《よしわら》、品川《しながわ》を含めた二十三に区分けされているが、横山町に住む勘兵衛は日本橋《にほんばし》、両国界隈《かいわい》を含めた二番組の名主のひとりだった。

勘兵衛の笑い声と三味線《しゃみせん》やら太鼓の鳴り物の音がいまだ神人の耳の奥底にへばりついている。

いつもは眉間に皺《しわ》を寄せ、くすぐられても表情ひとつ崩さない仏頂面の勘兵衛がことさら上機嫌だったのはこれで二度目だ。最初は老中、水野越前守忠邦《みずのえちぜんのかみただくに》が蟄居《ちっきょ》を命じられたとき、そしてこたびは元南町奉行、鳥居《とりい》甲斐守耀蔵《かいのかみようぞう》が丸亀《まるがめ》藩京極《きょうごく》家に預かりとなったからだ。

鳥居は水野忠邦の綱紀粛正、奢侈《しゃし》禁止を謳《うた》いに謳った改革の下に容赦ない取り締まりを行ない、官位の甲斐と耀蔵の耀を合わせ、妖怪（耀甲斐）と恐れられた。

出版物の統制、役者の追放、芝居町の移転、寄席《よせ》小屋の縮小、絹物禁止、衣装の模様の制限などなど、あらゆるものに眼を光らせ摘発し、女髪結いの禁止にいたっては、客も手鎖《てじょう》の上、髪結いとともに丸坊主にされた。岡っ引きや小者《こもの》はむろんのこと、庶民をも使い密告させた。

名主の勘兵衛も鳥居から密告を強要され、ときにはでっちあげても構わないとまでいわれたという。

そんなしみったれた改革風が町中に吹き荒れて、江戸でも有数の盛り場である両国広小路《ひろこうじ》は火が消えたようなありさまだったと勘兵衛は洟《はな》をすすった。

「そりゃあね、神人さんはお役人だから、滅多なことはいえませんがね、あたしはガキの時分から、両国で遊んでおりましたからね」

横山町は両国広小路から、西へ延びる通り沿いに一丁目から三丁目まである。勘兵衛は一丁目に住んでいた。

「そりゃあ寂しくてたまりませんでした。だいたい去年の夏に芝居小屋で死人が出たじゃないですか」

両国広小路に設けられた小屋掛けが崩れ、多数の死傷者を出した事故だ。

「あれだって鳥居の手の者がやったって噂《うわさ》があるほどですから」

幸い神人は北町で、庶民の娯楽や暮らしを圧迫してまで統制を加えることはないと、改革に難色を示していた遠山左衛門尉景元《とおやまさえもんのじょうかげもと》の下であったので、無理やり庶民をしょっ引いたり、詮議をするということは少なかった。

それでも改革のために店が立ち行かなくなりもし、暮らしのために芸事の師匠をしていた女たちが牢に入れられるのは得心がいかなかった。

しかし締めつけが厳しいほど、その隙間を縫うのが世の常だ。派手な表地が禁止なら裏地に凝《こ》る。木綿を着ろというなら舶来の唐桟《とうざん》物。広間での宴席がだめなら、狭い座敷で男女がしっぽり……という具合に、庶民は結構、したたかだったと、神人は苦笑する。

「でもこれで大道芸人たちも茶店女たちも戻ってきます。床店もあっという間に並びました。寄席《よせ》小屋だって倍ですよ」

勘兵衛はこれまで溜《た》まっていた鬱憤を吐き出すようにしゃべり倒すと満足げに帰って行った。

そろそろ町木戸が閉まる刻限だ。職人らしき男がふたり、急ぎ足で両国橋を渡って行く。

　神人は軽く襟元《えりもと》を合わせた。神無月《かんなづき》に入ったばかりではあるが、夜はずいぶん冷える。いや冷えるのは酒の気が抜けてきたせいかなどと思いつつ、ふと眼に入った提灯の文字を追う。

　稲《いな》、荷《り》、鮓《ずし》……と、神人は呟《つぶや》く。

　屋台の前に立ち、列を整えて並ぶ稲荷鮓を神人は土産《みやげ》にしようと思い立ち、

「おい、十ばかり包んでくれねえか」

しゃがみ込んでいる稲荷鮓屋へ声をかけた。

「へい」

　くぐもった声がして男が立ち上がった瞬間、

「おおっ。驚かすんじゃねえよ」

　神人は思わず身構えた。

　頬かむりをした稲荷鮓屋は、ご丁寧に狐《きつね》の面を付けている。

「あいすみません。これも商売道具なもんで。お見廻《みまわ》りご苦労さまでございます」

　黒の巻き羽織に着流し姿の神人を見て、稲荷鮓屋は頭を下げた。

「ははあ、おまえさんかい。両国橋の袂《たもと》で夜っぴて狐が商いしていると評判になっていたが」

「こりゃあ、どうも」

「ここふた月ほどだったな」

「はい。このあたりじゃまだ新参者でして」

「ふうん。生国《しょうごく》はどこだい」

「……上方、になります」

「にしちゃ訛《なま》りがねえ」

「ふた親が江戸の生まれでしたもんで」

「なるほど。しかし、いくら商売道具とはいえ、夜の夜中に面を被《かぶ》ってるなんざ、おれみたいな御番所勤めに難癖つけられるぜ。といっても見廻りじゃねえ。宴席の帰りだから気にするな」

いいながら神人は酔った眼で狐面の稲荷鮓屋に視線を巡らせた。指先、手の甲、皮膚の艶《つや》やたるみ具合を見る。声の感じを加えると、四十ほどであろうと思われた。

「はあ、じつは顔の右に火傷《やけど》のあとがありまして。それを隠すために思いついたんでございますよ」

「ん、んー、火事か？」

「ええまあ、そんなところです。食べ物商売でこの顔をさらしてたんじゃ、お客が寄り付かなくなっちまいますから」

稲荷鮓屋がわずかに狐面を上げた。

神人は面の下を覗き込むようにした。提灯の光に照らされた火傷の痕《あと》が赤く浮かび上がる。右の頬から顎にかけ、皮膚が引きつれていた。さほど古い痕ではなさそうだ。

稲荷鮓屋は再び面を戻した。

「とんだお眼汚しで」

「それでも命があっただけいいじゃねえか。そういや、おれもてめえの面相に嫌気がさしたことがある」

「お役人さまはけっこうな二枚目だ。なるほど女子《おなご》に追いかけられてお困りですか」

「馬鹿いうねぇ。おれは三十路《みそじ》の男やもめだ。そうじゃねえよ。この顔のおかげで二年前にお役替えになったんだ」

「それは、お珍しい」

包んだ鮓を差し出しながら稲荷鮓屋が軽く含み笑いを洩《も》らした。

「世の中そうしたことだってあるんだ。おまえさんだって火傷を負わなきゃ狐面を被るなんて思いもつかなかったろうしな」

「恐れ入ります」

神人は懐を探る。

「お代は結構ですよ。お役人さまからはいただけません」

「そいつはなしだ。おれはただで欲しくて声をかけたんじゃねえ。うちの者に食わせてやりてえと思ったんだ」

「それはご無礼を。十で二十七文になります」

「二十七？」

酔った頭でも、さすがになにかの間違いだろうと、神人は訊き返した。

「たしかに二十七文でございますよ」

「ひとつが三文でも相場の半分以下だってのに、それより安いじゃねえか」

一瞬、狐の面が笑ったように見えた。だが、面が笑うなどあり得ない。かなり酔っているなと、神人は眼をごしごしこすった。

「十買うと、ひとつおまけで、九つ分のお代をいただいております。おかげさまで武家屋敷の中間《ちゅうげん》の方々がお得意さまで四ツ（午後十時）過ぎからが稼ぎどきなんでさ。二十、三十とお夜食にされるので助かります」

「ふうん、博打《ばくち》の合間の腹ごしらえか」

両国橋から西南の方角は武家地だ。下屋敷などで抱え中間らが手慰みとして博打に興じることはままあることだった。

はてそれはと、稲荷鮓屋が空とぼけた。

「ま、ひとつの値を上げるより数をこなして儲《もう》けをと思っているものですから」

「ああ、なるほど商売上手だな」

「稲荷は商売の神様でございますからね」

「違《ちげ》えねえ。狐の面もあやかりかい」

「ええ、まあそんなところで」

伊勢屋稲荷に犬の糞。江戸に多いものを表す言葉だ。これに火事と喧嘩《けんか》も入るかもしれないが、どういうわけか、江戸には稲荷社が大小さまざま各所に点在している。商家はむろん大名、旗本屋敷、長屋の片隅にも鎮座している。一町にひとつどころではなく、小さな祠《ほこら》が二社、三社とある。千は下らぬといわれるが、多すぎて誰も数えた者はない。

そもそも稲荷は、農耕の神として信仰され、五穀豊穣の願いがいつの間にか商売繁盛に結びついた。

浅草寺《せんそうじ》北、浅草橋場《はしば》町に近い大川沿いにあり風光明媚な征木《まさき》稲荷社、向島の隅田堤下の三囲《みめぐり》稲荷社などは人々に人気の社だ。

毎年二月最初の午《うま》の日は、稲荷社の祭礼だ。

初午として子どもたちが太鼓を打ち鳴らして、町内を練り歩く。

賑《にぎ》やかというよりは、やかましい。見廻り中にこの一団とすれ違うと、少々耳を塞ぎたくなるほどだ。この日ばかりは、大人も眼をつむり、やりたい放題の子どもたちを見守る日だ。

神人は稲荷鮓の包みを手にした。

「じゃたしかにもらって行くぜ」

「旦那、足下お気をつけて」

「うまかったらまた寄るぜ。あんた名は」

「へえ、弥助《やすけ》と申します」

「弥助か。おれは北町奉行所諸色調掛同心《しょしきしらべがかりどうしん》、澤本神人だ」

「諸色調掛同心さまでしたか」

狐面の下で驚き顔をしているのであろうと思われるような声を上げた。

諸色とはいわゆる品物全般を指すが、物価の意味も持つ。なので諸色調掛は、市中にあふれる品物の値を監察し、またお上の許しなく出版物がでていないかを調べる。あまりにも悪質な場合には奉行所にて訓諭するというお役目だ。

「ははは。おまえの稲荷鮓にはお咎《とが》めはねえよ。商いに励めよ」

「ありがとう存じます」

踵《きびす》を返し歩きかけた神人は、ふと立ち止まって首を回した。

すでに屋台の前には中間らしき男が立っていた。

神人は稲荷鮓の包みを大刀の柄《つか》に掛け、ふらりふらりと船つき場へ向かった。

二

猪牙舟《ちょきぶね》が右に左に傾《かし》いでいる。きりなく身体《からだ》を揺すられているうち、次第に胸のあたりがむかむかしてきた。

「いい加減にしないか、このへっぽこ船頭」

神人の怒鳴り声に振り向いた船頭は狐顔だ。

わっと叫んだところで眼が覚めた。

七つになる姪《めい》の多代《たよ》が驚き顔で覗き込んでいる。どうやら多代に身体を揺すぶられていたらしい。

「伯父《おじ》上。朝餉《あさげ》の支度ができておりますよ」

神人はあわてて身を起こしたが、

「あたたた」

すぐさま頭を抱えた。

神人は痛む頭を押さえて、はっとした。料理屋を出たあと、両国橋の袂で稲荷鮓を購い、舟に揺られて戻ったせいでこんな夢を見たのだろう。己の単純さにほとほと呆れ返った。

「もう御酒は召し上がらないといっておられたのに……」

神人の枕辺に膝を揃《そろ》えて座る多代が、白い頰をぷくっと膨《ふく》らませた。

「子どもの多代にはわからぬだろうが、お役目柄付き合いというものがある。こればかりは拒みたくてもどうにもならんのだ」

神人は一応厳《いかめ》しくいってはみたが、多代は疑わしげな眼を向けてくる。

多代の不審はもっともだ。神人はそれほど酒に強いほうではない。呑めば必ず二日酔いになるのがわかっていた。だが、誘われたり頼まれたりすると嫌とはいえず、つい調子に乗ってしまう。果たして今朝も二日酔いというありさまだ。

ずきずき頭は痛み、胸のつかえが取れない。さすがにこれではお役目にも差し障る、なにより己が辛いと思いきわめ、

「もう酒は呑まぬ」

多代の前で高らかに宣言したのはつい一昨日のことだったのだ。

「では、なるべくお早めに」

多代が寝間を出て行った。ずいぶん生意気な口を利くようになったと苦笑した。

少し前まで稚児髷《ちごまげ》であったのが懐かしく思い出される。

多代の母で、神人の妹の初津《はつ》は七年前に死んだ。多代を産み落とし、わが子の顔を一目見ただけで逝《い》ってしまったのだ。

初津は三年子ができぬからと離縁されたが、そのときすでに多代を身籠っていた。しかし出された以上はもう戻れないと嫁ぎ先へ報《しら》せることはなかった。妹の忘れ形見を神人は男手ひとつで育て上げた。いまわの際に初津から、

「この子をお頼み申します、兄上」

手を合わせて拝まれた。

すでに父母もなく、たったひとりの家族である妹の願いだ。その妹がわが子を遺《のこ》して死出の旅に発《た》つ。どんなに悔しく心残りであったろうかと神人はいまも思う。以降、多代を育てるのに懸命になった。縁談話もなかったわけではないが、妹の子とはいえ、嫁いできた早々赤子の世話を押し付けるようで気が引けた。正直こちらにそういうつもりがないにしても、そのようにとられても仕方がないだろう。それにまことは神人の子ではないかと疑われ、いちいち釈明するのも面倒だということもある。

親戚は、意地を張らずに婚家へ多代が生まれたことを報せ、引き取ってもらえといった。

しかし、初津の嫁ぎ先は無役の小普請《こぶしん》組とはいえ、れきとした幕臣だ。

御番所勤めの不浄役人の娘と、姑《しゅうとめ》は、はなから初津を疎んじ、あげく子ができないうまずめだと追い出したのだ。それでも連れ合いが守ってくれたならまだしも、母親に頭の上がらぬ馬鹿息子ときた。さらに風の便りに聞いたところでは、母親の勧めで、すでに次の婚儀が調《ととの》っているというから怒りも沸かぬ。

そのような家に多代をいまさら戻したところで、やっかい者扱いされるのは目に見えている。

だいたい、初津から託されたのは、おれだと、親戚一同睨《ね》めつけた。皆、勝手にしろと呆れたが、それでも産着《うぶぎ》やむつきを届けてくれたのは、ありがたかった。近所にもらい乳を頼んだり、夜泣きで一睡もできなかったこともあったが、飯炊きのおふくとともに、歩いただの、むつきがとれただの、言葉を発しただの、成長を喜んでいるうち、三十でいまだ独り身ではあるが、神人は気に留めていない。多代がこの先、嫁《か》してしまい、澤本がなくなろうと、それはそれでいいと思っていた。

物事はなるようにしかならない。

神人の思いは常にそこにある。

転がる石を無理に止めることもない。川の流れを変える必要はない。諦観でも達観でもなく、むしろ楽観的にそう思っているのだ。

お役替えのときもそうだった。

かつて神人は亡くなった父と同じく定町廻《じょうまちまわ》りを数年、その後は隠密《おんみつ》廻りを務めていた。

隠密廻りは、定町廻りと同じように市中の見廻りを行い、犯罪を取り締まるお役目だが、大きく異なるのは、職人や医者、商人などに変装し、文字通り隠密に行動する点だ。

だが、二年前、その日は突然やって来た。

北町奉行に就任した鍋島内匠頭直孝《なべしまたくみのかみなおたか》が、与力《よりき》、同心らを一堂に集め挨拶を述べた際、神人を見てふむと唸《うな》った。年番与力に何事かを問い、その返答に満足すると、鍋島は険のある眼をすがめて扇子を神人へ向け、

「お主、顔が濃い」

ひと言いった。

視線が一斉に神人へ注がれ、一同大いに得心した。あまりに感心して膝を打つ者が五人はいた。

たしかに神人は彫り深く、目許《めもと》涼しく、目鼻立ちも大振りで、人眼に立つ容貌をしている。はたから見ると、かなり様子のいい男なのである。

変装して探索にあたる隠密廻りは、どのような格好をしてもその場に違和感なく溶け込める、特徴のないうすい顔立ちのほうが便利なのだ。

つまり神人は隠密廻りとして適任ではないと鍋島に引導を渡されてしまった。

そういえば思い当たることが多々あった。神人もときには鋳掛《いか》け屋になって、穴あき鍋の修理をしたり、棒手振《ぼてふ》りの魚屋となり市中の探索にあたっていたが、知り合いがはっとした顔で通り過ぎるのである。要は変装しても見抜かれていたというわけだ。

己の顔などまじまじ見たことなどなかったが、さすがにこのときばかりは鏡を覗いて唸ってもみたし、顔立ちも恨んだ。

そのころはまだ天保《てんぽう》の改革が厳しかったこともあって、人手が足りなかった諸色調掛に異動させられたのだ。

それでも定町廻りや隠密廻りなどというお役目は、悪党を捕縛し、ときには刀を抜かねばならぬこともある。まだ五つだった多代のことを思えば、諸色調掛に移ったことを感謝せねばならないのかもしれず、これもまたなるようになったと得心したのだ。

もっとも元の同僚からは、

「おれはうすい顔ゆえ隠密は天職よ」

と皮肉られた。

痛む頭を押さえながら、神人はゆるゆる立ち上がり、居間へ向かう。多代がかしこまって待っていた。

膳を前に胸が焼ける気がしたが、飯をよそう多代にはいえない。

「ああ、そうだ。土産の稲荷鮓があったろう」

多代が碗を差し出し、にこりと笑った。

「とてもおいしゅうございました。おふくさんと一緒にいただきました」

ふくは五十を過ぎた澤本家の飯炊きだ。

「それはよかった。どれ、あとでおれも味見を……」

神人がいうや、多代の顔がさっと曇《くも》り、

「もうありません」

申し訳なさそうに俯《うつむ》いた。

「ないって、十も買ってきたんだ。みんな喰《く》っちまったのか？」

「さっき庄太《しょうた》さんが四つ、立て続けに」

「あいつ朝飯まで喰らいに来たのか。痛《い》てて」

神人は再び頭を抱えた。己の怒鳴り声が頭の中で破《わ》れ鐘のように響く。

すると庭側の障子が開き、柿を入れたざるを抱えた庄太が顔を出した。

「おはようございます、旦那。裏庭から柿をもいできましたよ。多代ちゃんから二日酔いだと聞いたんで。柿の実は残った酒の気を除いてくれますから」

「そいつはありがてえが、うちで朝飯とはどういう料簡《りょうけん》してやがる」

「いやだなぁ朝飯はちゃんと家で喰ってきましたよ。いただいたのは間食です」

庄太が縁側に腰をかけ、頬を揺らして笑った。満月のような丸顔にちまちまと並んだ目鼻がたぬきを思わせる。

神人はあからさまに眉をひそめた。

「朝と昼の間に喰うから間食です。ごちそうさまでした。けっこう甘めの味付けでしたが、みりんの甘さなんでしつこくない」

悪びれることなくいう。

「おめえの講釈を聞いているわけじゃねえ。なにが間食だ。だから二十そこそこのくせして腹がそんなに突き出ちまうんだぞ」

「そうですかねぇ」

庄太は自分の腹をぽんと叩《たた》いた。多代がその様子を見てくすくす笑う。

庄太は神人が使っている小者だ。とはいっても雇い主は名主の丸屋勘兵衛である。

町場の諸色調は、まず町奉行から町年寄に命じられ、次に各番組の名主へと下りてくる。

名主は、人別改《にんべつあらた》め、町触れの伝達や町内の細々した事務を行なっていたが、勘兵衛は諸色の調査も任されていた。

そのため庄太のような者を数人使い、市中を巡らせ、物の値段を探らせている。不当な値上げや、不正出版物が見つかったときには、諸色調掛同心や町年寄へ報告することになっていた。

神人は、金治《きんじ》という小者を以前つけていた。だが、隠密同心の役を解かれ、諸色調掛同心となったのを境に、定町廻りの和泉与四郎《いずみよしろう》に金治を預け、しばらくの間、小者を使わずにいた。

市中見廻りといっても、棒手振りや床店、商家を巡るだけであるし、ひとりは気楽でもあった。

それでも、

「多少の不便はございましょう」

と、知り合いの息子だという庄太を勘兵衛に引き合わされたのだ。

以降、市中の見廻りは常に庄太を連れて歩くようになった。雇い主は勘兵衛なので賃金はかからない。そのうえ見た目のぼんやりさとは裏腹に金勘定が得意なので大助かりしている。掌《てのひら》を指で弾き、あっという間に答えを導き出すのだ。

ただし、見廻り前やその途中、腹になにか入れないと文句を垂れるのが面倒だった。

「でも中身は飯じゃありませんでしたよ、ね、多代ちゃん」

「はい」

「なにが入ってたんだ」

「おからです。それがまた甘い出汁《だし》をしっとり含んでいい味でした。飯よりさっぱりと食べられる。しかも真ん中に甘酢につけた刻み生姜《しょうが》がちょっと入ってまして、これがまたぴりっと効いて、噛んでいるうち酸味と甘味が溶け合うんですよ。ああ、美味《おい》しかった」

神人は胸のつかえも忘れ、ごくりと喉を鳴らした。食べられなかったぶん、よけいに悔しさが込み上げてきた。

「ま、旦那は柿で我慢してくだせえ。それで、あの稲荷鮓はどこでお求めになったんで」

「両国橋の西詰に出ている例の狐面だ」

神人が拗《す》ねたような口調でいうと、多代の顔から血の気が引いて、

「伯父上、その店はまことの狐が商っていると、おふくさんから訊いたのですが」

怖々訊《たず》ねてきた。

「いや、狐の面を被っていただけだから安心しな。稲荷鮓だって葉っぱに変わってなかったろう。まったくおふくもいい加減なことをいいやがる。あーあ、たぬき面が狐を喰ったか、しゃれにもならねえ」

神人は味噌汁椀《みそしるわん》に飯を入れ、自棄《やけ》になってかき込んだ。

「でもどうしてお揚げ豆腐の鮓を稲荷鮓というのですか？」

それはですねと、庄太が鼻をうごめかした。

「天保の半ばに国中がひどい飢饉《ききん》に見舞われたんです。多代ちゃんが生まれる少し前のことですね。あんときは辛かった」

庄太の声に妙に実感がこもっていた。ちょうど十ばかりの食べ盛りのころだったのだろうと、神人は含み笑いを洩らした。

「で、次郎右衛門《じろうえもん》という者が、出汁で煮た油揚げの一方を裂き、袋状にして米飯の代わりにおからを詰めた鮓を石町十軒店《こくちょうじっけんだな》で売り出したのが初めだったんですよ」

珍しいのとひもじさと、なにより安価なのが話題になって飛ぶように売れ、我も我もと屋台の数も瞬く間に増えた。

多代は庄太の顔を真剣に見つめている。

「狐さまに油揚げをお供えするのは知っていますよね」

「はい。好物なのですよね」

「なので、狐といえば稲荷神のお使いだから稲荷鮓。あとは、信太《しのだ》の森の狐伝説と結びつけられて信太（篠田）鮓とも呼ばれているでしょ。ね、旦那」

「うむそうだ。わかったか、多代」

神人も庄太の説明に聞き入っていたが、あわてて頷《うなず》いた。

「かたじけのうございました、庄太さん」

多代が指をついて、頭を下げた。

「照れちゃいますから、やめてください」

その後、老中の水野越前守忠邦による厳しい改革のおりにも、高価な握り鮓の陰で安価な鮓として、すっかり江戸の町に定着した。

昼商いより、稲荷鮓屋は陽が落ちてからの商売だ。番屋や辻番、夜廻りの者、ちょいと小腹が空いたとき、夜食に一口で頬張れる手軽さも重宝がられていた。

「いまでは、干瓢《かんぴょう》やきのこなどを混ぜた飯を詰めるようになりましたから、おからは珍しいかもしれません。飯の稲荷鮓より安かったのではないですか、旦那」

「ひとつ三文だ」

「それはまた安い」

「しかも十買うと九つ分の値段になる。値を上げるより、多く売って儲けるといっていた」

「なるほど、薄利多売ですね」

庄太が頷き、眉を寄せ小難しい顔をして宙を仰ぐ。

「油揚げが五文、醤油《しょうゆ》が一石で九十四匁《もんめ》……砂糖、鰹節《かつおぶし》にみりん……」

ぶつぶつ呟きながら掌の上で指を動かす。庄太のいつもの癖が出る。容易《たやす》い勘定でも少々込みいったものでもそらではじき出す。

人にはそれぞれ得手というものがあるものだと、神人はいつも感心している。

庄太がため息を吐いた。

「相当な数を売らなきゃなりませんね。二百売っても六百文。油揚げ代五百文を引いて、さらに出汁の材料を引くと、儲けはせいぜい六十から七十文あればいいところで」

「それじゃ、夜通しやってもたいした商いにはならねえな」

神人は腕を組んだ。

「数が出れば、ひとつあたりに対して醤油やらの費《つい》えが下がるんですが。できれば五百は売りたいです」

そりゃあ難儀だと神人が唸る。

あっといきなり庄太が手を打った。

「そうだ、醤油で思い出しました。勘兵衛さんから伝言です。横山町の味噌醤油問屋川津屋《かわつや》の主《あるじ》からの報せで、隠居した親父さんが廻り（外回り）の小間物屋からべらぼうな値で物を売られたそうです」

「なんだ。それを先にいいやがれ」

声を荒らげた瞬間、頭痛に襲われ神人は顔をしかめた。

三

庄太を連れ、すぐさま横山町三丁目にある川津屋へと出向いた。表通りに面した間口六、七間ほどの店へ足を踏み入れると、味噌と醬油の香りが鼻をついた。庄太が腹の虫を鳴らしたのを神人は横目で睨《にら》む。

小売もしているようで奉公人たちは客の応対に追われ、神人たちに見向きもしない。

ようやく気づいた番頭に呼ばれ、あたふたと出て来た川津屋の主に母屋へと促された。店内に八丁堀がいては外聞が悪いらしい。なにやら癪《しゃく》に触ったので、あらましだけいってくれと、神人は一段高くなった帳場に上がり込み、どかりと腰を下ろした。

主は軽く息を洩らし、あたりをはばかるように声を落とす。

「身内のことなのでお恥ずかしいですが、親父は昔、芸者を囲っていた家を隠居所にしておりましてね。なにもしちゃいないのにこの頃、金遣いが荒くて困っていたのです」

苦々しい顔でいった。

「そうしたら、まだ十七ほどの女に入れあげていると教えてくださった方がいらしたんです。それで親父も認めたんですが」

もう七十ですよ。孫みたいな女です。こんなことが世間に知れたらみっともなくてしかたがないと、幾度も首を振った。

神人は口許を曲げて、色白の主へいい放った。

「諸色調に用はねえな。そんなことは親子で勝手に話し合ってくれ。それともなんだ、妾《めかけ》相場でも教えろというのかい？」

「あ、いえ、そうではありません」

神人の物言いに主は顔色を変え頭を下げた。

「じつはその女が小間物商いをしているんです。これを見てくださいまし」

主が帳場の引き出しから櫛《くし》を取り出した。

「いろんな物を買い上げてやっていたようですが、これが十両だというのです」

「これは……鼈甲《べっこう》、か」

櫛を手にした神人は唸った。正直、鼈甲がどれほどの価値があるものかまったく見当がつかない。庄太がちょいと失礼というや、櫛を陽にかざし、慎重に指で撫《な》ぜる。鼻づらに近づけ臭いをかぎ、両手で挟み温めた。

庄太が眼を見開く。

「旦那。真の鼈甲じゃなさそうです」

「なに」

「ここんところにわずかだが繋《つな》ぎ目があります。これは馬の爪にうすく鼈甲を張ったもんです。たとえ本鼈甲でも十両なんてのはべらぼうすぎる値段ですが、似たり(贋《にせ》)の物ならせいぜい一両がいいところです。しかも新品じゃありませんよ」

庄太がぽっちゃりした頬を引き締め真顔でいった。

主はやはりと呟き、

「だいたい男に櫛なぞ売りますか。騙《だま》したんですよ、年寄りだと思って」

憤りを隠さず、声を震わせた。

「それでも一両はするのか……。で、主。隠居はなんていってるんだ」

神人の言葉に、一瞬、川津屋が戸惑った顔をした。

「べつになにも。十両出しては悪いかと開き直ってます」

「そうか。じゃあ、その女はどこの者だ」

主が困ったふうに肩をすくませた。

「それが……廻りの小間物屋なので住まいも、いつ親父のところへ来ているのかもわかりません。親父もそれ以来、口をつぐんでいるものですからこちらも手を焼いているような次第で」

「ともかくその親父の隠居所を教えてくれ」

米沢町《よねざわちょう》のと、主が口を開きかけたとき、手代が青い顔をして飛んで来た。

「大旦那さまが」

「なんだい騒々しい。親父がどうした」

「お亡くなりになりました」

主は白い顔を青に変えて、絶句した。

時の鐘が九ツ（午後零時）を報せていた。


川津屋の隠居は薬研堀《やげんぼり》と通りを挟んだ向かい側、米沢町三丁目に住んでいた。両国橋は目と鼻の先だ。

神人が隠居の住まいに着いたとき、すでに牧《まき》という定町廻りが調べを終えたあとで、小者らしき男がひとり留守を守っていた。

初めて見る顔の小者へ神人が名乗るや、

「牧の旦那の了解は取っていなさるので？」

眼をすがめて訊ねてきた。神人が首を振ると、

「諸色調掛さまに用事はございませんや」

口許に嘲笑を浮かべた。自分は辰吉《たつきち》という名で定町廻りの牧さまの小者だと、わざわざ定町廻りを強めていった。

定町廻りの牧は今年、南町から北町に移って来た男だ。鳥居の下で強引な探索をし、幾人もの者を牢送りにしてきたという噂があった。どういう経緯で異動が行なわれたのかはわからないが、北町からいまは南町奉行となった遠山奉行に疎まれたのではないかといわれている。北町で老齢の者が数名退所したことで、うまく潜り込んだと囁《ささや》かれている。

隠居は、厠《かわや》から出たすぐの廊下で前頭部から血を流し、うつ伏せに倒れていた。寝巻き姿であったことと血の乾き具合から、夜から朝にかけて起きたことだとされ、近くに割れた手水鉢《ちょうずばち》があり、転んだ拍子に頭を打ち付け、運悪くそのまま逝ってしまったというのが検視の結果だった。

物盗りや殺しではなく不慮の災難となった。

最初に隠居を見つけたのは川津屋で女中奉公をしている年増女だった。中食《ちゅうじき》の用意をしに訪れ異変を知ったのだ。まだ家の中に留め置かれ、身体を震わせている。

辰吉という小者はおっつけ駆けつけた川津屋の主へそれだけ告げると、あとは弔いの準備するしかねえなと気の毒げにいった。川津屋は辰吉へ深々と頭を下げている。

庄太は、死人《しびと》を見たくないといって座敷から怖々廊下を覗いている。神人が亡骸《なきがら》へ被せられていたこもを剝《は》いだとき、

「勝手に触れねえでくだせえ」

辰吉の鋭い声が飛んだ。

こもを掛け直しながら、改革が終わったのだからもう諸色調掛は役立たずだの、いらぬ役だのと嫌味を並べ立てた。

「不慮の死だと断定したのは誰だ」

「見りゃあ素人《しろうと》だってわかる。夕餉の膳にあった大根の煮物も残さず喰って、寝巻きにも着替えてる。誰も押し入った形跡はねえ。さあもう骸《むくろ》を川津屋へ返してやるんですから」

神人は半ば追い立てられるように隠居の家を出された。腕を組み、薬研堀沿いを広小路へ向かって歩く。

「それにしてもあの小者、こもを捲り上げたくらいであの怒鳴り声はないでしょう」

温和な庄太が珍しく膨れっ面をしていた。

「まるで屑《くず》でも見るように旦那を睨んでましたよ」

「あのなぁ屑はひどすぎないか」

思いも寄らぬ庄太の剣幕に、神人は眼をしばたたいた。

「まあでも、おれたちの出る幕はねえ」

「だめですよ、旦那。若い女の小間物屋が出入りしていたのはたしかなんです。それに似たりを鼈甲だと偽るのはお定めに触れます」

「鼈甲の真贋《しんがん》を見抜くのは容易じゃない。その女とて、どこかで仕入れた物を似たり物と知らずに売ったと考えられないか？」

庄太が首を振った。

「それはないですよ。だって仕入れ値が違います。だいたい廻りの小間物屋が高価な鼈甲なんぞ扱いません。初めから騙す気だったんです」

「なるほど、やはりそうなるか……ふむ」

「なんだか気のない返事ですねぇ」

神人は薬研堀の水面に眼を向ける。

「あのな、べつに隠居はそれでよかったんじゃねえかと思うんだよ。怒っていたのは息子の川津屋ひとりだ。それは金が惜しかっただけのことだろうさ。たぶん隠居は櫛に十両出したんじゃねえと思うんだよな」

「隠居が若い女に惚《ほ》れたってことですか」

「それならそれでいいじゃねえか。七十と十七だって男と女だ。なるようにしかならねえ」

庄太が丸い眼を見開いて呆れ顔をする。

「またそれですか。旦那の十八番《おはこ》が出たら、それでおしまいだ」

「いや、そうでもねえ。似たりの櫛を作るのも売るのもべつに悪行じゃない。だが、正しい値で売らないと、悪行になっちまう。それは止めないとな」

神人は軽く空を見上げた。胸のつかえと頭痛が知らぬうちに抜けている。

「なんだか腹を立てたら、腹が空きました」

庄太が眉尻を情けないほど下げた。

薬研堀を過ぎるとすぐに視界が開け、両国広小路となる。右手は両国橋だ。橋を行き交う多くの人々が見える。広小路にもかつての賑わいがすっかり戻ってきた。娘たちは華やかな衣装をまとい、棒手振り《ぼてふ》は売り声を張り上げながら通り過ぎる。昼日中から宴席を開いているのか、どこぞの料理屋の二階からは音曲が洩れ聞こえてくる。

小屋掛け芝居や見世物小屋、矢場などがぎっしりと建ち並び、緋毛氈《ひもうせん》を敷き軽業を見せる芸人やら、手妻師の周りには大人も子どもも群がって歓声を上げている。

江戸の町に設けられている広小路は火事の延焼を防ぐための火除け地であるため、すぐに撤去できる床店での営業が許可されていたが、まんじゅう売り、田楽売り、膏薬《こうやく》売り、古着屋など数知れない。美しく飾った若い茶店女はよしずを巡らせた店へ懸命に客を呼び込んでいる。

神人は笛屋の前で足を止めた。子どもに囲まれた若い男が笛で鶯《うぐいす》の鳴き声を真似ていた。

「多代ちゃんにですか」

「まあな」

神人はひとつ購い、懐へ入れ、ちらりと後ろを窺《うかが》った。

「どうかしましたか?」

庄太が首を傾げつつ、振り返る。

「なんでもねえ。ちょいとそこの店で汁粉でも喰うか」

神人が肩を叩くと、

「ありがてえ。もう腹と背がくっつきそうでしたよぉ」

庄太が泣き笑いの表情をして、鼻をひくつかせた。

腰掛へ座ると、庄太は汁粉を手にすぐさま白玉を嬉《うれ》しそうに頬張った。

「さて、似たりの櫛を売った女をどう捜すかだ。隠居のことも気になるが」

「あれは災難だと決まったんですよ。でも隠居が亡くなったんじゃ、川津屋も櫛などどうでもいいかもしれませんね」

庄太はあっという間に平らげると、手拭いに挟んだ櫛を取り出した。

「手始めにその櫛の出所を探るか」

「勘弁してください。江戸に小間物屋がいくつあると思っているんですか。腹が減って倒れちまいますよ」

庄太が口許をあからさまに歪《ゆが》めた。神人はその様子に含み笑いを洩らしつつ、

「なんて、な。たぶんそんな骨折りは無用だぜ。あっちからやって来た」

えっ、と庄太が顔を上げたとき、

「……あの、旦那」

その声に神人は首を回した。

隠居の亡骸を最初に見つけた川津屋の年増女中が不安げな顔つきで立っていた。

四

場を店内の奥に移すと、川津屋の女中は怯《おび》えたそぶりで話を始めた。じつは自分が隠居の世話をすべてまかせられていたというのだ。

「あたし、大旦那さんから小間物屋のおもとちゃんのことは黙っているように口止め料をもらっていたんです。いまの旦那さんは銭金にしわいからなんですけど。だ

から夕餉と翌朝の朝餉の準備をするふりをして川津屋を出て、一刻ほど遊んでから、お店へ戻ってたんです」

「じゃあその、おもとって小間物屋は隠居の通い妾だっていうのか」

女中はそのときだけ含むような笑みを浮かべた。

「ほんとのところはどうだか知りませんよ。だけど大旦那さまはあんなことになっちまうし、だいたい辰吉が櫛のことを旦那に告げ口しなけりゃ……」

「隠居の家にいた小者を知ってるのか」

女中はこくりと頷いた。

「もともとは、このあたりの武家屋敷の渡り中間《ちゅうげん》で評判の悪い男です。酒に博打に喧嘩。武家奉公の娘にちょっかいを出して追い出されたことなんて幾度もありました。それが定廻りの旦那の小者になってたんで目の玉が飛び出しそうになりましたよ」

神人が定町廻りをしていたころに辰吉という名は聞いたことがなかった。武家屋敷のことは内々で収めてしまうこともあるためかもしれないが、小悪党はどこからでも湧いて出てくるものだと憮然《ぶぜん》とした。

女中はちょっといいよどみ、

「小間物屋のおもとちゃん、器量がいいから辰吉にいい寄られてたみたいなんです。

年寄りのひとり暮らしは物騒だからっておためごかしいって、隠居のところにもしょっちゅう来てましたから」

あたりを忙《せわ》しなく見回しながらいった。

「で、お前さんはなぜおれたちにそのことを報せる気になったんだ？　わざわざ跡をつけてまで」

「だって、櫛のことでおもとちゃんがお調べを受けたら、あたしが大旦那さんの世話をしてないことがバレちゃうじゃないですか。川津屋を追い出されちまいます。だからなんとかしてください、旦那。諸色調掛は、定町廻りの旦那と違ってお優しいんじゃないかって、すがるような思いで来たんです」

年増の女中は、わっとその場で泣き出した。周囲の客の眼が神人に注がれる。と んだ愁嘆場《しゅうたんば》だと、神人は鬢《びん》を掻《か》いた。

川津屋に頼み、再び隠居の家へ入れてもらった。隠居の亡骸はすでに店のほうへ運ばれていた。

そろそろ夕七ツ（午後四時頃）になろうかという頃だった。

「本当に来るんですかね。小間物屋」

庄太が不安げな顔をしながら、広小路の床店で購った田楽豆腐を頬張っている。

「大丈夫さ。あの女中の話じゃ、気立てのいい真面目《まじめ》な娘だっていうじゃねえか。

でなけりゃ毎日、隠居のために夕飯の支度なんざしに来ねえ」

神人は隠居が倒れていた廊下をじっくり眺めながらいった。

「どうしたんです、旦那」

「いや、気になったことがあってな。倒れていた隠居の右の掌に血がついてたんだ。あきらかに傷口を押さえた感じでな」

「けど頭を打ち付けたときに触ったんじゃないですか」

「なら右手は頭の傍《そば》にあってもいいはずだ。そうじゃなく身体に沿うように伸ばされて、掌が上を向いていた。庄太、寝転んでみな。頭を触ってから、伸ばしてみろ」

つまり隠居は、直立したまま倒れこんだというふうになる。庄太はうつ伏せに寝ると、掌を上に返した。

「うわっ。これはきついですよ」

庄太がじたばたと苦しげにわめいた。陸に揚げられたフグのようで、神人は軽く笑った。

「あまりにも不自然な格好だったんだよ。倒れてから、誰かが動かさなきゃ、ああはならねえ」

「なんだか定町廻りみたいですよ」

起き上がりながら庄太がいった。

「あたり前だ。元は定町で隠密だ」

「で、いまは諸色調掛、と。忙しいですね」

庄太の軽口には応えず、神人はさらに厠を見回し、扉を眺め、なにげなく柱に触れた。一箇所だけ指に違和感があった。ざらざらとした嫌な感触だ。柱の表面は黒茶に近い色に染められているが、そこ以外はよく磨き込まれている。神人は、そのざらざらをこそぎ落とし、指先を眺めた。

乾ききった血のようだ。

「どうしたんです、旦那。手に小豆《あずき》でもついてましたか」

神人は口をへの字に曲げた。

「……そんな甘いもんじゃねえ、隠居は殺《あや》められたんだよ」

えっと庄太が震え上がった。

「柱に血がついていやがる。隠居は厠から出たところを殴られたんだ。頭を押さえたが、くずおれそうになったんでとっさに柱を摑《つか》んだんだろう」

「じゃ、じゃ、小間物屋の女が」

「だとしたらここにはもう来ねえ、な」

神人が口許を歪め、首を振ったとき、

「ご隠居さま、もとです。すぐ夕餉の支度をしますね。食べたいとおっしゃってたお魚の煮付けもすぐ作りますから。それと青菜とお豆腐と」

裏口の土間から明るい声が聞こえて来た。神人は動かず居間に座ったままでいた。

「なんで出て行かないんです？」

「隠居が死んだのを知らないなら、いつものようにするはずだ」

「あ、そうか」

庄太があわてて口を押さえた。

ご隠居さまと、呼びかける声が近づいて来る。居間の障子ががらりと開いた。

おもとが眼を見開いて立ちすくむ。

黒羽織の八丁堀と小太りの男がいれば驚くのは当然だろう。

「いきなり悪かったな。おれは北町の諸色調掛の者だ。小間物屋のおもとはおめえだな」

「あの、ご隠居さま、は」

おもとは神人へ訝《いぶか》しげな視線を向けた。

神人が隠居の死を告げると、おもとは放心したようにその場に座り込むと、

「なんで急に……。昨日だってあんなにお元気だったのに」

声を震わせた。神人はおもとを半眼《はんがん》に見つめた。

「それはそれとして、この櫛のことでおめえに訊きてえことがあるんだ」

神人は贋鼈甲の櫛を取り出した。

おもとの顔が強張《こわば》る。

「それは……あたしの母の形見です」

「形見？」

庄太が素っ頓狂な声を出した。

「──ひと月半ほど前です。ここにお寄りしたのは偶然で、懐紙を買い上げていただいたのが初めてでした」

おもとは背を正し、ぽつりぽつり話し出した。

それ以降、隠居の入り用なものをおもとが訊ね、買って届けるというようなかかわりになり、つい自分の身の上を話したのがいけなかったのだと、声を詰まらせた。

「お父っつぁんは豆腐屋だったんですけど、人に騙されて借金抱えて店も取られちまったんです。他の仕事は続かないし、家にも帰らないでお酒と博打。たまに長屋に戻ればおっ母さんに銭をせびって。ないといえば怒鳴りつけ、殴りつけ……」

そのときのことを思い出しているのか、おもとの顔が次第に険しく、声も荒くなってきた。

「でも、去年の夏近くです。大きな仕事が舞い込んだって変に有頂天になって、それからふっつりいなくなりました」

「いなくなった？」

おもとはこくりと頷いた。

「ほんとうにふっつりです。いまは生きているのか死んでいるのかもわかりません。お父っつぁんは、きっと意気地のない弱い人だったんです。だからおっ母さんに甘えて、苦しめて……いなくなって清々しました」

これでやっとまともな暮らしができると心の底から思ったと、おもとは強い瞳でいった。

「それなのにおっ母さんはそんなお父っつぁんを待ってたんです」

騙されたのは人がいいからで、お父っつぁんも苦しかった、少し回り道してるだけだと。だから恨まないでほしいと、いまわの際にいったのだという。

「初めて贈られた品だからと贋鼈甲の櫛を後生大事に髪に挿して死んで行きました」

「それが、この櫛か……」

「恨むなっていうほうが無理じゃありませんか？　おっ母さんの病だって仕事の無理が祟《たた》ったからです。風邪《かぜ》をこじらせて、ほんのふた月前に死んだんです」

庄太がぐすっと洟をすすり上げた。

「いまはあたしと十になる弟とふたり暮らしです。おっ母さんが小間物売りだったので、そのままあたしが引き継いだんです」

母の得意先もあり、次第に客も増えた。だが、母親の薬袋料《やくたい》が溜まっており、暮らしはかつかつだった。

「ああ、ちょっとでもまとまったお金ができたらってあたしがこぼしたんです」

すると隠居がおもとの髪に挿してあった櫛を売ってくれといったのだという。

「おっ母さんの形見でしたけど、お父っつぁんのことを思い出すのも嫌だったし、これで借金がきれいにできると思ったんです。やっと親らしいことしてくれたって」

「それで鼈甲だと偽って十両といったのか」

神人はおもとを厳しく見つめた。

おもとがきっと神人を見返す。

「あたしは似たり物だと知っていました。それをご隠居さまにもちゃんと申し上げました」

「じゃあ、どうしてです」

庄太が小さな眼をぱちくりさせた。

「ご隠居が本鼈甲だといって、譲らなかったんです。それで十両くださいました」

おもとは唇を嚙み締めた。

「これはまことのことです。でもなんだか騙したような気にもなりました。こんなに他の人からよくしてもらったこともなかったから……だって使い切れないほどの懐紙があるのに買ってくださるんです。どうしていいかもわからなくて、心苦しくて、せめてご飯の支度をさせてくださいとお頼みしたんです」

神人は苦い顔をして腕を組んだ。と、庄太が口を開いた。

「おもとさんは噓はいっていないと思いますよ」

「わかってるよ。本鼈甲だといい張ったのも十両渡すための口実だろう。だけど隠居が殺されたとなれば話はべつだ」

「ご隠居が殺められたってほんとうですか」

おもとが驚き顔で身を乗り出した。

「そうなると、おもと、おめえも下手人として疑われることになる」

神人は冷たくいった。

「そんな……あたしがどうして恩人のご隠居を殺めなければならないんです」

「いくらでも理由はあるだろうよ。まず贋鼈甲を十両で売ったいかさま女だ。妾暮らしが嫌になった。隠居の銭を盗もうとして見つかった。あるいは隠居に手込めにされかかった、とかな」

おもとは眼を見開いた。白い頬がみるみる赤くなる。

「恥知らずっ。よくもそんな作り話ができますね。だから御番所の人なんか大嫌い。いつもそうして人を疑ってばかり」

おもとが声を荒らげ、脚に載せたこぶしを強く握りしめた。

「ほう、前にも疑われるようなことがあったのかえ」

神人がおもとをじっと見つめた。おもとは視線をそらし、怒りを鎮《しず》めるように深く息を吐いた。

「芝居小屋が崩れたときです。縄を切ったのがお父っつぁんだと決めつけられて……どこかのお武家の下屋敷で開かれていた博打場に出入りしていたからだと。行方知れずだといっても信じてくれませんでした。おっ母さんもあたしもなにをするにも跡をつけられて、それまで住んでた神田の長屋にいられなくなって本所《ほんじょ》に移ったんです」

あの芝居小屋の探索は南町奉行所だ。そういえば中年男の人相書きが回ってきていたが、それがおもとの父親なのだろう。

「だがな、吟味《ぎんみ》となったらもっとひどいこともいわれる。おめえが隠居殺しの下手人でないなら、その証《あかし》を立てなきゃならねえ。昨日、隠居のところから帰ったのは何刻だ」

「いつも同じです。夕七ツに来て、暮六ツ（午後六時頃）にはここを出ます」

おもとは、強い口調で応えた。

「肝心の隠居がいねえから、その証も立たないってわけだ」

「神人の旦那、そこまでいっちゃ。おもとさんが可哀想だ。なにか思い出せることはないんですか。帰りになにか買ったとか」

庄太が取りなすように声を掛けると、おもとが小さく呟いた。

「狐の稲荷鮓……」

「両国橋に出てる稲荷鮓屋か？」

「はい。五つ買って帰りました。弟がお腹をすかしているだろうと思って」

「あすこの稲荷鮓はうまいのかい？」

「ご飯でなくおからだったので驚きました。うちは豆腐屋だったから、おからは飽きるほどよくお膳に出てました。おっ母さんがうすく味付けして、ちょっと生姜を入れるんです」

「あれ、狐の稲荷鮓屋と同じだぁ」

庄太が叫んだとたん、それまで気丈に振舞っていたおもとが突然、ぽろぽろ涙を落とし始めた。

「嫌いだったはずなのに、あんなにお父っつぁんを憎んでたはずなのに。あの味が思い出させたんです。でも狐面のご亭主は、なにを訊いても答えてくれません。声を聞かせてもくれませんでした」

洟をすする音がする。

庄太だ。

よし、と神人は膝を叩いた。

「もう帰んな。上得意の隠居がいなくなっちまったが、おめえならきっと大丈夫だ」

おもとは涙に濡れた頬を拭うと、赤い唇を嚙み締め、頭を下げた。

「お役人さま、ご隠居を殺めた下手人を必ず捕まえてください。お願いします」

「最後に訊くが、おめえが隠居の家を出るとき、夕餉は喰い終わってたかえ」

「いえ。昨日はまだ書物を読んでいらして」

「お菜はなんだ？」

「焼き魚と……大根の煮物です」

おもとはちょっと不思議そうな顔をして応えた。さっき隠居の亡骸の前で辰吉は、大根の煮物と、はっきりいった。おもとが帰ったあとに来た者でなければ知れぬことだ。

「わかった。あとは、なるようになるから心配するな。ところでおめえの親父の名はなんてえんだ」

おもとが視線を泳がせた。少し間をあけ小さな声で「弥蔵《やぞう》です」と応え、唇を噛みしめた。

「ふうん、そうかい」

神人は、おもとを見つめ、にこりと笑いかけた。

庄太が間が抜けた顔をして、眼をしばたたいた。


その夜、神人はひとり、両国橋の袂に出ている稲荷鮓屋に向かった。

「これは旦那」

「また十ほどくれねえか」

「すいやせん、生憎《あいにく》、作った分が売り切れちまいまして。いままた油揚げを煮ている最中なんでございますよ」

「まだ宵の口だぜ。おや、そこに五つ残ってるじゃねえか」

狐面が下を向く。

「あ、これはお求めになるお客さんがありまして。今日、買いにくるはずだったのですが」

「おもとなら、来ねえよ」

「え？」

面の下からくぐもった声が洩れた。

「通って飯の面倒を見ていた隠居が亡くなっちまったんでな。もう宿へ帰《け》えした」

「旦那……どうして」

神人は狐面をぐっと睨みつけ、懐に挟んだ紙を広げた。中年の男の顔が描かれた人相書きだ。

狐面が歪んで見えた。

「これはおめえだな。おめえの名は弥助じゃねえ、弥蔵だろう。芝居小屋を崩したって罪人だ」

と、弥蔵は狐面を投げ捨て、飛び退《しさ》った。懐から匕首《あいくち》を出し、刃を抜く。引き攣《つ》れた火傷の痕が弥蔵の必死さを映していた。

「あっしじゃねえ」

「そいつをしまえ」

神人は弥蔵を半眼に見つめ、前へ出る。

「捕まるわけにはいかねえんでさっ」

叫んだ弥蔵が刃を構え、身体ごと突進して来た。神人はなんなくかわすと、弥蔵の手首へ手刀を落とした。

うぐっと呻《うめ》いた弥蔵が膝を落とした。地面に転がった匕首を神人が拾い上げる。

「稲荷鮓屋がこんな物騒なものを持ってちゃいけねえよ」

弥蔵は打たれた右手首の痛みに顔をしかめながら、ぎりぎりと歯を喰いしばり、

「芝居小屋を崩すことが、ご政道のためだと聞かされ、しかも銭になると誘われたんでさ。暮らしを立て直すために、てめえの性根を入れ替えようと、あっしは焦ってた。無人の芝居小屋だからと承知したんだ……」

絞るような声でいった。

「と思いきや芝居の真っ最中だったのか」

死人のひとりやふたり出なければ町人どもはご政道などわからないといわれ、弥蔵は怖くなってその場から逃げた。

「縄を切ったのは南の定町廻りと辰吉っていう渡り中間とその仲間です。定町廻りは手柄が欲しくてそんなことをしたんでさ。自分が馬鹿だったのもわかってます。けど……江戸をふけて、戻って来たら罪人になってたんでさ。そのうえ女房まで死んでた」

「それで、てめえの顔まで焼いて、面を被って、中間から辰吉と仲間の話を集めようとここに店を出したのか。こんなものを懐に呑んでどうするつもりだったんだ」

神人は匕首を手に厳しい声で質した。

「妙なこと考えるならやめとくんだな」

「けど、悔しくてならねえ」

弥蔵は地面に手をつき、指を立てた。

「世の中はな、なるようにしかならねえ。それはてめえが起こしたことが、どんどん転がって行くってことなんだぜ。いいふうにも悪いふうにもな。おもとに会えたのも、おめえの作った稲荷鮓のおかげだ。おもとがな、泣きながらこういってたよ」


　飢饉のとき、豆腐はみんなお客さんに売ってしまうから、おからばかり食べていました。でも幸せだったんです、お父っつぁんもおっ母さんもいつも笑っていて――上方では、おからのことを雪花菜と記して、きらずというんだそうです。切る必要がないからですって。うちはきらずだよって、お父っつぁんよくいってました。家族は切れない、雪花菜だと。


　神人はおもとの言葉をそのまま伝えた。弥蔵がはっと顔を上げる。

「上方で、おからを雪花菜っていうのは、切らずに済むからなんだろ。なぜ、切らずにいいものを切ったのかは訊かねえが、おからを使ったのは偶然じゃねえはずだ。

面で隠したつもりだろうが、おもとはちゃんと気づいているよ。おめえだってそうだろう」

「まさかおもとが買いに来るなんざ、考えてもいなかった。むろん合わせる顔なんざ、ありゃしません。面を被っていたって、いつ気づかれるか、罵《のの》られるか、びくびくしてた」

神人は、弥蔵に近づくと鞘《さや》を取り上げ、匕首を納めた。

「おもとはさらにいってたよ。ここの稲荷鮓屋のおからは一番、幸せだった頃の味がするってな。味が思い出させるそうだ。妙な料簡起こして、またぞろそれをぶち壊す気か」

弥蔵へ向けて放り投げると、神人は背を向けた。

北町奉行鍋島直孝の命により、定町廻りの牧と小者の辰吉と、その仲間二名が捕らえられ、吟味が行なわれた。

自白により、芝居小屋崩落の手引きをしたのが牧、実行者は辰吉他二名ということが判明し、さらに辰吉は川津屋の隠居殺しの下手人であったこともわかった。

おもとを我が物にしようとしていた辰吉は隠居に意見されカッとなり、十手で頭を打ち叩いたのだ。おもとが弥蔵の娘だったと知らされて辰吉は愕然としたという。

弥蔵はすべてを申し述べたことでお構いなしとなった。

ひとつ三文の稲荷鮓は、安価で庶民に喜ばれているとお上から認められ褒賞を受けた。

横山町の諸色調掛名主勘兵衛からの推薦である。

いまは昼間に屋台を出し、腰掛も置き、子狐と娘狐が手伝っているのも話題となり、両国広小路の名物になった。

おかげで神人はいまだに狐の稲荷鮓を口にしていない。見廻り途中で寄ってみるが、いつも行列ができ、ようやく買えるかと思うと眼の前で売り切れる。

やはり物事はなるようになっているのだと神人は肩を落とし、狐面の下で輝くような笑みを浮かべているであろうおもとの顔を思った。

犬走り

一

冬の柔らかな陽射《ひざ》しが、松葉の隙間からこぼれている。

北町奉行所同心、澤本神人は縁側でのんびり爪を切っていた。

眼の前では、妹の忘れ形見である姪《めい》の多代が茶色い子犬と戯《たわむ》れている。多代が走れば子犬も弾むようにその後を追う。

「ぐしゅっ」

くさめが出た。神人はあやうく足の指を切りそうになった。

それにしても昨夜はとんだ拾い物をしたものだと、跳ね回る子犬に視線を向けた。

諸色調掛を務める神人は、下谷広小路《したやひろこうじ》の居酒屋巡りを終え、帰路についていた。

呑み歩いていたわけではない。物の値段は適正か、不正な出版物が出回っていないかを調査し、あきらかに悪質な場合には奉行所に呼びたて訓諭するのが諸色調掛の役目だからだ。

夕刻から始まる店もあるため、月に一、二度、同役の者と交代で時々夜廻《よまわ》りをする。

多少酒が入ると、不満や不平を洩《も》らす者も多い。諸色調掛にとっては、そうした情報も貴重だ。

時刻は四ツ（午後十時頃）を回っていた。町木戸ももう閉じられた時刻だ。冴《さ》え冴《ざ》えとした月明かりを頼りに歩いていると、神人の足下を黒い影が横切った。

眼を凝《こ》らすもすでに姿は見えない。

と、後ろから半纏《はんてん》をまとった職人ふうの若い男が三人、息せき切って走って来た。

「旦那、犬ころを見ませんでしたか？　ちっちえ茶色の子犬なんですけど、おれの天ぷら掻《か》っ攫《さら》っていきやがった」

ひとりがろれつの回らない様子でいった。酒が入っている上に走ったせいで酔いが一気に回ったのだろう。見れば右手には棒切れを握っている。

「おおーい。こっちだ。路地に逃げ込みやがった」

仲間の声に若い男はよしと片袖をめくり上げて駆け出して行く。

なんだありゃ、と神人は三人を横目で見ながら再び歩を進める。広小路を抜けると通りの両端はしばらく武家屋敷の塀が続く。

職人たちの怒声が夜の通りに響いている。その執拗《しつよう》さが酔いにまかせたものだとしても、気分のよいものではない。

神人は軽く舌打ちして、三人の後を追った。

武家屋敷と町家の間の路地に入る。

見ると、職人たちと子犬が二尺幅の堀を挟んで相対していた。

子犬がいるのは、武家屋敷の長屋塀と堀との境に沿って延びる七寸幅ほどの通路だ。

家屋敷の軒下に設けられているこの通路は幅が狭く、通ることができるのは犬ぐらいというところから犬走り《いぬばし》と呼ばれている。

ひとりの男が中腰になって棒切れを二度、三度と子犬目掛けて振り下ろす。酔いのせいか足下がおぼつかず、あらぬ方向を打っていた。子犬は右に左に移動して避ける。間に堀があるのも子犬には幸いしていた。

しっかりやれ、当たってねえぞと他のふたりがはやしたてている。

「くそ。もう一本、棒切れを持ってこい」

「これで間に合うか?」

「おう、すまねえな」

男が威勢よく声を上げたが、自分の肩越しに差し出された物を眼にして振り向きざま、口をぽかんと開けた。

神人はにっと笑って手にした大刀の柄《つか》をさらに突き出し職人の鼻先に寄せた。

三人はすっかり酔いの醒《さ》めた眼で互いに合図を交わし、

「旦那、それには及びませんや」

ひとりが愛想笑いを浮かべていうや、揃《そろ》ってばたばた逃げ去って行った。

神人は子犬に眼を向けた。茶色の毛がふわふわとして毛玉のようだ。子犬は身をすくませ、神人をじっと見ている。己の状況が好転したことがわかっているのかいないのか、犬走りから動こうとしなかった。

「さ、もう行っちまえ。盗み喰《ぐ》いなんかするんじゃねえぞ」

追い払うふうに神人が手を振ると、子犬が一目散に犬走りを駆け出した。まん丸な毛玉が転がって行く。その様子が可笑《おか》しくて、神人が口許を緩めたときだ。

「きゃうん」

鳴き声が上がり、小さな水音が響いた。

「馬鹿犬が」

神人は踵《きびす》を返し、走りながら両刀を腰から抜くと堀へ飛び込んだ。

「ぐしゅ」

くさめが出るのはやはり昨夜のせいだと神人は懐紙を取って鼻をかむ。

冬場の堀に身を浸したのだから当然だ。膝上ほどの浅い堀でも水の冷たさは一緒だ。

堀の中で暴れる子犬のおかげで羽織までもぐっしょり濡《ぬ》れて、八丁堀の屋敷まで戻ったときには神人も懐に入れた子犬も震えが止まらず、火鉢にかじりついたまま半刻（一時間）以上動けなかった。

再び背に寒気がのぼり、

「はーくしゅんっ」

大きなくさめをすると、多代が足を止め心配そうに振り向いた。

「お風邪《かぜ》を召したのですか、伯父《おじ》上。身体《からだ》を温かくしたほうがよろしいですよ。綿入をお出ししますか？」

七つとは思えない物言いに神人は苦笑した。亡くなった妹とそっくりな口調に胸が痛むこともある。多代を育てるのに追われ、つい妻《めと》を娶ることも忘れた男やもめの神人だが、この暮らしに不満はない。

幸も不幸も望んで得られるものじゃない。なるようにしかならないと思っている。

「今日は非番だ。こうしてのんびり陽に当たっていりゃ大丈夫さ」

走るのをやめた多代の足下で毛玉のような子犬が跳ねる。

「すっかり多代になついちまったなぁ」

「まことに家に置いてよろしいのですね、伯父上。もうこの子の名も決めました。毛が茶色だから、くまです」

「そんなちびすけがずいぶん大層な名だな」

「いえ、きっと立派になります」

多代はくまと名づけた子犬を愛《いと》おしげに抱き上げ、いい聞かせるようにいった。

「おまえの名はくまですよ。わたしは多代。よろしくね。こら、くすぐったい」

子犬が多代の頰を小さな舌で舐《な》めまわす。

「くま、よかったね。伯父上が堀に落ちたお前を助けあげなかったらどうなっていたかしれないのよ。伯父上にお礼をいいなさい」

多代の腕に抱かれていたくまが、

「わん」

神人に向かって吠《ほ》えたとき、盛大なくさめが出た。まったくあんな細い犬走りへ逃げたお前のせいだと、くまを睨《にら》むと、飯炊きのおふくが廊下を急ぎ足でやって来た。

「旦那さま、お奉行所から使いの方がお見えになりましたよ」

「奉行所から使い？」

「なんでもお奉行さま直々のご用事だとか」

北町奉行を務める鍋島直孝《なべしまなおたか》は、二年前の就任挨拶のさい、

「お主、顔が濃い」

といって神人の隠密廻《おんみつまわ》りを解いた人物だ。

隠密廻りは商人や職人に変装して町場に溶け込み、探索を行なうことがしばしばある。目鼻立ちのはっきりした風貌をした神人では務まらぬと判断したのだ。

鍋島の少々険のある細面の顔を思い浮かべ、

「ま、お奉行の面も隠密向きじゃねえな」

毒づいて神人は腰を上げた。

二

三河町《みかわちょう》新道通りにあるそば屋で庄太と落ち合った。

飯台にはすでに三つのどんぶりが重ねられている。ひとつは神人が食べ終えたものだが、ふたつは眼の前で三杯目のそばを手繰っている庄太の分だ。

庄太は、見廻《みまわ》りの前に腹ごしらえをしておかないと文句を垂れる。それが面倒なので大抵、落ち合うのは食い物屋だった。

煤竹《すすたけ》売りの声が通りに響いている。

師走《しわす》の十三日は、どこの家でも煤払いが行なわれる。もとは千代田《ちよだ》の城の大奥で行なわれていたものを、次第に武家や町屋でも倣《なら》うようになったのだ。ようは一年の汚れを落とす大掃除だ。掃除が終わると、商家などでは主人や年男、女中などを胴上げする。もともと、そのような慣習がなにゆえ始まったのかは定かではないが、この日は商家のあちらこちらから笑い声や歓声に混じって女の悲鳴が聞こえてくる。

煤払いのあとには、主《あるじ》が奉公人たちへ鯨汁《くじらじる》やそばをふるまい、労をねぎらう。

そういえば、神人の屋敷でも、昨日、煤竹を求めた飯炊きのおふくと多代が口を揃えて「今年こそ、しっかりお願いしますね」と釘を刺してきた。

毎年、早朝だけちょこちょこと掃除の真似事をして、見廻りだと逃げ出してしまうからだ。

煤払いの翌日には、深川《ふかがわ》の八幡宮《はちまんぐう》を皮切りに歳《とし》の市が立つ。新年を迎えるための注連縄《しめなわ》や門松《かどまつ》、破魔矢《はまや》などが売られる。中でも一番賑《にぎ》わうのが、浅草の浅草寺《せんそうじ》だ。役者の似顔や歌舞伎狂言の一場面を押絵にした羽子板を売る床店が、ずらりと並び、贔屓《ひいき》の役者を目当てに娘たちが押し寄せる。

「早いですよねぇ、酉《とり》の市が終わったばかりだってのに、もう歳の市ですよぉ」

庄太がしみじみ洩らした。

「師走に入ると、なんだかこうせわしなくてあっという間に過ぎちまいますけど、年が押し迫るってなんだか寂しいもんですね」

「まあな。けど商家は寂しがってもいられねえやな。こっからが忙しい」

神人はそば屋の二階から表通りを眺めた。

「ああ、大晦日《おおみそか》の掛集《かけあつ》め合戦が始まりますからねぇ」

商家のほとんどが品物をツケで売り、年に六回、月末に溜《た》まった代金の集金をする掛売りをしている。掛集めは、集金のことで、商家の奉公人たちは帳を提《さ》げ、町中を走り回る。

しかし支払うほうとて、掛集めが来ると馬鹿っ正直に待っていることはない。あだこうだと理由をつけては支払いを渋るならまだましで、嵐が過ぎ去るのを待つように、家族一同、押し入れや縁の下に潜り込み、掛け取り方があきらめて帰るのをじっと息をひそめて待つという強者《つわもの》もある。

だが、大晦日は一年の終わりだ。商家のほうも気合いの入り方が違う。溜まりに溜まった掛売り代金の取り立てに血眼《ちまなこ》になる。

畳を上げ、その下の板もひっぺがし、目指す相手を捜し出し、取り立てる。

「ったく、素直に銭を出せばいいが、揉めると、こっちが取りなしに出張らなきゃならねえ」

苦い顔をして、神人が呟《つぶや》くと、えへへと笑いながら、

「だって、味噌《みそ》とか醬油《しょうゆ》なんかなくなっちまうもんじゃねえですか。銭を払う気がなくなっちまうのもわからなくねえですよぉ。だからね、このところは現金売りのお店も増えていますよぉ」

庄太は湯気の上がる小海老《こえび》のかき揚げに息を吹きかけ嬉《うれ》しそうに頰張る。

「あふいけどうまいれす」

庄太は口をほぐほぐさせている。

「どういう理屈だよ。それより物を喰いながら話すんじゃねえよ」

神人は眉を不機嫌に寄せた。

大晦日も気が重いが、さしあたり眼の前のやっかい事を片付けなければならない。

神人は再び窓の外を見た。そば屋と通りを挟んで向かいにある商家へ視線を向ける。

今朝早く、奉行の鍋島に呼び出された神人は、花器を見せられた。冴えた青磁に柘榴《ざくろ》文様を染め付けた丸型の花瓶だ。

懇意にしている米問屋から借り受けたものだといった鍋島の表情がやけに暗い。

それというのも、鍋島が本家である佐賀藩の御用窯《ごようがま》で作らせた花器がやっかい事の種だからだ。

佐賀藩では伊万里《いまり》焼が名高いが、御用窯で作る磁器は特に鍋島焼と呼ばれている。将軍家献上、諸大名、重臣らへの贈答、進物のためだけに作られ、市中に出回ることは滅多にない。

「遠国の丘田《おかだ》藩っていう小藩の殿さまへの進物にわざわざ誂《あつら》えたらしいんだな、これが」

　贈ったはずの花器が知り合いの商家にあったのだから鍋島も驚いた。

「切ないですねぇ。その小藩の殿さまはいらなかったってわけでしょ」

「お奉行は、子に恵まれないことを嘆いている殿さまのために作ったそうだ」

　子孫繁栄を願う柘榴文様を目にした殿さまは感激のあまり涙を流したという。あれは偽りだったのかと、神人を前に鍋島はぷんぷん怒ってみせたり、やはり余計な気遣いと思ったのやもしれぬと落ち込んだりと忙《せわ》しかった。

「なんだか、子どもの癇癪《かんしゃく》みたいで面白いお奉行ですねぇ。神人の旦那を隠密からはずしたわけも笑っちまいましたけど」

　庄太の戯《ざ》れ言は無視して神人は話を続けた。

「米問屋の主は献残屋《けんざんや》の恵比寿屋で購《あがな》ったらしいんだがな」

　献残は献上物や贈答の余剰品、不用品のことで、献残屋はそれらを買い取り、売りさばいて利益を得る商売だ。

「ああ、よほど金に困ったたか、やっぱりいらない品だったってことになりますね」

　庄太が口をへの字に曲げる。

「だから、それを探って来いとさ。お調べというよりは、お奉行からの頼まれ事だ。

定町廻《じょうまちまわ》りは繁多だし、物がらみなら諸色調掛だと、まったく勝手なお奉行だ。しかも非番の日にだ」

神人は憎まれ口を叩いて、献残屋の恵比寿屋を見下ろす。紺地に鯛《たい》を抱えた恵比寿の意匠を染め抜いたのれんが風に揺れている。

間口三間ほどの、さして大きな店構えとはいえないが、裏に建ち並ぶ三つの蔵には、大名や旗本屋敷から買い取った献残物がぎっしり詰まっているという噂《うわさ》だった。

「熨斗《のし》あわびやからすみ、諸国の珍味が仰山あるんでしょうねぇ」

庄太はいまにも涎《よだれ》を垂らしそうにだらしなく口を開けた。

「食い物ばかりじゃねえよ。織物やら焼物やら、あとは一度使った樽とか木箱なんてものもある。そうした道具類はきれいに整えて使い回すんだ。上《あが》り太刀《だち》なんてのもそうだな」

上り太刀は、木太刀に黒漆を塗り、真鍮《しんちゅう》の飾りをつけたものだ。太刀の献上はこうした模造刀を用意し、金子《きんす》を添えて贈るのが慣わしだった。

「金をいただいちまえば、使えねえお飾り刀なんざいらねえからな。そいつを献残屋が引き取って、またどこぞの武家がそれを買って、太刀献上に使う、とそういうことだ」

庄太は、ははあと間抜けな声を出した。

「見事な使い回しだぁ。いろんなお武家をぐるぐる回って、また自分のところに戻って来たりしたら面白いんですけどねぇ」

「あり得ない話じゃないな」

「余りモノを買い上げて、他に売り飛ばすなんて、うまい商売ですねぇ。京坂にはほとんどなくて江戸で盛んな商いだって勘兵衛《かんべえ》さんから聞いたことがあるんですが、ほんとですか？」

神人は店を眺めながら、ああと応える。

「江戸は六割が武家地だ。あとの四割を寺社と町家で分け合っているんだ」

江戸の町は、城を中心にして、諸国の大名家がすべて集まっているうえに旗本、御家人の屋敷がひしめきあっている。

「そいつらが参勤交代の折だ、盆暮れ正月だと付届《つけとどけ》をしまくれば、おのずと物は有り余るって寸法だ。食い物だって、そうそう平らげられる量じゃない。三尺ほどの高さのあるでかい壺に梅干がぎっしり詰まっててみろ」

庄太が、ううっと口先をすぼめた。

大名家は三百七十ほどある。将軍家では献上された品物はまず家臣に下げ渡し、それでも余った物は献残物として売られることがほとんどだった。時季をずらして献上されたとしても使い切ることなど不可能だ。

開府以来、将軍家への献上は忠節を表すために行なわれてきたが、やがてそれは武家全体に広がり、親交を深めるため、ときには頼み事やその礼、円滑に仕事を進めるなど、慣例としてすっかり定着している。

「侍だらけの江戸だからこそ成り立つ商売だっていうことはたしかだな」

「商才のある奴ってのはいるもんですね。眼の付け所が違う。それにしても、とったりやったり、お武家も面倒なもんだ」

庄太はもっともらしく頷《うなず》いて唇を結んだ。真面目《まじめ》な顔をしたつもりだろうが口の端に天かすが付いている。

「贈る品にも気を遣う。けちくさい物を贈られた方は、贈った相手が自分をどう見ているか判断する。生ものは腐るから気が利かないと謗《そし》られ、たちまち噂になっちまう」

神人はやれやれと窓の手すりに腕をかける。

「けど、神人の旦那だって、定町廻りや隠密廻りを務めていた頃は付届も多かったんじゃないですか。袖の中にすっと入れられるとか」

「そいつは付届とはいわねえ。人目をはばかってこっそりやるのは賂《まいない》っていうんだ」

へえと庄太が三杯目のそばを平らげたとき、若い武家が恵比寿屋から転ぶように出て来るや、店先に座り込み、わめき始めた。

もはやこれまでだの、かくなるうえはなどといっている。

往来の人々の間から短い悲鳴に似た声が上がり、店の中から番頭やら手代やらがあわてて姿を現したとき、神人はすでに梯子《はしご》段を駆け下りていた。

「旦那！」

庄太の声を背で受け流し、

「よせっ」

声を張り上げると同時に通りへ飛び出した神人は、若い武家を背後から抱え込んだ。

武家の指は脇差の柄にかかっている。腕を押さえた神人は違和感を覚えつつも怒鳴った。

「よせといっているんだ」

「――お、お離しくだされっ」

武家が激しく身をよじる。

「もはや屋敷には戻れませぬ。この場にて腹を切らねばなりません。どうか、どうか武士の情け」

「冗談じゃねえ。左様ですかと聞き流せるか。なにがあったか知らないが、往来で腹なんぞ切られちゃ迷惑だ。ともかく落ち着け」

それでも若い武家は顔に血を上らせ荒い息を吐き、神人を振り払おうと激しくもがく。

「神人の旦那！」

庄太があたふたとそば屋から出て来た。

「お前も手伝え」

次第に野次馬も集まって来る。皆が困惑した表情で、神人と武家を見下ろしていた。襟《えり》に「えびす屋」と記された半纏を着ている者たちを神人は睨《ね》めつけ、再び怒鳴り声を上げた。

「ぼやぼやしてねえで手を貸せ。庄太、こいつの大小を取り上げろ、早く」

恵比寿屋の者たちが顔を見合わせ頷きあうと一斉に武家へ飛びかかる。庄太は大刀と脇差を腰から引き抜いた。

差料を取り上げられた若い武家は大声でわめき散らすと、ぐるんと目の玉をひっくり返しその場に突っ伏した。

「おいっ」

神人があわてて抱え起こしたが、すっかり気を失っていた。

三

初老の番頭に案内され、神人と庄太は恵比寿屋の座敷へ通された。若い武家は別室に運ばれたようだ。

茶と羊羹《ようかん》が出され、ごくりと喉を鳴らす庄太を神人は横目で見据える。

もっとも喰い意地の張った庄太に通じるはずもなく、

「旦那、見てください。ひと切れ一寸以上はあります。それにこの茶……いい色してますね」

茶碗《ちゃわん》に鼻先を近づけ香りを嗅ぐと一口含んだ。う一んと満足げに唸《うな》る。

「渋味と甘味がふわっと広がる。うまいですよ」

ふうんと、神人は生返事をしながら座敷を見回した。磨き込まれた床柱はつやつやした光を放っている。床の間には屋号にちなんで恵比寿を描いた掛け軸が下げられ、小振りだが凝った細工の香炉《こうろ》が置かれていた。

「たぶん一斤《きん》(約六百グラム)、二分は下りませんよ。町の茶店の煎茶《せんちゃ》は一斤、六百文ていどだから……三倍の値だ。この羊羹もおいしそうだなぁ」

茶を飲み干した庄太は小声でまくしたてる。

神人はおそらく献残品の一部であろう茶と羊羹に眼を移した。贈答用の品物だ。安価な物であるはずがない。庶民には縁遠い品物がこの店ではことかかないということだ。

と、廊下を擦るような足音が近づいて来た。

「おまたせいたしました。恵比寿屋の主、義右衛門《ぎえもん》でございます」

障子が開き、作り笑いを貼り付けた主は神人へ深々と頭を下げた。

よくできた恵比寿顔だと神人は、平伏する義右衛門を眺めた。

歳は五十の半ばといったところだろう。総白髪の髷《まげ》が頭に載っていた。ぎょろりとした大きな眼だが、頬骨が張り顎が尖《とが》っているせいか、少々癇癖《かんぺき》の強い者のように思われた。

「お初にお目にかかります。番頭より諸色調掛の澤本神人さまと伺いました。このたびはお騒がせいたしまして申し訳ございません」

「挨拶なんざいらねえよ。あの若い奴《やつ》といったいなにがあったんだ。見たところどこかのご家中の若侍だろうが」

神人は剣突《けんつく》な物言いをした。

義右衛門は顔を上げる途中、わずかに眉をひそめたがすぐに頰を緩めた。

「よくあることでございますれば、御番所のお手を煩《わずら》わすことではございません」

「ほう。腹を切ると往来でわめくことはよくあることか。武士も安くなったもんだ」

神人は義右衛門の表情を窺《うかが》いながら、嫌味っぽく返した。

少々語弊がございましたかと、ぼんの窪《くぼ》に手を当てた義右衛門に悪びれた様子は微塵《みじん》もない。

「あのお武家はさる藩の納戸《なんど》役を務めておいでしてね……」

「藩名はいえないのかい？」

神人が義右衛門へ鋭い眼を向けると、

「ここに店を開いて私で四代目となりますが、さまざまな方々とお付き合いをさせていただいております。いずれも御家のご事情がございますので、どうかお察しください」

義右衛門も神人をしかと見返してきた。

ふうんと、心のうちで頷いた。大名どころか、おそらく千代田の城とも行き来があるのだろう。義右衛門の口調は丁寧ではあるが、町方役人など鼻にも引っ掛けないという態度がありありと見えた。

神人はにっと口許に笑みを浮かべる。

「ま、藩名を聞いたところで町奉行所じゃどうこうできるわけじゃねえし、うまくやってくれりゃそれはそれで構わねえが……」

神人はいったん言葉を切り、

「だがな、店先で腹切り騒ぎは穏やかじゃねえ。店の信用にも関わるんじゃねえのか。あこぎな商売しているのじゃねえかってな」

ぬるくなった茶を飲み干した。

義右衛門は眉ひとつ動かさない。

「まことにちょっとした行き違いでございますよ。あのお方は枝島兵衛《えだじまひょうえ》さまとおっしゃいましてね。御仕えになっている藩の献残品を手前どもで引き取らせていただいているのですが、少々手違いが生じたとのことでおいでになられたのでございます」

「手違い?」

「ええ。本来、売るべきでなかったものが紛れ込んでいたというお話で。それが先ほど申し上げたよくあることの意でございます」

「なるほど、それに気づいてあわてて引き取りに来たというわけか」

「はい。いつもでしたら、すぐにお品をご返却するのですが……五日前、買い手がつきまして売ってしまった後でございまして」

ああと、庄太が素っ頓狂な声を張り上げた。

「買い戻しができないってんで、藩邸には帰れない、腹を切るってことになったんですね」

左様でと、義右衛門は重々しく首を縦に振った。

「ならば、これからすぐに買い上げた客と、その枝島って藩士を会わせて話をさせてやればいいじゃねえか。それで買い戻させれば丸く収まる。恵比寿屋が間に立てばなんとかなるだろう」

義右衛門は軽く首を傾《かし》げた。

「なんだ、できないのか？」

「そりゃそうですよ、神人の旦那。もう現物は売られた後なんですから」

庄太が割り込むように入ってきた。

「その客は恵比寿屋さんへすでに代金を払っているんです。そこがややこしいところですよね、恵比寿屋さん」

庄太の言葉に頷いた義右衛門が膝を乗り出してきた。

「おっしゃるとおりでございます」

神人は義右衛門へ疑問の眼を向ける。

「じつはこたびのことは枝島さまおひとりの失態でございまして……」

すでに品物は他人の手に渡ってしまった後だ。それを告げたときの枝島は身体中を震わせ、蒼白《そうはく》に変わり果てた顔から多量の汗を流し、このことが露見すればお役を解かれるだけでは済まない、どうか助けてくれと、義右衛門に取りすがり懇願した。

「ほとほと困りました。半年前に江戸詰になられたお方なのですが、家督を継ぎ、初めて付いたお役なのだといわれましてもね」

義右衛門は枝島に同情するふうに眉をひそめたが、口許はさも迷惑だといいたげに歪《ゆが》んでいた。

神人は気に入らなかった。義右衛門の物言いも態度も、だ。

「だからどうして買い戻すことができねえのか、おれは訊きたいんだがね」

神人の問いに、義右衛門より早く庄太が口を開いた。

「旦那。枝島兵衛ってお侍が恵比寿屋さんへ品物を売ったときの代金と、恵比寿屋さんが別の方へ売った値が違うからですよ。恵比寿屋さん。普段、仕入れた献残品にはどのくらいの利幅を付けているのですか？」

義右衛門が薄い眉をわずかに上げた。

「品物によっても違いますが、食べ物などはなるべく早く売りたいものですから一、二割というところでしょうか。それでも市価よりお安く求めることができます」

「一両なら一朱ってとこですか……なるほど。諸色調掛として文句はありませんね、旦那」

「ああ、そうだな」

　ぶっきらぼうに応えた。

「仕入れ値と売値が違うのは当然のことです。品物がまだ恵比寿屋さんの手元にあるならともかく他の人に渡ってしまった。つまり枝島ってお方は売値で相手から買い戻さなければならないわけです」

　庄太が得意げに腹を突き出した。

「はい。先方さまと同じ値で購っていただかないことには……いえ、むしろ少し色をつけなければならないかもしれません」

「その引き取り値と売値との差額はどれほどあるんだ？」

「三十両です」

　思わず神人は庄太と顔を見合わせた。

「かなりの値打ちもんだってことか」

「当然、藩に内緒で工面できるはずもございませんのでね。ですから買い戻しは無理だと申し上げたのです」

「引き取り値にはしてやれねえと？」

「商いは道楽ではございません。利益があるからこそその商売でございますれば。こたびの三十両の儲《もう》けをふいにするのは惜しゅうございますよ」

　義右衛門はさらりといいのけた。

「ご自分のしくじりを藩にきちんと報告なさいと申し上げたのですが……ご納得いただけなかったようで。気弱な方でしてね」

「その品ってのはなんだ」

「申し上げられません」

　義右衛門は神人をしかと見据えていった。

「そいつのうっかりで出された品だろう？　それを取り戻せないとか、儲けがふいになるとかちょいと冷てえのじゃねえか。腹を切るとわめくまで追い詰めたんだ」

「あれを本気になさっておいでで？」

　義右衛門がきっぱりといい放った。

「あれは狂言。芝居でございます」

四

　神人は思わず眼を見開いた。

「このようなことを申し上げるのはいささか気が引けますが、お武家さまとの商いに甘い顔と甘い言葉は禁物」

　身分家柄を振りかざすのはあたり前。もっと高く買え、安く売れならましなほう。腐った魚や使い古した茶器を持ち込んで献残品だといい張る。枝島のことも疑いたくはないがと、義右衛門は不快な表情をした。

「ああした真似《まね》をして店から金をせしめようとする方々も少なくありません。買い戻せないことをあげつらい、あたかもそれがこちらの落ち度だと難癖をつけてくる。店先で刀に手をかけるなど脅迫同然ですよ」

　ううむと、神人は唸った。

　義右衛門の話を聞いていると、武家であることが情けなくなってくる。

「店先で騒ぎを起こし、話を都合よく持っていこうとしたのですよ。まあ、澤本さまがお止めに入られましたが」

　義右衛門が口許を曲げた。

　余計なお世話だったといいたげだ。

　だがいわれてみれば、思い当たる節があった。枝島の腕を押さえたときの違和感だ。柄を摑《つか》む腕に力がこもっていなかったように感じたのだ。芝居、か。神人は腕を組んだ。

「初代の頃などはお武家さまに切っ先を向けられることがあったと親父から聞かさ

れましたが、同じ脅しにかかるにしてもいま時のお武家さまは、己が死ぬの生きるのと騒ぎたてる。世が変わったのでしょうか、それとも――」

お武家さまが脆弱《ぜいじゃく》になったのでしょうかと義右衛門はぼそりといった。

「旦那さま」

若い手代が座敷に飛び込んできた。

「これ、お役人さまがおられるのですよ」

「申し訳ございません。じつは――」

手代が義右衛門に耳打ちすると、

「二百両以上は出せないと伝えなさい」

ですがと口ごもる手代に義右衛門は厳しい顔で一喝した。

「ご納得いかないようなら他の店をあたっていただきなさい。おそらくもっと安く叩《たた》かれるはずだと付け加えるのですよ」

はいと、手代は神人たちへも頭を下げ、そそくさと座敷を出て行った。

「店に出たほうがよくないか」

「いいんですよ。再度のご来店でございましてね。以前、手前どもがご提示した値では得心がいかぬと。その藩の特産物となりますとなかなか次の買い手がつかないものですから、どうしても引き取り値が低くなります」

「へええ、その土地土地の物だと安くなっちゃうんですか?」

庄太が眼をぱちくりさせた。

「ええ、その国の特産物ですと、献上品として使い回しができません。鰹節《かつおぶし》やくず粉などのように出所が特定できない物、持ちがよい物のほうが使い勝手もよろしいので」

「なんだか色々大変だということはわかりました」

ねえ神人の旦那と庄太がいった。

「お大名のことはこっちが口を出せないし、だいたいこの話は諸色調とはかかわりないことですよ」

「なるようにしかならねえってことか。ま、お互いうまくやってくれ」

「恐れ入ります」

神人は首の凝りを取るように左右に振ると身を乗り出していった。

「でもな、おれがここに来たのは偶然じゃない。じつは柘榴文様の入った鍋島焼の花器について訊きに来たのだ」

義右衛門の顔が一瞬、呆けたようになる。

「あんたの店は丘田藩と取引きがあるんだろう? 米問屋の主が購った品だが、いつごろ献残品として出てきたか知りてえんだ」

義右衛門は俯《うつむ》いて大きく息をすると、手拭いを出して額を拭う。神人はその様子を半眼に見つめた。

ああ、と義右衛門が顔を上げる。

「思い出しました。鍋島焼の花器ですね。たしかに米問屋のご主人へお売りいたしました。百二十両でしたか」

「百二十両！」

庄太が思わず声を上げた。

「ご存じだとは思いますが、鍋島焼は贈答、進物用のみに焼かれる物です。評判のよろしい品ですから、献残物として出ることが滅多にございません。こたびはたまたま手放されたお方がおられまして」

「それは丘田藩から直接か？」

「ご容赦くださいませ。献残物の中にはあちらこちらを巡ってから、手前どもが引き取ることもありますので」

「でも百二十両とは、すごいですね」

「いいえ、三百両の水盤もございますよ。皿、壺、茶碗などそれ以上の値が付くものはいくらでも。驚くに値いたしません」

へええええ、と庄太が仰け反る。

「それに百二十両というのはお客さまのいい値でございましたので、諸色調掛さまには」

「とやかくいわれることじゃないと」

「ですが、お差し支えなければどういったお調べかお教えくださいませ」

構わねえよ、御家の事情なんざねえからなと、神人はあらましを告げた。

話を聞いた義右衛門が深く頷く。

「たしかにお殿さまは子宝に恵まれないと伺ったことがございます。なるほど、それで柘榴文様だったのですか」

「値打ち物だからとか、逸品だからとかそういうことじゃねえとお奉行はいっている。売りに出されたなら悔しく寂しくもあるが、ああした文様にしたことで、本当は殿さまが気分を悪くしたのじゃねえかって気がかりもあるらしい」

お心のこもった品だったのでございますねと、義右衛門が呟くようにいった。

「あの、失礼いたします」

障子をわずかに開けた初老の番頭が窺《うかが》うような声でいった。

「なんです。番頭さんまで」

「枝島さまがいらっしゃらないのです」

義右衛門が思わず腰を浮かせた。

「誰も付いていなかったのかい」

「私が付いておりましたが、厠《かわや》に立って戻ってきましたらもう」

「布団はもぬけの殻」

　庄太がいうと、はいと番頭がうなだれた。

「屋敷内もお捜ししましたが、どこにもお姿がありませんでした」

「差料《さしりょう》はどうした？　両刀は」

　神人が問うと、そのままになっていたと番頭は応えた。

「丸腰で出て行くなんざ侍として尋常じゃない。恵比寿屋、あれは狂言じゃねえかもしれないぜ。刀無しじゃ、首吊《つ》りか入水か」

「気弱なあの方にできますかどうか。ですがそれも仕方ありません。ご自分のしくじりですから」

　義右衛門は落ち着き払って応えた。庄太が肉付きのよい頬を引き締めた。

「じゃあ、枝島って人が死んでも？」

「あの方が亡くなっても、別の方がまた店に参ります。支障はありませんのでね」

　義右衛門の言葉に庄太はぐっと息を詰める。

　神人は義右衛門を見据えた。

　眉ひとつ動かさず初老の番頭へ義右衛門が頷きかけた。番頭は頭を下げすぐさま座敷を後にする。

さてと、義右衛門は背を伸ばし、表情をあらためた。

「枝島さまがご自身の不始末の責任をどのように取られるおつもりか手前どもに興味はございませぬ。これは藩と藩士のことですから、町方のお役人が出る幕などはなからございません。一応、藩邸には私からお報《しら》せいたしますが」

義右衛門は紙包みを取り出し、神人の前に差し出した。

「些少《さしょう》ではございますが」

「なんの真似だ。いらねえよ。結局、なにもかもわからずじまいみたいなもんだ。口止めなんざ必要ねえよ」

義右衛門が、失礼を致しましたと包みを引き、

「物を売る事情はさまざまありますゆえ、ご推察のほど、お願い申し上げますと、お奉行さまへお伝えくださいませ」

深々と頭を垂れる。

神人はゆっくり腰を上げた。

恵比寿屋を後にした神人はどこか納まりの悪さを感じながら歩いていた。

「主人はずいぶん冷たいですね。人ひとりの命より自分の懐を大事にするんですか

ら。ちょっと骨折ってやればいいことなのになぁ。旦那もすごすごと引き退がるなんて」

庄太がむすっとした顔で店を仰ぎ見る。

「おれはどうも主の義右衛門の態度が気になってしかたがねえ」

「ああしたものではないですか。大きな商いをしている店ですから、一藩士の尻拭いなど面倒なんですよ」

「そこだよ、庄太。千両万両の品物を扱う献残屋がたかだか数十両を惜しんであそこまで頑なになるもんか？」

「そうですかねぇ。けど旦那。金を持ってる奴ほどしわいっていうじゃないですか。勘兵衛さんだって味噌汁の実はいつも豆腐だけ」

「ねぎも入れろってお前が文句を垂らしていたといっておくよ」

神人が振り向くと、庄太があわてて後ろに手を回した。

「あ、なにを隠しやがった」

「羊羹ですよぉ。恵比寿屋さんじゃ口にできなかったから」

神人が憮然《ぶぜん》としていると、

「心配ないですよ。旦那の分もちゃんと持って来ました」

庄太が鼻をうごめかせた。

いらねえよと、神人は苦笑いを浮かべ、恵比寿屋の裏口へ眼をやった。潜《くぐ》り戸がそっと開くのが見えた。

笠《かさ》をかぶり、辺りを窺うようにして通りに出た者が足早に路地を行く。

「あれ、さっきの番頭さんじゃないですか」

早速、庄太は羊羹を頰張っている。

「やけに急いでやがる。やっぱりだ」

神人はひとりごちた。

番頭の肩越しに布にくるまれたものが見える。細い棒状のものだ。三尺ほどの長さがあった。

「掛け軸かなにかですかね」

神人と庄太は気取られないように番頭の後を尾けた。

「いいや、あれは刀だ。おそらく枝島って藩士の行く先の見当がついているということだ。枝島がいなくなったと義右衛門が聞いたとき、驚きはしたが焦った顔はしなかった」

「ちっともわかりませんよ」

庄太が唇を尖らせる。

「いいか。枝島なんぞどうなってもいいといった恵比寿屋だが、じつはそうじゃないかもしれないってことだ。それに鍋島焼の花器といったときの義右衛門の様子だ。この寒いのに額に汗が滲《にじ》むかってんだ。それまで淡々としたり顔で語ってた義右衛門があんときだけ汗を拭った。だとしたら――」

神人は走り出し、番頭の背に声をかけた。

「よう、恵比寿屋の番頭、どこに行くんだ？　抱えてるそいつ、枝島の差料じゃねえのか」

番頭が振り向き、眼を見開いた。

「こ、これはその……」

番頭が包みをしっかりと抱え直す。

「お客さまへお届けするものです」

「だから、そのお客は丘田藩の枝島兵衛だろう」

神人がさらに近づくと番頭は気の毒なほど顔を強張《こわば》らせた。

「わ、私はただ使いでございまして、詳しいことはなにも……」

番頭の足が小刻みに震える。

「案内《あない》してもらってもいいか。おっと、その前に付き合ってほしいところがある」

神人は低い声でいった。

「なに、時間は取らせねえ。モチノキ坂にある北町奉行鍋島直孝さまのお屋敷だ」

番頭の顔から血の気が一気に引いた。

五

深川の佐賀町に着いたときには陽も傾き、光も弱くなっていた。

恵比寿屋の番頭はここまでの道すがら己の知っていることをすべて話した。

さすがに奉行に対面させるといった脅しが効いたのだろう。

枝島兵衛には深川八幡宮前にある料理茶屋で知り合った女がいるという。それがあまり評判のよくない女で、国許から出て来たばかりの若い江戸詰藩士を狙ってはねんごろになるという悪癖を持っているらしい。

「そいつに枝島が見初められちまったのか」

「結構な大年増なんですが、なんというか甘えるのがうまくて可愛《かわい》らしく、なにより親身になって相手の話を聞くらしいんです」

なるほどと、神人は頷いた。国許から勇んで来たところで右も左もわからない。定府《じょうふ》の藩士にも軽んじられ、江戸の町にも言葉にも初めのうちは戸惑うはずだ。

そこに聞き上手な女がそっと身を寄せてきたら、くらりとするのも当然かもしれない。

「その女と知り合ってから、枝島さまのご様子ががらりと変わりまして。女と盛り場で遊び歩き、料理屋で飯を食い、博打《ばくち》にも手を染めているとか……」

献残物をごまかし、金を得ているのではないかという噂がと、番頭は額に皺《しわ》を寄せた。

「たしかな証があるのか？」

「いえ。ですが下級の藩士がどうやったらそんな遊びができるというのですか。もとは真面目で役目にも熱心な方でしたので、主も心配しておりました。その矢先にこたびのことが……」

へえ、あの冷たそうなご主人がねぇ、と庄太がいうや、番頭は色をなした。

「主人はそんなお方ではございません。あ、そこです。その路地の」

恵比寿屋の番頭は一番奥まった一軒家を指した。

「神人の旦那。これを渡すんですか」

庄太が不安げに神人を見上げる。鍋島奉行から預かってきた風呂敷包みを抱えている。中には例の花器が入っている。

「枝島が百二十両出すというなら渡してもいいが。けどな、まことに戻したいのがこの花器なのか確かめる」

神人が木戸に指をかけたとき、女の悲鳴が上がった。

神人は板戸を蹴破って家の中へ駆け込んだ。座敷には箪笥《たんす》や行李《こうり》からぶちまけられた着物や帯が散乱している。まるで空き巣にでも入られたようなありさまだ。

「ひゃあああ」

奥の襖《ふすま》を開け放つと、枝島兵衛が怒声を張り上げながら女の髪を引っつかみ、その場に引きずり倒すのが見えた。

「みんな、お前のために買ったのだ。お前のために金を作ったのだ！　なぜ一緒に逃げてくれないのだ」

枝島は馬乗りになって女の首に指をかけた。女は苦悶《くもん》の表情を浮かべもがく。裾の割れ目から白い足が覗いた。

「この馬鹿っ」

神人は枝島を蹴り倒した。枝島がもんどり打って転がる。ぜいぜい荒い息を吐きながら首許を押さえる女の身を神人は起こして叫んだ。

「庄太、女を頼む」

庄太はすぐさま女を表へと促し、怯《おび》え顔の番頭へ預けた。

枝島が弾けるように立ち上り歯を剝《む》く。

神人は風呂敷包みを解き、花器を手にした。

「てめえが欲しいのはこれか」

枝島の眼が大きく見開かれる。

強張った指を伸ばし、悪鬼のような形相《ぎょうそう》で神人に飛び掛って来た。

「庄太、受け取れ」

神人は花器をほうり投げる。弧を描いて飛んで行く花器を、枝島が呆けた顔で見送る。

「え、あわわわ、百二十両！」

胸で受け止めた庄太がほっとしてその場に座り込んだ。

「それを寄越せ、書付を返せ」

「書付だと？　そんなもんはどこにもねえ」

庄太がはっと気づいて花器の中を覗き込む。

「なにも入っていませんよ」

「誰だ、誰が抜き取ったっ！」

枝島がすさまじい形相になる。

「なぜおれだけがこんな目に遭う。皆、やっていることだ。おれだけじゃない。もっとひどい奴だっているのだ……」

「皆がどうした？　誰かに唆《そそのか》されたか？　なにをしたか知らねえが、結句、てめえがやっちまったことだろうが！　それで散々いい思いをしたのはてめえ自身だ」

「見たことがあるか？　使い切れない道具、食い切れない食い物が山と積まれているのをな。不用な品だと売り飛ばし、またぞろ不用な物を買い、別の奴に押し付ける。誰もありがたがっていない。感謝もしない。そんな物に無駄金を使い続けるなら、少しぐらいこっちに回してもいいではないか」

　枝島が吼《ほ》えた。

「それを屁《へ》理屈っていうんだ。書付ってのは、てめえがちょろまかした銭の証か。そいつを花器に隠したはいいが、それを売られて大あわて。藩にばれたらおしまいだと逃げたところで、結句、女もついちゃ来ねえ。こそこそ、ちまちま小金をくすねた挙句がこれだ」

「うわあぁぁぁ」

　枝島は庭へと降り立ち、鎌を手にして向き直り、でたらめに振り回した。

　枝島の眼はすでに常人のものではない。

　奇声を上げ、神人に躍りかかって来た。

　神人は宙を仰ぎ、ひと呼吸ついて、鯉口《こいぐち》を切った。


　庄太が築地にある丘田藩藩邸に走った。

　枝島はすぐさま連行されて行った。髷《まげ》は乱れ、口から唾液を垂らし、ぶつぶつとなにかを呟き、眼はあらぬ方向を見つめていた。支えられなければまともに歩けないようだった。恵比寿屋の前でも白目を剝いて倒れたほどだ。もとは小心で真面目な男だったのだろう。

神人は花器を持ち、庄太とともに再び恵比寿屋ののれんをくぐった。

「番頭よりあらましを聞きました」

義右衛門は昼間と変わらず、落ち着き払った表情で神人を迎えた。

「恵比寿屋。あんたはどこまで知っていたんだ」

義右衛門はほうとひとつ息を吐いた。

「手前どもにこの花器が持ち込まれたとき、はっきりと知りました」

持ち込まれた献残品はその日のうちに細かに調べるのだと義右衛門がいった。食物ならばカビは生えていないか、腐ってはいないか。器ならば傷や破損、織物なら汚れという具合だ。

「なにを持ち込まれるかわかりませんのでね。お武家さまに油断は禁物です」

義右衛門は冗談ともつかぬことをいって笑った。

もし、不備があれば買い上げただけ損にもなる。万が一、気づかず売ってしまった場合、信用にかかわる。

「これでも気を使う商売なのですよ。世間では高価な品を右から左へ移して大儲けしていると陰口を叩かれておりますが」

義右衛門は自嘲ぎみにいった。

「あの花器の中から他の献残屋と手前どもからの書付を見つけたのです。藩で帳簿調べでもあったのでしょうか、咄嗟《とっさ》に入れたことを忘れていたのでしょうね」

義右衛門はすぐさま枝島の上役に丘田藩の献残品売買の帳簿の確認を頼んだ。自分の店で台帳を紛失したと理由を立て、枝島の名は出さなかったという。

「これがそうです」

義右衛門は神人の前に数枚の書付を広げた。

庄太が眼を通して、唸った。

「これ……ほんとですか。見てくださいよ、神人の旦那」

神人も手にしてみたが、数が並んでいるだけでよくはわからない。

「では、手口を略してみます」

庄太はこほんと咳払いをして話し始めた。

本来ならば五つ買って十両払うところを、四つしか買わず、十両払ったふうに装い、二両懐に入れる。そして贈答の際には三つで間に合ったからといって二つ分献残屋に売ったことにする――と。

「ですが物は四つしか買ってないんですから、献残屋に売るのはひとつしかない。

でも献残屋に安く叩かれたといえば済んでしまいます。帳簿の数字はちゃんとしてありますから」

「大量ならばもっとごまかせるわけか」

「まあ、この書付ですと……」

　庄太が一枚一枚繰りながら、掌の上で指先を弾いた。

「三月でざっと二百三十両着服してます」

「その通りです」

　義右衛門が眼を瞠《みは》る。庄太はふんと鼻を鳴らす。

　これを見て枝島が献残品の数量を違えて藩に申告し、多額の金子《きんす》を手にしていることを知ったという。

「お役の長い方ですと献上品を余分に購ったようにして銭を得るようなことは当然のごとく行なっています。おそらく枝島さまも同役の方々の真似をしただけなのでしょうが。始めは一両、二両がそのうち」

「ばれねえもんだから調子に乗ったってわけか。そのうえ女が出来て……。そんなときこの花器が売りに出されちまった。書付をうっかりほうり込んだことを思い出し、焦ったと」

「これまで得た金子も使い果していたのでしょう」

義右衛門はそういうと手燭《てしょく》を手に立ち上がった。

「こちらへどうぞ」

神人と庄太は、裏にある蔵へと案内された。

義右衛門が蔵の扉を開くと、ひんやりとした乾いた風が行き過ぎる。手燭をかざすと、ぼんやりとした灯《あか》りに内部が照らされた。

「うわあ」

庄太が頓狂な声を上げた。木箱や俵、こも包みの物が山積みにされている。

「諸国の産物がここにはあります。上には陶器、磁器、金銀細工、掛け軸などがありますがご覧になりますか?」

義右衛門は梯子段へ眼を移した。

いやと、神人は首を振った。

「澤本さま。私には物たちの声が聞こえるのですよ。辛く哀しい声です」

神人は眉をしかめる。

「私は物心ついたときから蔵の中で遊んでおりました。番頭や親父からはこっぴどく叱られましたがね。本来、物を贈るということは、気持ちもともに贈ることではないですかね。ただ儀礼的にやり取りするだけでは物たちが気の毒でなりません」

それでもと、義右衛門は続けた。

「お武家や裕福な者たちが、物を買い、金を落とすことが町やその土地を潤すのもたしかです。物を巡らせ、人を繋《つな》ぐ。それを取り持つのが献残屋でございます」

義右衛門が俵をぽんぽんと叩いた。

「ひとつ教えてくれ。枝島を救うつもりで、わざと冷淡な素振りを見せ、おれたちにかかわるなといったのか？　女に入れあげ藩の金を掠《かす》め取っていた奴なんだぜ」

神人は義右衛門へ鋭い眼を向けた。義右衛門がふと頰を緩ませる。

「なにも枝島さまをお助けしようとしたわけではありません。手前どもはお武家との商いでございますから、それぞれの御家の事情は一切洩らさないのが身上でございます」

ほうと、神人は顎をしゃくった。

「店のためってことか」

「その通りでございます」

ただと、義右衛門がいった。

「半年前、江戸に出て来たばかりの枝島さまが通りの端を進みながら、荷車の献残物に向かって、すまぬなと謝っておられた。その言葉が妙に胸の底に残っておりまして。もっともいまさらなにをいっても」

せん無いことですがと、義右衛門は寂しげに呟くと、すぐさま顔を引き締めた。

「澤本さま。先ほど藩邸に使いを送りましたところ、鍋島焼の花器はたしかに手違いで売られた物と、ご家老さまよりお返事がございました。ご近習の方が納める場所を間違えたのだそうです」

ただ、枝島のいった手違いは、書付を取り返すための虚偽だったのだろうと、義右衛門は付け加えた。

「あの花器は、お奉行さまのお心のこもった品でございますゆえ、この始末、後は恵比寿屋におまかせくださいませ」

おうと、短く応え神人は踵《きびす》を返した。

月が饅頭《まんじゅう》に見えると文句を垂れる庄太をなだめながら屋敷へ戻ると、多代が飛んで出て来た。

「伯父上、遅いお帰りですね。もうおふくさんとともに夕餉《ゆうげ》を済ませてしまいましたけど、庄太さん、伯父上とご一緒にどうぞ」

「はあ、助かります。もう腹が減って眼の前がかすんで――あれっ」

庄太がごしごし眼をこする。多代の足下からくまが顔を出していた。

「いつから犬ころを飼ってんです」

「犬ころじゃありません。くまという名がちゃんとございます」

多代がつんと唇を尖らせた。

「ははあ、くまですか。なるほどねぇ」

庄太が笑いを堪《こら》えるようにくまを見る。

くまは神人を見上げ、懸命に尾を振った。

神人がくまを抱き上げる。

不意に、正体を失《な》くした枝島の姿が脳裏に浮かび上がってきた。

「あいつも犬走りに逃げ込んだ口だ。なあ、くま。お前は難を逃れたが、あいつはもう抜け出せねえんだろうな」

「犬ころになにを話しかけているんですか」

「なんでもねえよ。独り言だ」

「よけい気味が悪いですよ」

「ま、まっとうに往来は歩きてえってことだ。お天道《てんと》さまを浴びて堂々と、な」

庄太がはっとして口許を歪めた。

「枝島って人はどうなるんでしょうね」

「さあな。どんな理由があっても選んだのはてめえだ。なるようにしかならねえよ」

神人は吐き捨てるようにいい放った。

くまが小さく鳴いて険しい表情をした神人の鼻先を舐めた。

途端に鼻がむずむずしたがくさめは出なかった。神人はうっとうしげに顔をしかめた。

宝の山

一

紙屑《かみくず》買いの三吉《さんきち》は帯に棒秤《ぼうばかり》を差し、天秤《てんびん》棒に方形の御膳籠《かご》をぶら提《さ》げ、声を張り上げながら、八丁堀をゆっくり歩いていた。

「屑ぅい、お払ぁい」

紙屑買いは、武家屋敷や寺社、商家などを巡り、反故《ほご》や古帳などの紙以外にも、古金物、古着などを買い取る商いだ。買い取った物はそれらを売り物にしたり、再生したりする商売人たちへと転売する。

三吉は金物や古着も扱ったが、一番多く引き取るのは古紙だ。

古紙は紙漉《かみす》き職人によって漉き直しされる。こうした紙を漉き返しといって、古く江戸では浅草に紙漉き職人が多くいたため、浅草紙と呼ばれていた。

近年では、紙漉き職人が千住《せんじゅ》などに移り住み、浅草ではめっきり紙漉きは見られなくなった。山谷堀《さんやぼり》に架かる紙洗橋という小さな石橋の名称が往時を伝えるていどだ。

三吉は武家屋敷の塀を越して枝を伸ばす梅の木を見上げる。新たな年を迎え、小さな白い五弁花が、いまが盛りと咲いている。漂う芳香に三吉は鼻をすんすんさせて、笑みを浮かべた。

じつは自分の生まれ年も生まれた場所も三吉は知らない。

物心ついたときには紙屑買いをしている爺《じい》さんの許《もと》で暮らしていた。爺さんにはもう女房はなく、歳《とし》もそのとき六十を過ぎていた。たぶん、三吉を産み落とした母親の父親であろうと思われたが、三吉が十ぐらいになったときだ。夕餉《ゆうげ》を食っている最中に突然、胸のあたりを押さえて呻《うめ》き、そのまま逝《い》ってしまった。

一緒にいたのは五年ほどであったが、爺さんは三吉に手を上げたこともなければ、声を荒らげたこともない。前歯のない口をいつも大きく開けて、がはがは笑い、酒が入ると、

「坊のおつむりが、ちぃっとばかしのんきなことが、爺は不憫《ふびん》でしかたねえ。けれど誰より素直で正直なのが坊のいいところだと思っているからよぉ」

節くれ立った大きな手で三吉の頭を撫《な》でた。

三吉はいまでもその掌《てのひら》の温かさを覚えている。

長屋の連中はひとりぼっちになった三吉を気の毒がり、代わりばんこに面倒を見

てくれた。おそらく爺さんが感じていた不憫さを長屋の者も知っていたのだろう。三吉が爺さんの後を継ぐように紙屑買いの仕事をはじめるようになったときには、長屋の誰もが心配した。

三吉は、物を覚えるにも人の倍はかかり、銭勘定も遅い。そのうえ人を疑うことをしないので、すぐだまされる。

同じ紙屑買いの者に博打で銭を倍にしてやるといわれ、その日の稼ぎをすっかり渡してしまったり、どこそこの女中がおめえにほの字だと聞かされて、祝言はいつにしたらいいかと直接訊ねに行って頬を張られたりした。

それでも三吉は怒ったり、相手を詰《なじ》ったりしない。しじゅう、にこにこ笑って、

「人にはいろいろあるからなぁ」

爺さんの口癖を真似《まね》ては済ませてしまう。

長屋の連中は三吉が悪い奴《やつ》らに付け込まれて、よからぬ道に巻き込まれるのじゃないかとはらはらしていたが、不思議なもので数年経《た》つと、ワルのほうから離れていった。

あまりに三吉が無垢《むく》すぎて、面白味がなかったのだろうと皆で噂《うわさ》しあったほどだった。

おかげでいまでは爺さんから引き継いだ得意先以上に武家屋敷や商家、寺社に出

入りをしていた。

　なんといっても三吉は嘘《うそ》をつかないし、ごまかすようなこともまずしない。爺さんの商いを幼い頃から見ていた三吉はそのとおり真似ているだけであったが、それだけ爺さんが客に信用される紙屑買いだったともいえる。

　客の中には三吉を侮って反故をわざと水で湿らせて嵩《かさ》を稼ぐずる賢い者もいた。それでも構わず三吉はその重さ分の銭をきちんと払うので、そのうち皆、いたたまれなくなって、きちんと反故を出すようになった。

　諸色調掛同心を務める澤本神人の住む屋敷の前で三吉は足を止める。奉行所の与力や同心が住む八丁堀にも得意先が十数軒あったが神人の処もそのひとつだ。

　五のつく日には必ず立ち寄ることになっていた。

「お払いの御用はございますかぁ」

　庭先で綿入を着込み植木の手入れをしていた神人は三吉の声を聞き、門を開けた。

「よう三吉、ご苦労だな」

「とんでもねえことですよ。いつもご贔屓《ひいき》にありがとうございやす。旦那、本日はお休みで?」

「いや、今日は昼までで戻ったのさ。おおーい、おふくさん。三吉だ。じゃあ三吉、裏へ回ってくれ」

おふくは、男やもめの神人と妹の忘れ形見である多代とのふたり暮らしの澤本家の家事一切を取り仕切っている五十女だ。

三吉は神人の後について勝手のとば口に回ると、すでに中ほどまで紙屑の詰まった方形の籠を地面に置く。

「三吉、中へ入れよ」

「いえ、おれはこちらでお待ちしてやす」

神人は勝手口から入り、再びおふくを呼ぶ。

おふくは、あらあらすみませんねぇと前掛けで手を拭きながら姿を現した。

「いま集めてくるから待っててくれ」

神人は庭草履を脱ぎ、板の間にあがる。

「ここに庭草履を置いていくと、また大騒ぎだわ。庭の草履をどこやったってねぇ。旦那は忘れっぽいからね」

おふくが笑いながら三和土《たたき》に下り、茶を差し出すと、三吉は押し頂くようにして受け取った。

「三吉さんは、この春でいくつになったの」

「へえ、おおよそ二十五ぐらいじゃねえかと思います」

「おおよそってのがいいねぇ。あたしもおおよそ五十っていっておこうかね」

おふくはけらけら笑う。

「おおい、おふくさん。手伝ってくんねぇ。多代の手習いの反故が、おおっと」

神人が両腕に墨で真っ黒になった紙を抱えて持ってきた。

「あら旦那、そんなにあったんですか」

おふくがあわてて板の間に上がる。

多代はひと月前から近所の手習いに通い始めた。いまは覚えたての文字を書くだけで楽しいのだろう。どこぞの書家かというふうに得意満面で紙に筆を走らせているが、ようやくいろはが書けるようになったくらいだ。

「まったく文字書き熱が少しは収まってくれねえと、襖《ふすま》にも書いちまいそうな勢いだな、ああ、いけねえ」

紙が一枚ふわりと浮かんで三和土に落ちた。

見れば『さわもとたよ』と自分の姓名が記されていたが、『と』の字と『よ』の字の向きが逆だった。

拾い上げた神人は思わず苦笑した。これは、とっておこうと懐へ納めた。

「あれあれ、ただ引っつかんできたのじゃ困りますよ。きちっとまとめてくださいな」

おふくは軽く眉根を寄せた。

その声が聞こえたのか三吉は茶碗《ちゃわん》を手に勝手口から顔を覗かせ、

「いいですよぉ。おれが揃《そろ》えますからぁ」

のんきにいう。

「三吉、面倒だ。やっぱり庭へ回ってくれ」

へーいと、三吉は湯飲みをおふくに手渡すと、すぐさま天秤棒を担いだ。

二

神人が縁側に反故をまとめて置くと、三吉は棒秤を取り出し、重さを量る。

神人はぱんと着流しの裾を払って胡坐《あぐら》を組んだ。

「どうだい三吉、繁盛しているかい」

「えへへ、おかげさまで。八丁堀の旦那衆はしわいですけど、皆さん、よくしてくれます」

三吉は懸命に眼をすがめ分銅の位置を変えながら目盛りを読んでいる。

「はっはっは、しわいは余計だよ」

おふくが神人に茶を運んできた。

「おお、すまねえな」

「旦那、古着も少しばかりありましたかねぇ」

「あれはもうだめだ」

神人は茶をすすりながら肩をすくめた。

「多代が、みんなくまにやっちまった」

神人が目線を落とすと、縁側の下から古着にくるまっていたくまがひょっこり顔を出した。

「あらまぁ、ほんとだよ」

身を乗り出して縁側の下を覗いたおふくが眼を丸くした。

若い職人たちに追い回されていたところを神人が連れ帰った子犬だ。茶色の毛と、ころころ太っていたところから、多代がくまと名づけたのだが、意気地がなくて人懐こい。強い風が吹くと身体《からだ》を震わせ、寒い夜など神人の夜具にもそもそ忍び入ってきたなく寝ている。湯たんぽ代わりになっても、番犬にはとてもなれそうにない。どうせ犬を飼うなら強くて勇ましいほうがいいと考えてしまうが、それも、なるようにしかならないものだと諦めた。

「さて、そろそろ多代が戻る時分かな」

神人は焦《じ》れるふうに両膝を打った。

「三吉、飯がまだなら、うちで弁当つかっていって構わねえよ。味噌汁《みそしる》ぐらいは出せるぜ」

「へえ、ありがとう存じます」

三吉はなんともいえない笑顔を向けた。裏表のない三吉の素直さがそのまま表れたような顔だ。神人は己のことはさておいて、三吉を理解してくれる女子《おなご》が現れてくれたらいいと心の底から思っている。

縁側の下からくまが出てきて、三吉を見上げると「わん」と吠えた。

「おいおい、くまや、どうした。腹が減っているのか。どれ、ちょっと待ちなよ。こらこらじゃれつくんじゃないよぉ」

三吉は自分で握ったのか、不恰好《ぶかっこう》な握り飯を取り出し、ふたつに割ってくまに与える。

くまがうれしそうにかぶりつく。

「嫌だよ、くま。三吉さんのお昼をとっちまって。意地汚いねぇ」

「なあ三吉。おめえもいい歳だ。かみさんがいたらいいと思っているだろう」

神人の言葉に三吉はくまの頭を撫でながらいった。

「からかうのはなしだよ、旦那。おれの処《そ》へ嫁に来てくれる女なんざいねえよ」

そうかなぁと、神人は剃り残した髭《ひげ》を指で引き抜いた。

「真面目《まじめ》だし、商売熱心だ」

「おれは莫迦《ばか》でぼんやりだからさ。それでおっ母さんも見切りをつけておれを捨てたんだもんな」

「そんなこと誰がいったんだ」

「誰もいわないさ。けどおれ、わかるよ、死んだ爺ちゃんも長屋のみんなもおれに優しかった。いまも優しい」

　でも眼つきでわかるんだと、三吉はいった。

　神人は三吉を見つめる。

「どーれ、よしよし。前より重くなったなぁ」

　くまを抱き上げた三吉はその鼻先に自分の鼻をこすりつけた。

「眼が気の毒がっているのがわかるんだ」

　神人はわずかに首を振って唇を歪《ゆが》めた。

「でもくまは違うよ、旦那。紙屑買いの三吉だってちゃんとおれのことわかってるからな。唸《うな》ったり、睨《にら》んだりしねえ。ああ、そうか。くまが賢いんだな」

　三吉はくまへ笑いかける。

　神人の後ろでおふくがぐすっと洟《はな》を啜り上げ、座敷を出ていった。

「おれのことより、神人の旦那こそ嫁さんもらわなきゃいけねえよ。多代さまだっておっ母さんがいないとおさびしい」

神人は肩を揺らした。

「そうだな。とんだやぶ蛇だ。ならどっちの嫁取りが早いか競ってみるか」

「それは無理だよ、旦那。だっておれには嫁取りより、叶《かな》えたい夢があるんだ」

神人は眼をしばたたいた。

「ほう……そいつは初耳だ。聞かせてくれ」

くまをそっと地面におろし、えへへと三吉は照れた。

「どうしようかなぁ。誰にもいったことがないんだ。でも神人の旦那ならいってもいいかなぁ」

「なんだ、もったいぶらずにいってみろ」

うーんと三吉は考え込んだが、すぐに首を横に振った。

「やっぱり駄目だ。いったら笑われるに決まってるよぉ」

「笑うものか」

「いやいや、叶うまではここんとこに」

三吉は胸のあたりをどんと叩《たた》いて、しまっとくつもりですと、見得を切るようにいった。

「じゃあ、その日がくるまで楽しみにしているぜ」

へい、と三吉は嬉《うれ》しそうに笑った。

「ただいま戻りました、伯父上《おじ》。あら三吉さんご苦労さまです」

手習いを終え帰宅した多代は居間に入るなりかしこまって頭を下げた。

「ああ、多代さま。紙屑屋風情に頭なんぞ下げちゃいけませんよぉ」

三吉があわてて手を振ると、多代は不思議そうな顔つきをした。

「だって三吉さんは我が家の反故を買い上げてくださっているのでしょう」

「まあ、それはそうですけど……へへ、でも商いでやってることですからねぇ」

三吉の足下にいたくまが多代を見上げ、甘え声を出して懸命に尻尾を振る。

「おいで、くま」

多代が縁側から手を伸ばすと、くまははっはっと荒い息を吐きながら嬉しそうに飛びついた。きゃあくすぐったいと、多代はくまを抱えて転がる。

三吉は眼を細め、その様子をにこにこしながら見つめる。

「多代。くまとじゃれるのはあとだ。おまえの戻りを待っていたんだ。さっさと昼餉を済ませてくれよ」

多代は不服そうに口先を尖らせたが、すぐに気づいて、はいと応えた。

今日は神人の妹で多代の母である初津《はつ》の命日だった。澤本家の菩提寺《ぼだいじ》は南本所《ほんじょ》にある報恩寺《ほうおんじ》だ。船で大川から竪川《たてかわ》を上り、竪川と交差する横川へと入り北へ行く。まだ川風が冷たいが、幼い多代を歩かせるよりずっといい。

先年、初津の七回忌の法要を終え、ひと区切りついたような気がしているが、いまも毎月の墓参りをかかしたことはない。

多代はくまを抱いたまま勝手へ向かった。

「座敷に上げるならくまの足裏をちゃんと拭けよ」

神人が怒鳴ると、多代の返事が奥から聞こえてきた。ふうと息を吐き、神人は再び三吉へと顔を向けた。

「そういやぁ、おめえ南本所まで回っているそうだな」

「お大名家の下屋敷とかぁ、お寺さんもありますよ」

「ずいぶん手広く回っているが、同業から文句は出ねえのか」

「へえ。お武家や大店《おおだな》、お寺社で使う紙は上質のものが多いからね、山谷にいる紙漉き職人に高く買い取ってもらえるし。おれ、稼がないといけねえ。まだ銭が足りないからさ」

「ほう、もうどのくらい貯《た》まったんだい」

神人が身を乗り出すと、三吉はあたりをはばかるように指を二本そっと立てた。

「ふうん二両、か」

三吉は少し怒ったふうに首を振る。

「おお……二十か。そいつはすげえな」

神人は声をひそめていった。

「その銭は夢のためかい？」

三吉は誤魔化すふうに歯を見せただけだ。

「それは内緒か。なかなか口が堅ぇな」

軽く舌打ちをして立ち上がりかけた神人はひくひく鼻をうごめかせた。

「味噌汁がそろそろ温まったみたいだな」

「ありがとう存じます。じゃあ残りをすぐ量っちまいます」

三吉は張り切って反故をまとめ始めた。

三

神人は同心詰所でひとり、巡った町名と店名をまとめて書き上げていた。他の同心は忙しいのか皆、出払っている。

これまで定町廻りと隠密廻りを務め、江戸の町を休みなく走り廻っていたが、同じく町を巡る勤めでも諸色調掛同心は、いたってのんきなものだった。

べつにお役でしくじりを犯したわけではない。彫りが深く目鼻立ちがはっきりとしている神人を見た奉行の鍋島直孝が隠密にしては顔が濃いといったそのひと言でお役替えになったのだ。

神人はため息を洩《も》らした。

ここ数日、書き上げを怠っていたせいだ。いちばん大きな出来事は五日前の酒の水増し事件だった。

ある居酒屋で出されている酒があまりに薄いという苦情が寄せられ赴いたところ、店主の女房が夜な夜な酒樽《さかだる》に水を注ぎ入れていたことが知れた。

江戸ではもともと生一本《きいっぽん》の酒を出すことのほうが珍しい。水増しするのはあたりまえで、「みんなやってることだ」と女房も開き直っていた。

しかしさすがに八割がた水というのは悪質だとして主《あるじ》夫婦は奉行所に呼び出され、与力から厳しい訓諭を受けた。

串団子の数を四つから三つに減らしたのに値を上げたとか、引き札のうたい文句に嘘があったとか、春からケチ臭い話ばかりだった。

ひとつ大きかったのは、呉服屋の手代が大晦日《おおみそか》の掛集《かけあつ》めに出掛けたまま、行方知れずになったことだ。

大店になると、江戸以外にも顧客がいる。豪農やその地域を廻る行商人だ。こうした地方の顧客の掛集めは盆前の文月《ふみづき》と師走《しわす》の二回。

師走の末、武州岩槻《いわつき》へと向かった手代とその供についた下男が、正月も明け、藪入りが過ぎても戻らない。やれふたりともに旅先で病を得たか、怪我《けが》でもしたかと呉服屋では大騒ぎになった。

神人もよく立ち寄る呉服屋で、その手代の顔もよく見知っていた。真面目で実直な男だ。

ところが、その手代と下男をひょんなところで見かけた。浅草神社だ。わけを聞けば、なんとも健気なものだった。岩槻へ一旦行ったものの、一軒だけどうしても支払いを拒む客があった。かなりの大口だったため、このままでは店に帰れないと、困りに困って占いに頼ったところ、大川近辺、谷中、下谷、浅草などの七福神巡りをして、恵比寿に願掛けをするといいと告げられた。恵比寿は商売繁盛の神。商家では毎年神無月に恵比寿神を祀《まつ》り、米俵を積み、お供えをして商いの繁盛を願う恵比寿講があるほど信仰されている。手代と下男は占い通りに七福神巡りをして、日にちが経ってしまったのだという。

これもそれもお店のためにしたことだと、神人が呉服屋の主に取りなし事なきを得た。

掛集めも大変だと、ひとりごちながら書き並べつつも、神人の思いはべつのところにあった。

一昨日、多代とともに報恩寺へ赴いた際、澤本家の墓前にまだ挿したばかりの花と線香が手向《たむ》けられていたのだ。

初津の命日を知る者はさほど多くはない。親戚も祥月命日ならばともかく月の命日までわざわざ出向いて来るとは思えなかった。

むろん離縁となった嫁ぎ先に初津が身罷《みまか》ったことは報《しら》せていない。むろん多代という忘れ形見がいることもだ。もっともどこかで耳にしているだろうと神人は思っている。だとしても、なにがしか気にかけているならば、悔やみのひとつ、線香一本でもいい、多代にひと目でも会いたいと、屋敷に赴いて来るはずだ。

それすらないということは、完全に縁を切ったということだろう。

一体誰がと、神人は香煙をあげる線香を眺めた。

燃え尽きるまでおよそ四半刻はかかる。いまだ燃えきっていないということは、ここを立ち去ってからさほどのときは経っていないということだ。多代に墓掃除を頼み、すぐさま、寺の坊主や門前の花売り女に訊《たず》ね回ってみたが、当然のことながら寺を訪れる者は町人もいれば武家もいて、誰がどこの墓へ参ったものかはわかるはずもない。

そのうえどこぞの大身《たいしん》旗本の代参もあり、いつもより境内に落ち着きがなかった。

ただ、ひとり銀杏の木の下で佇《たたず》んでいた若い坊主が、墓石を丹念に確かめながら行ったり来たりしている中年の武家を見かけたといった。だとしてもその武家が澤本家の墓を探していたのかはわからない。

考えても無駄だ。初津の友人がふらりと訪ねて来てくれたのやもしれぬし、数年を経ても我が妹を偲《しの》んでくれる者がいたことに感謝すればいいと、神人は生あくびをして筆を置いた。

しかし……これまで見たことのない顔の坊主だったといまさらながら神人は思った。

じつは声をかけた神人は坊主が振り向いた瞬間、眼を疑った。長く真《ま》っ直《す》ぐ伸びた眉に、切れ長の眼。浅黒く引き締まった顔には精悍《せいかん》さがあった。頭の剃り加減を見ても、まだ髪を落として間もないふうだ。なにより気になったのは手だ。竹刀《しない》だこが見えた。元は武家だったのだろう。

と、定町廻りがふたり、ぼやきながら戻って来た。一方は若く、もう片方はかつて神人とともに市中を巡っていた和泉与四郎《いずみよしろう》だ。若いほうが舌打ちしていった。

「あの紙屑買い、ちっとも口を割らねえ。てめえが襲われたってのに相手をかばっているんでしょうか、和泉さん」

和泉は薄い唇を曲げて己の頭を指で突いた。

「しかたねえさ。ちいっとばかりぼんやり者だからなぁ」

神人は思わず腰を上げた。

定町廻りのふたりが振り返る。

「おう澤本か。なんだそこにいたのか」

和泉がちらりと視線を向けた。

「その紙屑買いってのは三吉か？」

空とぼけた態度で和泉は湯飲みをとると火鉢に載った鉄瓶から湯を注いだ。

神人は文机《ふづくえ》から離れ、和泉の前に立った。

「三吉かと訊ねている。襲われたと聞こえたが、どうしたんだ」

「ああ？　三吉ならどうだというのだ。諸色調掛にはかかわりのないことだ」

「お役がどうのという話じゃねえ。三吉とは顔見知りだ。知った奴が襲われたとあっちゃ穏やかじゃねえ。それにおとついウチに来たばかりなんだよ」

和泉は、ほうとわざとらしく頷《うなず》くと、湯飲みを置いた。

「ならば訪ねて来たとき、三吉に変わったことはなかったか？　たとえば誰かに恨まれているだとか、悪い仲間が寄って来たとか」

神人をじっと見据えた。

「いや、いつもと同じだ。なにも変わったことはなかった。それにあいつは人に恨みを買うような奴じゃねえ」

神人が応えると、和泉は大袈裟《おおげさ》に肩を落とした。眦《まなじり》の上がった眼で、神人を窺《うかが》い見る。

「変わったなぁ、澤本。昔のお前は、恨みってのは本人が知らねえうちに買うこともあるってよくいってたじゃねえか。諸色調べなんぞやっているうちに甘くなったか。そういや眼もずいぶん優しくなったな」

神人は応えに窮し、ぐっと顎を引いた。

「ま、いずれにせよこの一件はすでに落着だ」

「どういうことだ」

本人が黙りこくってなにひとつ話してくれねえのだからこれは仕舞いだよと、和泉はのんきに伸びをした。

「おまえは職人や商人の世話も焼くのだろう？　それほど気になるなら様子を見に行ってやればいい。定町廻りはそれほど暇ではないのでね」

和泉は鼻を鳴らし、口角を上げた。

神人は彫りの深い目許《めもと》をわずかに強張《こわば》らせ、踵《きびす》を返したが、

「ところで、金治《きんじ》は元気にしてるか？」

背を向けたまま問うた。

金治はかつて神人の小者《こもの》だった男だ。諸色調掛を拝命したとき、和泉に預けた。

「ああ、勘もいいし、なにより動くのに億劫《おっくう》がらねえ。重宝してるよ」

和泉はそのときだけ素直に応じた。

「そうか。大事にしてやってくれよ」

神人はそれだけいうと、再び文机の前に腰を下ろし、筆を握った。


八ツ（午後二時）に奉行所を出た神人は浅草へと向かった。今日は浅草寺門前あたりを流し、そこから足を延ばして待乳山聖天宮《まつちやましょうてんぐう》周辺を歩くつもりだった。

庄太《しょうた》とは浅草寺門前の茶店で待ち合わせている。そこで喰《く》わせてくれるおこしがいま己の流行《はや》りなんだと抜かしていた。

庄太と落ち合う場所はほとんど食べ物屋だ。なにか腹に入れておかないと、見廻《みまわ》りの最中だろうがなんだろうが腹が減ったとたんに機嫌が悪くなるせいだ。

諸色調掛となってからは庄太を連れて歩くようになった。

神人がかつて面倒を見ていた金治は、幼い頃ふた親に捨てられ、祖母に育てられたが、少しばかりいきがって、貧乏人から銭をむしり取る高利貸しを殴った咎《とが》で神人が捕らえた男だった。

人を困らせる奴が大嫌いだと堂々といいのけたことが気に入って神人は手許に引き取って小者とした。

しかし諸色調べでは、鼻っ柱の強い金治のよさが活かせないと、和泉に預けたのだ。

三吉のことが妙に気にかかるのは、たぶん金治と生い立ちが似ているせいもある。むろん性質も風貌も異なるが、その日その日をわき目も振らず真っ直ぐ生きる懸命さがふたりにはあると思っていた。

やつらに比べておれはどうだと、神人は蔵前通りを進みながらぼやいた。

人の世なんぞ人の運命なんぞなるようにしかならねえと思う神人ではある。それは自棄《やけ》でも冷めているのでもなく楽観に近い。物事が動き始めたら、じたばたしたところで仕方がないと思うからだ。

だが、妹の初津は身ごもったことを知らぬまま離縁され、多代を産み落として死んだ。

己は多代を育てるうちに妻を娶《めと》ることも忘れ、いまは諸色調掛だ。それを恨んではいないが、どこかでべつの道も選べたのではないかと考えることもあった。

初津が離縁されたとき、なぜ嫁ぎ先に乗り込まなかったのか……そうすれば初津も生きていたかもしれない……多代は母を失わずに済んだかもしれない。隠密同心を解かれたとき、奉行に談判することもできた。

なにか行動に移したとき、どこかでべつの作用を起こすことだってなくはない。

金治を小者としたこともそうだ。あいつはどう思っているのだろう。

自堕落な暮らしをしているわけではないが、懸命に生きているかと問われれば、顔を伏せてしまうような気がした。

ふっと神人は心のうちで己を嗤《わら》った。

「甘くなったか」

そういった和泉の言葉のせいだ。

和泉は悪い奴ではないが、ともに定町廻りを務めていたときから、皮肉屋でちょっとひねた性質だった。しかし、探索にかけては鋭い勘を働かせる。悪党には厳しいが、情に厚い部分も持っている男だった。金治をまかせたのも和泉のそうしたところが好ましく思えていたからだ。

「やめだやめだ、辛気くせえ」

神人が思わず声を上げると、すれ違いざま棒手振《ぼてふ》りが驚き顔で足を止めた。

「なんでもねえ、独り言だよ」

神人は白い歯を見せた。

荷を山と積んだ大八車が砂塵《さじん》を巻き上げ神人の横を通り過ぎる。売り声を上げて、魚屋が通る。

右手には白壁の幕府の御米蔵が並び建つ。

左手には飯屋、菓子屋、絵双紙屋、呉服屋、瀬戸物屋などの店が軒を連ねる。

江戸の町には物が溢《あふ》れ、人が溢れている。

町を繁栄させるのは物が動き、銭が動くことだ。財布のひもを締めてばかりいたら、江戸の町はしゅんとなってしまう。物と人がうまく動いて回るように見張っているのが諸色調掛だ。おれだってそうそう暇なわけじゃない。

神人は足を早めた。

四

茶店の縁台《えんだい》にすでに庄太は腰掛けていた。

神人の姿をみとめると、

「旦那。お先にいただいてます」

庄太はおこしをうまそうに頬張りながらいった。

「このざくざくした歯ごたえがたまりませんよ。固《かて》えからこそ嚙《か》むほどに甘さが口に広がって。歯も丈夫になりそうですよ。旦那もおひとついかがです。駆けつけひとかじりだ」

庄太がおこしを差し出してきた。

「なんだよそりゃあ」

薄く笑って庄太の隣に腰を下ろし、ざくりと一口かじる。蒸したうるち米を乾燥させ、水飴《みずあめ》、砂糖で固めただけの菓子だ。神人はあまり酒が強いほうではない。飲めばかならず二日酔いだ。庄太が酒飲みでなかったことに感謝しているが、甘い物を付き合わされるのもそれはそれできつくはある。

「早速ですが、勘兵衛さんから伝言があります」

神人はわずかに口許を歪めた。

「これから聖天宮のあたりを見廻るつもりだぜ。勘兵衛さんの頼まれ事でも今日は勘弁してほしいな」

大丈夫ですよぉと、庄太がいった。

「今日はこっちのほうを廻るといったら、じゃあ丁度いいってなったんです。先日、両国の料理屋で騒ぎを起こした男がいたんですよ。そいつをあたってくれないかって」

「そういう話は定町廻りだろう」

神人は、運ばれてきた茶をすする。

「いやいや、芸者におれの女になれと無理やりせまったようで。それが紙漉き職人の伝蔵《でんぞう》って男でして」

伝蔵は待乳山聖天宮からさらに千住方面へ向かう途中の山谷町に住んでいる四十

を過ぎたばかりの男で、漉き返しの浅草紙を漉いていると庄太がいった。

浅草紙職人は、紙屑屋から反故を買い取り、漉き直した紙を紙屋に納めている。紙はもともと楮《こうぞ》や三椏《みつまた》などの植物の繊維がからんでできたものなので、煮込んで繊維をほぐして漉き直すことが可能だった。

もちろん質は格段に落ち、色も灰がかったものになる。墨文字が判別できるほど残っていることさえあった。

それでも落とし紙には十分で、子どもの手習い帳や安価な書物などにも用いられていた。

神人は残りのおこしを口にほうり込み、かみ砕く。甘味がじわりと広がった。

反故なので墨は仕方がないが、帳面などの間に入り込んだ埃や塵、髪の毛などを丁寧に取り去ってから、大釜で煮込み、どろどろの液体を作る。漂白のため石灰や米粉などを混ぜ、さらに石臼で挽《ひ》いてなめらかにして、ようやく紙料となる。そのあとは通常の生漉き紙と同じように簀桁《すげた》で漉き、重石を載せて水を抜き、板に貼って乾燥させる。

「浅草紙はたいてい厠《かわや》の落とし紙なんで、紙屋でまとめて買ってもせいぜい四文、ちょいと質のいいものでも六文。手間の割に紙漉き職人もたいした儲《もう》けにはなりません」

「だよなぁ」

「ところがですね、その芸者の話によると、伝蔵の胴巻きにたんまり銭がはいっていたそうで。いい稼ぎ仕事があるからと威張ってたらしいです」

「ほう」

ということは、博打などの一時しのぎではないということだ。

「しかも伝蔵の漉き場には奉公人が幾人もいるっていうんですよ。十五を頭に子どもばかりが多いときには七人ほど」

それだけ奉公人がいても、伝蔵という職人はここふた月ほど妙に金回りがいいという評判だった。

「なんてったって吉原《よしわら》も近いですからね。馴染《なじ》みもいるって話です。ああ、そうだ。その昔、まだ紙漉きが浅草界隈《かいわい》に多かったころのことです」

なにを話し始めるのかと、神人は訝《いぶか》しげな顔で庄太を見る。

「大釜で煮込んだ紙料が冷えるのを待つ間、紙漉き職人たちが暇つぶしに吉原へ行ってたそうです」

紙漉き職人たちは登楼せず見物だけで帰るのが常で、

「冷やかす間だけだったので、買う気もないのに店を見て回ったりすることを、冷やかしっていうんですよ」

庄太はそういってちょっと自慢げに顎を突き出した。

「ふうん」

神人は顎を撫でた。

「ま、その紙漉き職人の伝蔵か？　急に金回りがよくなる奴は、悪事を働いたか、運がいいかのどっちかだな」

庄太が眼を真ん丸くした。小太りの庄太がさらにたぬきに見えた。

「旦那、大胆にいい切りましたねぇ。たしかに近ごろ仕事もいい加減だそうです」

納期をまったく守らなくなったことを紙屋の主が責めると、伝蔵は開き直り、

「気が向いたらな」

素知らぬ顔でいい放ったという。

「料理屋も紙屋も、両国ですからね。揉め事を起こされても困るからって勘兵衛さんがべつの手代に当たらせたわけですよ。で、漉き場を覗いたら、伝蔵は案の定留守でした。子どもらが懸命に仕事をしてたらしいんですけど、ろくに紙漉きなんざできやしません」

なのに、伝蔵は羽振りがいい。

「尻拭き紙漉くより割のいい仕事が見つかったんだろう。山谷町の紙漉き職人……か」

神人はおこしを口にほうりこんで嚙み砕きながら沈思したが、すぐに「三吉、だ」と呟いた。

「三吉さんがどうかしましたか」

庄太が茶を飲みつついった。庄太も神人の屋敷で三吉とは何度か顔を合わせたことがある。

「しかとわからねえが、たしか反故を引き取ってくれる紙漉きが山谷にいるといっていたな。紙漉き職人は昔ほどはいねえ。三吉ならその男を知っているかもな」

神人たちの前を着飾った娘たちが三人、なにがおかしいのか身をよじって笑いながら通り過ぎていった。庄太がてれりと目尻を下げる。

神人は舌打ちして声をひそめ、三吉が何者かに襲われたことを告げた。

「えっお奉行所ではもう探索しないってんですか？　そりゃひどい」

庄太は下がった目尻を吊《つ》り上げる。

「三吉がなにも話さないっていうのだから仕方がない。たしか三吉のねぐらは山川《やまかわ》町だった。様子を見に行ってやろうと思っていたんだが」

「旦那はどう思います？　なにもしゃべらないってのは……」

庄太が心配げに眉をひそめた。

「顔見知りかもしれないと定町廻りもいっていた」

それが紙漉きの伝蔵だということは十分あり得る。ふたりの間で、なにがしかの諍《いさか》いがあったかもしれない。三吉にしてみれば、伝蔵は屑紙を買い取ってくれる相手だ。

怪我をさせられても、先を考えれば文句はいえない。

神人は顔を強張らせた。

庄太が茶店の娘を手招いた。

「おめえ、まだ喰うのか。もう行くぞ。日が暮れちまう」

神人が立ち上がると、

「三吉さんへの見舞いですよぉ、嫌だなぁ」

口先を尖《とが》らせて庄太はいった。

五

富貴を与え、夫婦和合、子授け、縁結びなどにご利益があるという歓喜天《かんぎてん》を祀る本龍院は聖天さまと親しまれ、待乳山聖天宮は、大川河畔の小高い待乳山（真土山）の上にある。

山といっても高さは五間《けん》（九メートル）ほどだ。丘というほうがふさわしいが、権現造りの本堂まで石段を登りきると眺望が開ける。

眼下には町屋が広がり、水野老中の改革で移転させられた芝居小屋の建ち並ぶ猿若町、浅草寺の本堂の屋根や五重塔、そして遠く品川の海まで臨むことができた。

参詣はもちろん東都の景勝地としても賑《にぎ》わっている。

神人と庄太は浅草界隈の見廻りを止《や》め、足早に歩いていた。

三吉の住む山川町は待乳山の北、山谷堀に沿った小さな町だ。それでも山谷堀を使う吉原通いの客が立ち寄り、船宿も建ち並ぶ賑やかさがあった。

長屋は待乳山側に近い小間物屋の持ち物で、入り組んだ路地を入った奥にある土間と板の間の四畳半という九尺二間のねぐらだ。

粗末な長屋の木戸に「三きち」の名があった。狭い路地を挟んで六軒ずつ並んでいた。

井戸端でおしゃべりをしていた長屋の女房連中が、神人と庄太の姿をみとめると、

「八丁堀なんぞ役に立たない」

「威張りくさっているだけで」

聞こえよがしにいいながら、咎《とが》めるふうな厳しい視線を放ってきた。

「あの、三吉さんのお住まいは」

庄太が訊ねると年増の女房が腕を組み、

「見りゃアわかるだろう。お住まいなんてしゃれたもんじゃないさ。一番奥の厠の隣さ。でもいまは出掛けちまっていないねぇ」

剣突《けんつく》な物言いをした。

背を向けていた神人はくるりと踵を返して、女房たちに近づき、

「おれは諸色調掛の者だ。三吉の商いにはいつも感心している。役所で耳にしたんだが、三吉が襲われたっていうじゃねえか」

穏やかな口調でいった。

「あら、今朝の旦那とは大違いだよ」

けっこうな男前だねぇと、年増が若い女房を肘でこづいた。他の者もひそひそ神人を上目で窺《うかが》いながら話をしている。

「その、しょしきしらべってのは定町廻りの旦那より優しいのかい？」

態度をころりと変えた年増の女房がこびるようにいった。

神人はにこりと笑った。

捕り物はしない。縄もかけない。商売人があこぎな商いをしないよう見張っているが、正直に商売をしている者を誉めることもあるとまず告げた。

「それに三吉はおれの屋敷にも出入りをしているからな、心配で立ち寄ってみたんだが、怪我の具合はどうだ。どこへ行ったか知らねえか。庄太」

庄太が「これ、三吉さんへの見舞いに」と、おこしを差し出す。

女房たちは神人たちをしげしげ見つめ、皆で示し合わせるように頷きあうと、

「聖天さまへお参りに行くっていったきりなのさ。怪我はね、たいしたことなかったんだけど、家が荒らされちまってさ。盗るもんなんかありもしないのにね。そんなことの後だからあたしたちもこんなときまでって止めたんだけど」

年増が眉をひそめた。女房たちの様子から、三吉は皆に好かれているのが知れた。

「なら行き違いになっちまったなぁ。三吉は聖天宮へはよく行くのかえ」

「なんでも願掛けしてるそうだよ」

若い女房がいう。

願掛け……三吉が抱いている夢のためか。

「歓喜天は商売繁盛の神さまでもありますからねぇ。独り者の三吉さんが夫婦和合も子授けもないでしょうし」

庄太が訳知り顔でいった。

「ねぐらを見せてもらっても構わねえかな」

年増の女房は他の者と顔を見合わせ、目配《めくば》せした。どうやらこの年増が長屋の主《ぬし》のようなものらしい。

「いいよ。紙屑と古着とでいっぱいだろうけどね、こっちだよ」

腰高障子を開けると、女房のいうとおり、古紙と古着とが乱雑に積まれ、崩れ、狭いねぐらいっぱいに広がっていた。

「うわぁ、汚え」

庄太が叫んで顔を思い切りしかめた。

神人は土間の端に視線を向け、いった。

「これはひどく荒らされたものだな。普段の三吉はおそらくこっちだ」

吊り棚には物がきちんと整理されて置かれている。買い上げた金物だろう、木箱の中に大中小と品物をきちんと揃えて入れてあった。

「そうだよ、旦那。ごみとか屑とかいうけれど、三吉さんは買い上げたものはまた違う誰かが使う物になる、べつな物に生まれ変わるのだから大事にするんだって。おれはその手助けをしてるからって」

女房は後ろから尖った声を出した。

「この世にいらねえモンなんて生まれてこない。これは宝の山だってよくいってるよ」

「なるほど、宝の山か」

右から左へ視線を移せばすべてが見渡せる狭いねぐらだが、三吉はここでささやかながらも夢を描いて商いに励んでいた。ごみや屑が生まれ変わっていくさまを思い、それを親に捨てられた己と重ね合わせているのだろうか。

「それにしてもすごい量だ。これじゃ座るところもないからちょいと整えます」

庄太は図々しく上がり込むと紙をまとめ始めた。

神人は手前に落ちていた反故に眼を向けた。報恩寺の文字がちらりと見えた。紙を引き抜くと、武家や町人から喜捨された物品、金高などが記されていたようだ。だが、書き損じたものか、黒く塗りつぶされていた。

反故の山の中へ入り込んでいた庄太が、

「こいつはすごいや。ああ、三行半《みくだりはん》までありますよ。こっちの帳面には、ひゃあ」

いきなり頓狂な声を上げた。

「これ自分で描いたんですかねぇ、下手くそだなぁ、うぷぷ」

庄太が口を片方の手で押えながら帳面を開いて神人にかざす。男と女が絡み合う画だ。たしかに画力はなさそうだ。

「こんなものを誰かに見られたら大騒ぎですよ。おれだったら脅して、飯をおごらせます」

庄太の言葉に神人は眼を見開いた。

三吉の言葉が不意に甦《よみがえ》ってきた。

「お武家や大店、お寺社で使う紙は上質のものが多いからね、紙漉き職人に高く買い取ってもらえるし」

　紙の質じゃない。伝蔵は反故の中身が知りたかったのでないか。

　神人はいきなり踵を返した。

「あれ、旦那、どこ行くんです？」

「飯をおごらせるくらいならかわいげもあるが、本気で脅しにかかったらどうだ？」

「え？　まさか三吉さんがそんなこと」

　庄太が眼をぱちくりさせた。

「三吉じゃねえ。この二月ばかり妙に羽振りがいいっていってた、伝蔵だ」

　庄太の顔が強張る。

「伝蔵は三吉から買い上げた反故の中から脅しの種を見つけたに違いねえ」

　当人は捨てたと安心していても、他人にほじくり返されれば困惑もするし、都合が悪いものならばあわてることもある。

　なにを見つけたかは知らないが、伝蔵はそこに眼をつけたのだ。だから武家や商家、寺社の反故を欲しがった。伝蔵にとっても宝の山だったってことだ。

「あの……旦那。三吉さんがなにか悪いことにかかわってるはずないよね。あんなに正直者で真面目なんだからさ」

　腰高障子の陰から年増の女房が恐る恐るいった。

神人は黙って首肯した。女房の険しい表情が幾分、ほっとしたふうに解ける。

「あたしね、じつは見たんですよ。でもね、三吉さんに強く口止めされて」

「三吉に？」

神人は女房の顔をじっと見据えた。

「まだ夜明け前でしたけど、厠へ行こうと思って表にでたとき」

木戸からほおかぶりをした男が長屋を窺うようにしていたのだという。男は女房に気づいてすぐに姿を消したが、朝、起きてみたら三吉の家の戸が少し開いていたので覗いてみると、中はめちゃくちゃで、しかも三吉が倒れていた。

これは大変だと差配に報せ、番屋からも人が来て騒ぎになった。

「御番所のお役人は三吉さんがまったくしゃべらないから怒って帰っちまうし、あたし怖くなったから三吉さんに見たことを話したんですよ、そしたら」

絶対に話さないでくれ、これはおれの商いのことだからと三吉にしては珍しくきつい声でいったという。

「それで、ほおかぶりした男だが」

見た瞬間、なにかが変だと思ったといいつつ女房はいったん唇を噛み締め、

「ほおかぶりの頭のてっぺんが盛り上がってないというか、髷《まげ》がないふうに見えたんですよ」

神人を真っ直ぐに見つめた。

「つまり、坊主ってことか」

女房が強く頷いた。

六

定町廻りの和泉が出張って、紙漉き職人の伝蔵はお縄になった。

はじまりはほんのささいなことだった。

大店の番頭が博打でこしらえた借金の証文を三吉が集めた反故の中から見つけたのだ。

いくら番頭といえども簡単に返せない金額だと踏んだ伝蔵はその店に出向いた。

店の金を使い込んだのだろうと伝蔵に脅された番頭は、面倒を恐れて金を渡した。

奉行所に呼び出されたその番頭は二十年奉公した金できちんと返済をしていたことがわかったが、主の信頼を失うと思い伝蔵のいいなりになったと、身を震わせた。

そのとき、一朱という思わぬ金を得ていい気になった伝蔵は漉き返しもろくにせず、反故を探っては小さなことで脅しをかけ始めた。

「でもほんとにみんな、ちっちゃいことですよねぇ。ひどいのはお武家のぼっちゃ

ん の塾の吟味《ぎんみ》試験でしたけど」

庄太は縁側に座って、昼寝をしているくまの背を撫でていた。

息子のあまりにひどい試験の結果を門前に貼り出すというのだ。むろん主人ではなく、妻女に話が行くように取り付ける。

「大金を求めないから、皆、買い上げちゃう。うまいですよぉ。二百文とか五百文とか、それで恥ずかしい思いをしなくて済むなら払いたくなります」

そうした商家や武家がこのふた月の間に百近くあったと伝蔵は吟味与力に威張っていったらしい。

「漉き直ししてる暇なんざねえはずだよ。けど和泉には文句をいわれた。あんな小悪党で出張らせるなってな」

神人は首の凝《こ》りをとるように左右に振る。

庄太が唇を突き出した。

「しょうがねえですよ。神人の旦那はお縄にはできねえんだから」

「けどな報恩寺の坊主にはやり過ぎた」

三吉を襲ったのは、妹の墓参りのときに会った坊主だった。襲ったというより懇願しにきたが、つい感情が高ぶったというほうが正しい。

やはり元はさる大身に仕えていた若侍だった。だが、主の息女と恋仲になったのを主に知られ、息女は他家に嫁入りし、若侍は自ら出家した。

「すでに嫁入りが決まってたっていうんじゃしかたないですかねぇ」

うんうんと庄太は神妙な顔つきで幾度も頷いた。

「でも坊主になってもその想いを断ち切れなかったんですねぇ。そのご息女からもらった懸想文が捨てられなかったんだから……」

切ないなぁと、庄太は空を仰いだ。

どこの屋敷のものか、梅の花びらがひらりひらりと舞い落ちてきた。

昨日、神人は報恩寺へと赴いた。

若い坊主は、文を焼き捨てるはずだったがなかなかできずにいるうち、小坊主が他の反故とともに三吉へ渡してしまったのだといった。そのことに気づいたときに、差出人のない文が届けられた。

瓦版屋に懸想文を渡せば、嫁いだ息女の立場も悪くなるだろうとたどたどしい文字で記されていたという。

これはよく寺に来る紙屑買いの三吉の仕業だと、息女からの文を取り戻すため家に忍びいったと涙ながらに語り、

「己の未練が恥ずかしゅうございます。三吉さんにも助けられました」

と、うなだれた。

三吉は奉行所に呼び出されたが、終始、怪我は自分で転んだものだといい張ったらしい。

「なるようになったような、ならなかったような……」

神人が呟くと庄太が眼を丸くした。

「いつもの旦那じゃねえ」

わざとらしく身を震わせて、くまにしがみついた。くまが迷惑そうに庄太の腕をすり抜けていく。と、そこへ、

「屑ぅい、お払ぁい」

三吉ののどかな声に続いて、

「お払いの御用はございませんかぁ」

幼い声が響いた。神人と庄太は顔を見合せる。

小太りの庄太が弾かれたふうに駆け出した。くまもその後を追いかける。

庄太に促された三吉が申し訳なさそうに庭へ入って来た。

「旦那。こたびはありがとうございました」

深々と頭を下げる。

「おれ、伝蔵さんがあんなことしてるってまったく知らねえでいたから。あのお寺へ素直に伝蔵さんの文を届けちまった」

「仕方ねえよ。まさか懸想文が混ざってるなんて気づかないもんな」

だいたいお武家のお嬢さんの文なんて読めませんよぉと三吉は笑った。

「ところで和泉は厳しくなかったかい？」

へへへと三吉は鼻の横を掻《か》いた。

「お優しい方でしたよぉ。おれの夢を叶えてくれました。ほら、この子ですよ」

三吉の足にしがみついて、神人を恐々《こわごわ》見上げている。まだ五歳ほどの童だ。

「おう、なんだよ。和泉が叶えたって？」

神人はちょっとふてくされたふうに口許を曲げた。

「伝蔵さんの漉き場にいた子どもたちはみんな親なし宿無しだったんです」

伝蔵はどこからか子どもを連れてきてはろくろく物も食べさせず、働かせていたという。女児は十を過ぎるといつの間にかいなくなっていたと三吉はいった。

神人は眉をひそめた。人買いと女衒《ぜげん》の真似もしていたに違いない。こたびの脅しと合わせれば、伝蔵の罪はかなり重くなる。

「おれはね、旦那」

爺さんに育てられ、仕事を引き継ぎ、長屋の人たちに支えられてきた。だから恩返しをしたくてねと、身に力を込め、

「この子たちをみんな引き取って、紙屑買いの店を開こうと思ってたんです。この

世にいらねえモンなんて生まれてこない。そうみんなに思わせてやりたくて」

瞳を輝かせた。

「それが夢だったのか」

神人と庄太は顔を見合わせた。

へえと、三吉は顔を赤くして俯《うつむ》いた。

でも、みんな引き取りたいならひとり頭五両寄越せと伝蔵にいわれて懸命に金を貯めていたのだといった。

「そのことをいったら、お役人さまが名主に掛け合ってくれたんです。そしたらあの漉き場をそっくりおれが使っていいって。定町廻りのお役人は怖い人ばかりだと思ってたけど」

庄太が軽く舌を打って呟いた。

「和泉さんのいいとこ取りだ」

神人は指先で鬢《びん》を掻く。

「けど、聖天さまに商売繁盛を願っていてよかったですねぇ。願いを聞き届けてくれたんですよ」

庄太がいうと、三吉が唇を曲げて強く首を振った。

「違いますよ。あすこは子授けでしょ。おれ、子どもたちが欲しいって願掛けしてたんです」

いやそれはと、庄太がなにかいおうとしたが、神人は押し留め、

「そうだなぁ、そのとおりだよ。子どもを授かったんだ、子どもは宝だ。おまえの周りはお宝だらけでうらやましい。頑張れよ、三吉」

笑い声を上げた。

くまも三吉を励ますように地面に足を踏ん張って「わん」と一声鳴いた。

鶴と亀

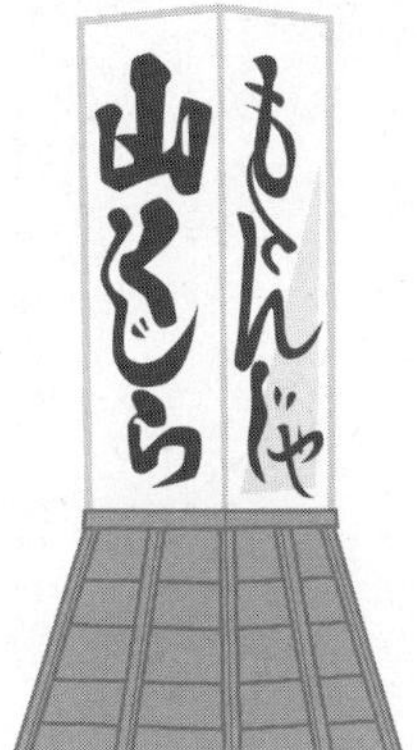

一

三日前、千住三河島村《せんじゅみかわしま》の丹頂鶴が一羽、行方知れずになった。下飼人《したがいにん》の男が、朝方、餌をやりに来たときに数をかぞえて気づいたのだ。

三河島村は東叡山寛永寺《とうえいざんかんえいじ》領で、千住宿の南西に位置し、視界を遮ることのない田畑が広がるのどかな地だ。とくにこの村では、葉が大きく、茎も立派な漬菜《つけな》が栽培されており、処の名をとって三河島菜と呼ばれていた。

いつの頃からそこに丹頂鶴が飛来するようになったかは知れないが、農閑期である霜月から弥生《やよい》のころにかけて姿を現すようになっていた。

鶴は、白鳥とともに幕府が捕獲を禁止している禁鳥だった。古い時代には捕らえた者が死罪になったこともあるが、いまは罰金が科せられる。

鶴は、齢千年を保つといい伝えられ、古《いにしえ》より鳳凰《ほうおう》と並んで瑞鳥《ずいちょう》として扱われてきた。画はもちろん、衣装や帯などの意匠としても好まれ、多く用いられている。瑞鳥の鶴はまた、高貴な食材として、時の為政者が食す特別なものでもあった。

幕府は、三河島村に飛来する鶴を餌付けすると、その周囲に濠《ほり》を作り、竹で囲み、獣などが近づかないよう見張りをたてる。あたりでの凧揚《たこあ》げなどの遊興も禁止させた。

寒の入り後に、鶴御成《おな》りと呼ばれる鷹狩《たかが》りを将軍家が行なうためである。

そこで捕らえられた鶴はすぐさま腹を裂き、臓物を取り除き、塩を詰め、京の都へ運ばれる。塩漬けの鶴は、正月の三が日、宮中で吸い物として食されるのだ。

鶴の数が足りないことはすぐさま各地に設けられている拳場《こぶしば》（鷹狩りの地）を管理する鳥見に報告された。

すでに鶴御成りが終了していたことは幸いしていたが、昼夜を分かたず見張りがおり、あたりは見通しのよい圃場《ほじょう》だ。

そのうえ脚から、頭の先まで三尺をゆうに超える鶴は、鳥の中でも大型だ。鶴そのものが目立つのに、それを捕らえる者などいれば、たちまち見咎《みとが》められる。

鶴が消えた日の夜は、鳥見の見習が夜通し巡回していたが、不審な人物は見かけなかったといっている。

南北奉行所にも、丹頂鶴探索が命じられたが、北町奉行の鍋島直孝はいたってのんきに、「鳥は飛ぶものですからなぁ」と老中相手にいってのけたらしい。

そのおかげかどうか勤務は普段と変わらない。鍋島は奉行所員を一堂に集め、

「ま、見かけたら報《しら》せろ。無理に捕らえることはないぞ」

それだけいった。

ただ、三河島村を任されていた鳥見見習は、管理が行き届いておらぬと上役から叱責され、あやうく脇差を腹に突きたてようとまでしたという。

「そんなお役目じゃなくてつくづくよかったと思ったぜ」

北町奉行所の諸色調掛同心澤本神人は書見台から顔を上げ、飯炊きのおふくの淹れた茶をすすりながらいった。

「まったくですよ。鶴一羽のために死ぬことはありませんです」

かしこまっていたおふくは盆を抱えて、ふくよかな頬を不機嫌に膨《ふく》らませた。

「だいたい上さまの鶴だっていうのがそもそも勝手な話じゃないですか。鶴は渡りの鳥ですよ」

「それもそうだ。しかしデカい鶴一羽、すぐに見つかるもんだと思うがな」

おふくが腰を上げながら、にっと笑った。

「もう誰かが食べてしまったんじゃないですか」

神人は面食らった。

たしかに、天子さまやお上、大名などが食しているのだから、誰の腹に収まろう

が不思議はない。

「そうか……だとしたらもう羽と骨しか残ってねえか」

神人は妙におかしくなって大声で笑った。べつに高貴な物を食ったからといって腹を壊すわけでも、舌が曲がるわけでもない。

「勝手に身分の高い方々に好かれて、持ち上げられて、鶴だってありがた迷惑じゃないですかねぇ。そうそう旦那、そろそろ多代さまが手習いからお戻りになるころですよ」

おふくが神人の居室を出ようとしたとき、

「そういや、おふくさん。二日酔いはなおったかえ」

声を掛けた。くるりと振り向いたおふくはむっと唇を曲げて、

「とっくに治りましたよ。もう五日も前のことじゃありませんか。蒸し返さないでくださいましな。まことに頭が痛んで辛かったんですから」

そのときのことを思い出したのか、おふくは眉間に皺《しわ》を寄せながら、出て行った。

神人は軽く肩を揺すって笑った。

雛《ひな》の節句の日に、甘酒で酔っぱらったおふくは、翌日、

「多代さまがお嫁に行かれなくなっちまいますよぉ」

額に濡れた手拭いを載せ、床の中でうわ言をいっていた。あまりにうるさいので、

結局、神人と多代のふたりで雛人形を片付けたのだ。

江戸の町では、二月の末から弥生の二日まで雛市《ひないち》が立つ。床店が通りにずらりと並び、雛人形とその道具類などが売られる。女子の節句だけあって、彩りも鮮やかだ。浅草茅町、人形町《にんぎょうちょう》、牛込神楽坂上《うしごめかぐらざか》、芝神明町《しばしんめい》など市が立つ処はいくつかあるが、中でも一番賑わったのは、日本橋通りの本石町十軒店《ほんごくちょうじっけんだな》だ。

今年は多代を連れて、市に赴いた。

赤い衣装に金糸で刺繡をほどこした女雛に思わず眼が向いた。どことなく初津に似ていた。

多代へ告げようと思ったが、やめた。

多代の顔には、初津の面影が宿っている。それをいつか教えてやればいいと思ったからだ。

神人は開け放った窓から庭をのぞむ。

桃の節句を過ぎると、皆、心待ちにするのが桜の開花だ。神人の屋敷にはないが、隣家の庭には立派な桜木がある。塀を越えて枝が伸びているのを、隣家の妻女が毎年すまなそうに詫《わ》びてくるが、神人はむしろありがたく花見をさせてもらっていた。

見れば蕾《つぼみ》がいくつもほころび始めている。

どこかでウグイスが澄んだ鳴き声を響かせ、羽ばたいた。青い空へ小さな黄緑色の身体が舞う。鳥もいろいろいやがるなと、神人はひとりごちた。

と、屋敷の廊下を走るけたたましい音が響いた。血相を変えた多代が神人の居室に飛び込んで来ると、

「伯父上！」

多代が身を投げ出すようにしがみついてきた。

「おお、なんだどうした」

抱きとめた神人の腕に多代の小さな身体から震えが伝わってくる。

「多代、なにがあった」

眉をひそめた神人はすぐさま問いかけたが、多代は神人の胸元に顔を埋《うず》めたままいった。

「門前で知らない方に話しかけられたのです。名はなんというか……歳《とし》はいくつか、と。昨日も一昨日も屋敷のあたりで見かけていた人だったので怖くなって」

「なぜいわなかった。武家か町人か」

「お武家さまです。だってあたしを見てたなんて気がつかなかったから」

神人は多代をいったん、強く抱きしめると、

「心配するな。そいつはまだ門前にいるのか」

多代はこくりと首を縦にした。

神人が腰を上げようと膝を立てたときだ、

「旦那さま……」

今度は青い顔をしたおふくが廊下にかしこまった。

「お客さまでございます」

「客？　誰だ」

それがと、おふくがいいよどむ。

多代といい、おふくといい一体どうしたことかと神人は口許を曲げた。おふくは面を伏せ、上目で神人を窺《うかが》うようにいった。

「……芝里《しばざと》さま、が」

六蔵《ろくぞう》……神人は眉をひそめた。

芝里六蔵。神人の妹、初津の元夫だ。つまり、多代の父親だ。

神人の胸底がきりきりときしんだ。

二

おそらく多代に話しかけたのも六蔵だろう。いったいいつからこのあたりをうろうろしていたのか。神人の険しい表情に多代が不安げな瞳を向ける。

「あの、どういたしましょう。なんならお引取りいただきましょうか」

おふくが意を決したかのような顔をした。口調にも怒りがこもっている。

子ができぬ嫁はいらぬと芝里家から離縁されたが、澤本に戻ったとき初津は多代を身籠っていた。

だが縁を切られた身だとして、初津は芝里へ戻らないと決めた。芝里の家についてもなにひとつ語ろうとはしなかった。しかし難産の末、多代を産み落とし、そのまま帰らぬ人となったのだ。

妹の忘れ形見の多代を神人は男手ひとつで育ててきた。多代が生まれたことも、初津が逝《い》ったことも神人は芝里へ伝えていない。

「八年も経《た》ってるってのにいまさらなんだというのですかね。あたしはいまだって悔しくてならないんですよ」

おふくはここぞとばかりに文句を垂れた。

神人はおふくに向けて首を振る。おふくは神人にしがみついている多代を見て、すぐさま口を噤《つぐ》んだ。

結局、初津の嫁入り道具は一切合財返却されず、すべて売り飛ばされたという話を神人はしばらく経ってから耳にした。そのときも初津は己の腹の中にいる子がいまは大切だからと恨み言ひとつもいわずにいた。

離縁のときもその直後も元夫の六蔵はとうとう文ひとつ寄越さなかった。

神人がそれを詰《なじ》ると、

「こうしたことはなるようにしかなりませんもの。兄上の口癖ではございませんか」

静かな笑みを浮かべて初津はいった。

たしかに、なるようにしかならない。世の中などそうしたものだ。

だが、此度の六蔵の訪問はなんだ。ここからなにが転がり始めるのだ。またぞろ胸底がきりきり痛み始めた。

不安そうな顔を向ける多代へ神人は表情を緩めていった。

「多代は自室で手習いのさらいをするといい。おふく、たいした客じゃねえ。茶も出すこともねえから、多代の傍《そば》についててやってくれ」

「承知しました。さ、多代さま」

おふくはすぐに神人の意を呑み込むと多代を手招いた。

「本日はどんな字を習ってきたんですか、ふくにも教えてくださいましな」

おふくに手を取られた多代はようやく笑みを見せた。

玄関で人待ち顔をして立っていた芝里六蔵は神人の姿を見るなり、

「ご無沙汰しておりました、義兄上《あに》」

深々と頭を垂れた。

「いまさらおまえに義兄と呼ばれる筋合いはねえよ。用件はなんだ」

神人は色白でわずかに目尻の上がった六蔵の顔を見るともなしにいった。以前よりも頬がこけ、どこか陰気な感じがした。神人は座敷へ上げるつもりは毛頭なかった。

六蔵の表情がかたい。

「御徒組頭《おかちぐみがしら》になったと風の便りに聞いた、小普請《こぶしん》からたいしたものだな」

「妻が……あ、いや」

「新しい嫁さんを迎えたことぐらい知っているさ。そっちの実家のおかげだろう」

「そこまでご存じでしたか」

「知らねえよ。大方そんなことだろうとは思ったがな」

神人が返すと六蔵は軽く口許を曲げた。卑屈な笑みだった。昔はこんなふうに笑う奴《やつ》じゃなかったと神人は六蔵を半眼に見つめる。六蔵と神人は同じ剣術道場に通っていた兄弟弟子だ。ふたりは同じ歳だったこともあり、よく稽古のあとに連れ立って飯を食いに出掛け、ときには悪所などにも出入りをした仲だ。もっとも性質のきつい母親に頭が上がらない六蔵を神人が引っ張りまわしていた感もなくはない。

屋敷に幾度か招いているうち、六蔵は初津を見初めたのだ。

ふたりが通っていた道場は五年前に道場主であった師範が亡くなると後継がなく、そのまま閉じてしまったが、師範代を務めていた高弟が新たな道場を開いたときには弟子たちがうち揃って祝いの宴席を設けた。六蔵は姿を見せなかったが、その席で、再婚したことや御徒《おかち》を務めていることなどを誰かが話していたのを神人は耳にしたのだ。

「で、なんの用かと訊いている」

「義兄……いえ神人さん。なにゆえ初津が身罷《みまか》ったことを私にお報せくださらなかったのですか」

六蔵が咎めるような眼差《まなざ》しを向けてきた。

「報せたところで、どうなるもんじゃねえだろう。初津は芝里の家を出された。もう縁は切れているんだぜ」

神人が視線を合わせると、六蔵はわずかに顔を伏せた。

「だとしても、夫婦の契《ちぎ》りを交わしたことは消えませぬゆえ」

利いたふうなことをと、神人は軽く舌打ちした。

「こっちが報せなくとも、おまえは知っていた。ならばなぜすぐに飛んで来ねえ」

押し黙る六蔵に、神人は唇を曲げた。

「大方、口うるさい母親に止められたんだろうが、八年も経って、のこのこ現れたヤツにいわれたくはねえな」

それは、と六蔵が口ごもりつつ、顔を上げた。

「芝里を出て一年も満たぬうちでありましたゆえ。よほど重い病だったのか、あるいは不慮の事かと……」

六蔵はいきなり身を乗り出して執拗《しつよう》に食い下がってきた。神人は得心した。このごろ澤本家の墓前に続けて線香や花が手向《たむ》けられていた。おそらく六蔵が訪れていたのだろう。

「用件ってのはそのことか。おまえのいう通り初津はもういねえ。それだけだ。さあ引き取ってくれ。おれもそれほど暇な身体じゃねえのよ。夕刻から、またぞろ見廻りに出なきゃならねえ」

居酒屋など夜になってから客の集まる場所で噂話《うわさ》や風聞を集めるためだ。過日もごぼうを食って死んだ者が多数出たという風聞が流れ、ごぼうの値が急落した。結局、百姓と八百屋の諍《いさか》いが元で、ありもしない話を八百屋がでっちあげただけだった。

これも居酒屋で飲んだくれていた百姓の愚痴からわかったことだ。

神人が身を返しかけると、

「……ご妻女を娶《めと》られたのですか。不躾《ぶしつけ》とは思いましたがご門前でお子さまに声をかけてしまいました」

六蔵が探るような目つきをした。

「……どこか初津に似た利発そうな……八つとのことでしたが、あの子はもしや」

「おまえとはなんのかかわりもない」

首を回した神人は突き放すようにいった。

「離縁したのは、徒目付《かちめつけ》どのの息女に惚《ほ》れられたのが理由だろう。もともと奉行所勤めの不浄役人の家とおまえさんの母親は侮《あなど》っていたからな。なるようになったとおれは思っているんだ」

神人は苛立《いらだ》ちを隠すことなく声を荒らげた。

芝里家は百石の御家人。奉行所の小役人とは違う。ただし御家人の百石など、金に換算すれば三十両ほどでしかない。だが奉行所の同心は三十俵二人扶持《ぶち》の薄給ではあるが、定町廻りなどの場合は町場の治安を預かるということから商家や、あるいは小さな面倒を内々に伏せたい旗本や大名家から刀の研ぎ代などの名目で金子《きんす》や付届《つけとどけ》などがあり、暮らしは豊かだった。

芝里家は代々無役の小普請。当時存命だった父親が定町廻りを務めていた澤本家をあてにしていた感もなくはなかった。それが証拠に盆暮れ正月の物入りの際に初津はなにかと実家に戻って来ていたくらいだ。

両親が初津に金子を融通していたのを神人も承知していた。

「そ、それは」

六蔵が狼狽《ろうばい》する。神人は拳を握りしめた。

「おまえは初津を娶《めと》るとき、己が守るといったのだ。それを信じて嫁に出した。ところが初津は戻された」

神人が背を向けると、六蔵の呟《つぶや》きが洩《も》れた。

「いまの妻との間にも子は……おりませぬ。近々妻の実家から養子を貰い受けることになり……ですが、もし、あの娘が初津の」

神人は、六蔵の眼前に手をかざした。顎を引き六蔵が言葉を止める。神人は首を横に振った。

「立身を続けるがいいさ。それがおまえさんとおふくろさんの望みであったのだろうからな。頑張れよ。さあ話すことはもうない。帰ってくれ」

それでも六蔵は動かなかった。

「まだ、なにかあるのか」

「初津のことはどのように謝罪してもしきれないこともわかっております。母のいいつけにそむけなかった己がいまとなっては情けない。私が初津の命を奪ったのも同然かと。私はいまも」

「その先はいうな。くだらねえ。初津が死んだのがおまえのせいだと。思い上がりもたいがいにしやがれ」

神人は低い声でいった。

「私の御番入りとて妻の実家の銭で購《あがな》ったようなもの」

絞るような声で六蔵はいうと、いったん言葉を切り、

「しかし、お助けを。どうかお助けくだされ」

がばとその場に平伏した。

神人は踏み出した足を引いた。

「諸色調掛となられたことを知ってのお頼みです。私は騙《だま》されたのかもしれません」

その声がわずかに震えていた。

「このままでは、お役目を失うどころか、芝里家すらあやうい。どうか浅はかな者とお思いになり、ぜひとも諸色調掛さまのお力を貸していただけぬものかと」

神人は背を向けたまま、いった。

「そう持ち上げたところでなにも出やしねえし、おまえさんがどうなろうと知ったことじゃねえ……」

六蔵が顔を上げる。

「だが、あこぎな商売人がいるとなれば話はべつだ」

神人は振り向くと、冷徹な眼《まなこ》で六蔵を睨《ね》めつけ、

「なにをどう騙された」

低い声で訊《たず》ねた。

六蔵は身を強張《こわば》らせ、神人にすがるような眼を向けた。

「――鶴を。鶴を喰《く》わされたかもしれません」

「鶴を喰った？」

眼を見開いた神人へ向け、はいと、ゆっくり六蔵が頷《うなず》いた。

三

両国広小路《ひろこうじ》は相変わらず混雑していた。力自慢の大女の見世物が人気を博し、小屋の前には行列ができている。

日に日に陽気がよくなっているせいか、往来も賑《にぎ》やかだ。古着屋、玩具屋、あめ細工屋、筆屋などさまざまな床店がぎっしりと広小路を埋めつくし、売り声が四方八方から聞こえて来る。若い娘を置いた水茶屋や、髪結床も繁盛している。神人に気づいた植木屋が、ぺこりと頭を下げた。

橋詰には、幾世餅《いくよもち》の看板があり、そこも人々で賑わっていた。以前、かかわった狐面の稲荷鮓《いなりずし》屋の前を通りかかると、やはり列ができていた。神人は、未だにおからの稲荷鮓を食べられずにいる。

神人は、ふうと息を吐いた。

六蔵が屋敷に来た、その夜のことだった。

五ツ（夜八時頃）にもなろうという時刻に居室を多代が訪れた。頼りない灯《あか》りの下で書物を繰っていた神人は視線を上げた。どうしたのかと訊ねたが、寝間着姿の多代は唇を引き結んだまま俯いていた。

神人が招き入れると、ぺたりと座った多代が、小さな拳を握りしめ、

「伯父上」

呟くようにいった。

「多代の間違いであったなら、そうおっしゃってくださいませ。今日、お屋敷においでになられた方は」

よくよく思い詰めていたのだろう、少し腫《は》れぼったい眼を向け、神人を見た。真っ直ぐなその瞳は、やはり母である初津によく似ていた。

神人は、多代へ静かに笑いかけた。

「多代が思っているとおりだ」

はっと顔を上げた多代が小さく頷き、

「お答えいただき、かたじけのうございます」

指をついた。

やはり、流れている血が、己の父であると気づかせるのであろうかと、神人は多代を見る。

多代がそっと立ち上がった。

「伯父上、おやすみなさい」

うん、と神人は頷きかけた。

背を向けた多代が、小さな声でいった。

「多代は、母上のお顔も、父上のお顔も知りませんでした。でも、父上のお顔が見られたのはとてもうれしゅうございました。ですが」

細い肩が揺れ、

「多代は、澤本多代です」

そういうと、多代は障子を急いで閉じて、廊下を走っていった。

どんな思いでそのことを告げに来たのか、多代の心を思うと、切なかった。

これぱっかりは、なるようにしなくちゃならねえかなと、神人が視線を巡らせると、茶店の縁台に腰掛けていた庄太がちょうどだんごを手にしたところだった。

「ああ、旦那」

ったく相変わらずだと、神人は苦笑しながら、

「串まで、喰うなよ」

庄太の隣に腰掛けた。

「そういや、例の鶴は見つかりましたか」

庄太がだんごで頬をいっぱいに膨らませていった。

「それなんだがな」

神人はわずかに口許を歪めて、運ばれてきた茶を一口含んでから、芝里六蔵のことを告げた。

「そりゃあ、マズいでふよぉ」

庄太が眉を寄せていった。

「口に物を入れてしゃべるんじゃねえといつもいっているのがわからねえのか」

神人はたしなめると再び茶を口に運んだ。

「しかし、よく食うな」

神人の言葉に庄太は急に情けない顔をした。いつも腹を空《す》かせているので、ちかごろ仲間内から腹っぺらしの庄太と呼ばれていると、嘆いた。

「でもまことのことなんでいい返せねえ」

半べそをかいて神人に訴えながら三本目のだんごを手にする。

そんなあだ名をつけられても仕方がなさそうだと神人は庄太を横目で窺う。

ま、ですからねと、庄太は嘆きも訴えもころりと忘れ、口をもごもごさせていった。

「鶴は禁鳥です。上さまのお鷹狩り以外、捕っちゃいけないことになってるんですから」

「そりゃあ、わかっているさ」

神人は口許を曲げた。

「もしかして、その鶴が行方知れずの鶴かもしれないってことですよね」

「それがまことだとしたら、おふくのいったとおりになっちまいそうだ」

神人は皮肉っぽく笑った。

「三河島村の上さまの鶴でしょ。それを口にしたとしたら幕臣としちゃ、いいわけもできませんよね」

六蔵は獣肉を食べさせる店で出されたのだろうといった。一昨日と昨夜、同僚と二軒の獣肉店へ赴いたという。一軒は横山町の常世田屋《とよたや》、もう一軒は高砂町《たかさご》にある湊屋《みなとや》だと話した。

獣肉店は、ももんじ屋ともいわれ、以前は麴町《こうじまち》に山奥屋《やまおくや》という名の店が一軒だけだったが、時代が下るにつれ数が増え、いまでは一町に一軒ぐらいは見かけるようになった。

もみじやぼたんを描き、山鯨と記した看板を出している。山鯨とは猪肉のことをいい、猪以外にも鹿、狐、兎、熊などの肉を扱い、店先でさばいていた。肉は小売もしている。

「けど、三河島村から盗んだって損するだけで店の得にはならないですよぉ」

庄太がもっともらしくいった。

「芝里ひとり脅すのも馬鹿馬鹿しい」

神人とて考えは同じだ。

「ねえ、神人の旦那は獣の肉を喰ったことがありますか?」

「おまえはあるのか」

神人が顔をしかめると、庄太は口許をだらしなく下げた。

「ありますよぉ。勘兵衛さんに連れていってもらったんです。常世田屋は横山町にありますからね」

「ほう、勘兵衛さんが獣肉好きなのか」

「そうです」

くすぐっても笑わないような厳しい顔つきの名主の勘兵衛が獣肉に舌鼓を打つ姿

はあまり見たくはないような気がした。

「なんたって獣肉は滋養になりますからね。薬食です。鍋で肉を煮込むんです」

「ふうん、肉に臭みはねえのかい」

庄太は得意げに鼻をうごめかせた。

「獣によっちゃあ臭えのもありますが、臭み消しには葱《ねぎ》を入れるんです。この葱にまた肉の脂《あぶら》がしみこんでうま味が出るんですよぉ。飯が何杯だって喰えますよ。ああ、こんな話をしていたら腹の虫が鳴っちまいました」

庄太は少し突き出た丸い腹を手で押さえた。

情けねえなぁと、神人は呆《あき》れながら立ち上がった。

「ま、ここで四の五のいっても始まらねえ。まずは二軒の店を当たってみないことにはらちが明かん。まずは近い常世田屋だな」

神人は早速、歩き出す。

「ああ、待ってください。神人の旦那」

庄太が手つかずの四本目のだんごを取って、あわてて追いかけてきた。

「常世田屋は勘兵衛さんの家から路地二本先のところですから主《あるじ》とも顔見知りなんですよ。鶴なんて盗まないと思うんだけどなぁ。ああ、そうだ。せっかく行くんだから食べましょうよ。五十文から食べられますよ」

庄太が期待に満ちた瞳を向けた。

神人は振り向いて唇を曲げる。

「食い物屋になると妙に張り切るな。だいたいお調べで行くんだ。のんきに鍋を突いちゃいられねえ」

ああ、そうでしたと庄太が残念そうな顔で、だんごを串からぐいと引き抜いた。

神人は凝《こ》りでも取るふうに、首を左右に振る。もっとも獣肉店が、まことに鶴を喰わせているとしても大っぴらにするはずがない。訊ねたところで、盗んだ鶴をさばいて店で出しましたとは口が裂けてもいわないだろう。

「うちでは扱ったことなどないと突っぱねられたら左様ですかと引き下がることしかできねえな。なにせ腹に入れちまえば証がねえ」

店に白い羽でも落ちていりゃべつですけどねぇと、庄太はつまらぬことをいって自分で照れ笑いを浮かべた。

庄太は、だんごをごくりと飲み込んだ。

「芝里さまのお屋敷に投げ文があったんですよね」

「そうだ。脅すにしても間が抜けてやがる。投げ文なんぞ庭に落ちて気づかれない場合だってあるだろう」

「きっちりご本人の眼に触れなきゃ意味がありませんよね」

「だな。しかも妻女が見つけたそうだ」

青い顔をした芝里は紙切れを取り出した。それには『ズイチョウは腹の中』と記され、拙《つたな》い鶴の絵が添えられているだけだった。

「それほんとに脅し文ですかね。たしかにズイチョウは瑞鳥、鶴のことですけど」

「三河島村の鶴でなく、鶴肉はふつうに仕入れの出来るものか？」

うーんと庄太は丸い顔を歪める。

「……出来なくはないですね。捕らえることを禁止していない藩もあるはずですよ。ただし必ず献上しなきゃなりませんけど、そんなものはいくらでもごまかせます。あとは、その昔どこかの藩が松前《まつまえ》藩から生きた丹頂鶴を十五両で買ったそうです」

ふうんと、神人は頷いた。ときどき庄太は妙なことを知っている。松前藩は蝦夷《えぞ》地《ち》の民からさまざまな産物を購入していた。鶴もそのうちのひとつになっていることは耳にしていたが、一羽あたりの値までは知らなかった。

「なので町人でも金持ちだったら、出せる金ではありますね」

でも知ってますかと、庄太がいった。

「松前藩は蝦夷の民から一千文余りで買い付けているんですよ。それを十五両ってのは大儲《おおもう》けです」

「武家もあこぎな商いをするもんだ。即座に召し出しだな」

神人は苦笑した。

「脅してきたのはもちろんどこの誰かはわからねえんですね」

そうだと、神人は応えた。

「けど鶴だと知って喰ったんですか？」

「まさか。仕事終わりに仲間と寄っただけのことらしい」

ただ妙なのは脅されているのが芝里ひとりだけらしいというのだ。同道した他の者たちへ投げ文はなかった。

庄太は、ああと得心したふうに頷いた。

「芝里さまはご妻女の実家のおかげでぽーんと立身なすったんですよね。それを恨んでるか、妬《ねた》んでる奴が仕込んだんですよ」

「わざわざ鶴を捕らえてか。いや待てよ。鍋なら芝里以外の者だって喰う」

「ももんじ屋はひとり鍋なんですよ。火鉢が連なって置かれてましてね、そこに小鍋がひとつひとつ据えられているんです」

なるほどと神人は頷いた。

「あるいは、脅すほうは誰でもよくて、たまたま鶴の肉の入った鍋が芝里さまに当たってしまったとも考えられなくもないです」

だとしてもその肉が入った鍋を誰が食べたか確かめる必要がある。

「けど、神人の旦那は人が好すぎますよ。妹さまの離縁した元旦那なんかほうっておけばいいんですよ」

尖《とが》った口調でいった。

「おふくさんから聞きましたよ。いくらなんでも勝手すぎます」

おふくめ、まったくおしゃべりだなと神人は真っ直ぐ伸びた眉をひそめた。

「それとこれとはべつの話だ、庄太。お上が禁じた鳥を出している店があるなら取り締まるのが諸色調掛の仕事だ」

己の感情はむろんある。正直、芝里のことなど半分どうでもいいとも思っているが、禁鳥である鶴肉の入手先がどこであるのかを考えると捨て置けない。

「旦那、そっちの家はまた子ができねえって養子を取るそうですね。いい気味だ。だから絶対に多代さまのことはいっちゃだめですよ」

神人は振り向き、庄太を睨めつけた。

六蔵はすでに多代が我が子だろうとわかっている。あのとき、引き取りたいとでもいうつもりだったのだろう。

「うるせえなぁ。少しは黙れよ。いいか、おれたちは鶴を喰わせたかもしれねえ店へ行くんだ。芝里のことはもう口にするんじゃねえぞ」

庄太は肩をすぼませて、へいと小さく応えたが、

「でも、鶴ってどんな味がするんでしょうねぇ。なんたって大きいですし、丸ごと一羽分の肉は結構食べでがあるんだろうなぁ」

懲《こ》りずに話し出した。

神人は庄太を無視して、そっと前方を窺った。路地に急ぎ入って行く人影があった。

ふむと神人は首を傾《かし》げた。

四

常世田屋は店先に菰樽《こもだる》を並べ、よしずをただ張り巡らせた開けっ広げな店だった。火鉢をいくつも置き、鍋を炊くため熱気がこもらないようにしているのだろう。まだ午後も浅い時刻でありながら、店の中は七割ほどの客で埋まっていた。入れ込みのあちらこちらから煮立った湯気が立ち上り、力仕事の者たちが両袖をまくり上げ、筋肉の張った陽焼《ひや》けした腕をむき出して鍋を突いている。

神人は鼻先をこすり上げた。濃厚な脂臭《あぶらくさ》い匂いが鼻孔をつく。これまでに嗅いだことのない匂いだ。

庄太が板場に入り、主に事の次第を話すと案の定、「うちはももんじ屋で鳥屋じゃありませんや」と大笑いされたうえに、幾度も鍋を喰っていけと誘われていた。

神人が庄太をじろりと睨《にら》むや、腹に手を当てて、恨みがましい眼を返してきた。

「お役人さま。ゆうべおいでになったお武家なら覚えていますぜ」

空いた鍋を幾枚か重ねて板場へ戻って来た若い男がいった。

「三人でお見えになられたので座敷に案内したのを覚えています。やたら背の高《たけ》ぇ方がそのお武家さまのお名を呼んでおられましたし。給仕をしたのはあっしですが、猪と鹿の肉以外、他の肉は入っちゃいません」

見分けがつくのかと訊ねると、鹿肉は猪肉よりも赤みが濃いし、皿にはその二種類しか載っていなかったとはっきりいった。

「お上の鶴を盗んでまで喰わせるなんて店はありませんよ、旦那。あるとすりゃあ、食道楽の金持ちがどうしても鶴が喰いたくて金積んでやらせるとか、そんなもんです。店じゃなく、鶴好きのお武家や商人をあたってみちゃいかがですかね」

常世田屋の主は無精髭《ぶしょうひげ》を撫《な》でながら豪快に笑った。

常世田屋を出た神人と庄太は、通塩町《とおりしおちょう》を抜け浜町堀《はまちょうぼり》沿いにしばらく歩いた。浜町河岸《がし》が近いせいだろう、堀の水面を裂くように幾艘もの荷船が行く。

吹く風は暖かだが、わずかに湿り気が混じっているように感じた。

高砂町の湊屋は表通りから、一本路地を入った角地にあった。

まだ肉をさばいたばかりなのだろう。店の前に置いてある大きなまな板が赤く染まっていた。

店の裏手から手桶《ておけ》を持った若い男が出てくると、水を勢いよくまな板にぶちまけ、たわしで洗い始めた。

「兄さん、ご主人はいるかい」

若い男は手を止めず訝《いぶか》しげに庄太を一瞥《いちべつ》すると、

「いま、ちょいと出掛けてていねえよ。そろそろ戻るはずだがな」

素っ気なくいった。

「待たせてもらっても構わぬか。おれは北町の諸色調掛のもんだ」

神人を見た若い男は一瞬、眼を見開き、すぐさま神人を店の中へと促した。店の真ん中を貫く三和土《たたき》があり、その両側が小上がりになっていた。常世田屋と違って客の姿はまばらだった。

「ちょうどひと段落したばかりで。うちは浜町河岸の者が朝早くからどっと押し寄せて、昼すぎに引くんですよ」

若い男はそういうと、板場にいた四十がらみの男に耳打ちした。

男は軽く会釈をしながら、薄切りにした肉を皿に並べていた。

次第に紅い牡丹《ぼたん》の花が出来上がっていく。

覗きこんだ神人は感心しながら呟いた。

「ほう見事なもんだな」

「猪肉ですよ。肉の色が紅くてきれいでしょ。それに猪は獅子に通じるんで、唐獅子と牡丹の牡丹とかけて、ああして花を模した盛り付けをするんです」

だから、猪肉を牡丹っていうんですよと、いった途端、庄太の腹が音をたてた。

神人は軽く舌打ちをして、笑った。

「しょうがねえですよぉ。常世田屋ではうまそうな匂いにやられて、こっちではうまそうなの見せられて……ああ、残酷だぁ」

庄太は腹を押さえて、大袈裟《おおげさ》に嘆いた。

神人が呆れていると、涼やかな声が響いた。

「ただいまぁ、音吉《おときち》さん」

「あ、おかえりなせえやし」

板場の男が丁寧に頭を下げた。裏口から入ってきたのは、片手に湯桶を抱え、艶やかな黒髪を軽く玉結びにした年の頃は二十四、五の女だ。

明るい素鼠《すねず》色の地に朱縞の入った衣装の襟元を深く抜き、黒繻子《しゅす》の帯をゆるく締めていた。おそらくここの主人であろう女が神人へ切れ長の眼をすっと向けた。

「見たところお客さまではないようだ」

「主人か。名はなんという」

女は口許に指をあて、くすりと笑みを洩らした。

「せっかちな旦那ですねぇ。湯屋から戻ったそうそうなんのお調べでしょう。桶ぐらい置かせてくださいましな」

女主人は、軽くいなすようにいうと板場の奥へいったん入っていった。

「へぇえ、あれが獣肉屋の主人かぁ」

庄太が小声で感心するようにいった。

「きれえな女性《ひと》ですね、旦那」

まあな、と大刀を腰から抜き、神人は小上がりから続く店座敷に腰を下ろした。すぐさま出てきた主人の姿に神人は眼をしばたたいた。隣に座る庄太も口をぽかんと開けている。

髪は櫛巻《くしま》きにかっちりまとめられ、紅を刷《は》いた唇、白と柿茶の市松模様の小袖に黒の帯、そして湊屋と染め抜かれた半纏《はんてん》を着込んで出て来た。神人の前にかしこまると、眉を引き締め頭を下げた。ほんの少し前に見せていた風情など微塵《みじん》もない。きりりとした女将《おかみ》だった。

「湊屋の主人、勢《せい》でございます」

その変わり身の早さに面食らった神人は、おうと一声あげてから名乗った。

「それで諸色調掛さまが、なんのご用件でございましょう。ご覧のとおりうちでは特に値の張る物はございませんし、他のお店と比べても大差ないと存じますが。もし店にとって好くないことでしたら奥の座敷へどうぞ」

「ほう。奥というのはなにかい。滅多にはねえ物を喰わしてくれるのか」

神人はわずかに身を乗り出してお勢をじっと見つめた。

「……はて滅多にない物、でございますか」

わずかに眉をひそめたお勢は考え込むふうにして、神人の視線をそっとかわした。

「なにを指して滅多にないというのかわかりかねますので……それなら」

お勢は口許に笑みを浮かべていった。

「お武家のご息女やご妻女、大店《おおだな》のお嬢さまがときおり人目をはばかっておいでになりますので……」

「ははは、そりゃ滅多にねえな」

神人は軽く笑った。

お勢が、おやという顔をした。

「お役人でもそうして笑うんですねぇ。厳しい顔で怖がらせるばかりかと思っておりましたが」

「おれだって笑うし、泣くことだってあるさ。厳しい面ばかりしてたら顔が凝っちまう」

神人は己の顔を撫ぜた。

たしかに諸色調掛になってから表情にあまりこだわらなくなった。定町廻りや隠密廻りを務めていたときとはたしかに違う。もっとも悪人を追いながらへらへらしているわけにはいかないにしても、諸色調べは町人たちの暮らしと密接にかかわるせいなのだろう。周囲の声がよく聞こえるし、己の気持ちも素直に出せるようになった気がしていた。

「なんだかおかしな旦那ですね」

からかうふうでも、媚《こ》びる口調でもなくあっさりお勢はいった。

神人は眼前に座る湊屋の女将を見つめた。獣肉を扱う店の女将なら、気の強い伝法なものだと思っていた。お勢は、凛《りん》とした中にも可愛《かわい》げがある。

「まさか旦那、こういう店の女はみんな猪みたいだと思っているんじゃありませんよね」

お勢が神人の思いを見透かしたふうな口を利いた。

「そんなことはねえよ。なに、あんな早替わりを見せられたんだ。ちょっとは驚いたがな」

「これも慣れですよ。こうした店なんぞやらせていただいておりますと、着替えと食べることだけは早くなりますからねえ」

お勢は目許を緩ませた。

「なるほどな」

神人が頷くと鍋の匂いがした。甘辛い煮汁が煮詰まったようなものは常世田屋と変わらないが、常世田屋の匂いはもっと濃厚で獣臭が強く、つんと刺すようだった。だが、湊屋の鍋はもっとあっさりとして柔らかい。

「はああ、これはまたいい香りですねぇ」

神人の隣で庄太が鼻をひくひくさせて、うっとりいった。

「おい、庄太」

「あ、すいやせん。ついうっかり」

庄太が俯き首筋を掻《か》く。

「手前どもの鍋は、生姜《しょうが》と葱、青菜などをどっさり入れて煮込んでおります。季節には柚子《ゆず》なども散らします。女の方に召し上がっていただくことも多いものですからね。どうですか、お話ついでに鍋を仕立てましょうか。味噌《みそ》と醤油《しょうゆ》とございますが」

お勢が腰を上げた瞬間、その身体からふわりと香りが立ち上った。神人は、はっとしてお勢を制した。庄太が隣で再び残念そうな顔をする。

「ご遠慮なさらずとも――」

「いやそうじゃねえ。女将、なにか香を付けてるかい」

えっとお勢が眉をひそめた。

すぐに袂《たもと》を自分の鼻に近づけるや、唇をきゅっと結んだ。神人に真っ直ぐな瞳を向け、深々と頭を下げる。

「大変、不調法をいたしました」

「ええ、どうしたっていうんです、女将さん」

庄太があわてる。

「うっかりしておりました。この小袖には、香が移っておりました」

食べ物商売では、女の化粧の匂いは料理の味に影響する。そのため、小女たちにも化粧水は許しても白粉《おしろい》は刷かせないといった。

「手前どもでは鍋の味を楽しんでいただきたいからでございます。なのに女将のあたしが香の移った小袖を着ちまうなんて、いけませんねぇ」

お勢は小首をかしげ、自嘲気味に笑った。

「ふうん、そうかい。けど食べ物屋ってのは、そういうことも考えているのか、学ばせてもらったぜ。たしかに白粉臭い料理屋じゃ、なにを食ってるのかわからねえ。ところでその香は購ったもんかい」

「ええ、袖の香という名でございます。衣装簞笥《だんす》や行李《こうり》に入れておくものです」

なるほど、と神人は呟き、ひと呼吸おいてから訊ねた。

「ズイチョウは腹の中と聞いて、女将はどう思う」

お勢はつと目線を浮かせた。

「なんの判じ物でしょう。でもズイチョウといえば、鶴のこともいいますけれど、よい兆しの瑞兆もございますのでね。腹の中の瑞兆といえば……」

神人はにっと笑う。

「邪魔したな、女将。今度、こいつが姿を見せたら喰わせてやってくれ」

神人は大刀を手にして腰を上げた。えっと、お勢が眼を丸くした。

「旦那、まだなにも訊いちゃいないじゃないですか」

「いや、助かったぜ」

へっと、庄太が間抜け面で神人を見上げる。


湊屋を出ると、陽が西に傾き始めていた。振り売り仕事を終えた者が、数名連れ立って湊屋へ入って行く。小女たちの元気のいい声が飛ぶ。その中でひときわよく通る声の主はお勢だ。湊屋はまた忙しくなるのだろう。

「いったいどうしたんですよぉ、旦那」

庄太は口を尖らせた。

「あのお勢が教えてくれたんだ」

「なにをですか」

庄太が不思議そうな顔をする。

神人はふと口角を上げた。

「おれたちはただ行方知れずの鶴に惑わされていただけだ。それより袖の香だ」

庄太が眼をしばたたいた。

神人はぱんと両の掌を打った。

「さて、これから芝里の屋敷へ行くぜ」

「ええ！」

庄太がげっそりとした顔をした。

「だって、芝里さまがご在宅かどうかわかりませんよ」

「いいんだよ、いないほうが好都合だ。この一件も必ずなるようになるぜ」

「あの、神人の旦那。お屋敷はどちらですか」

庄太は恐る恐る訊ねてきた。

「……麴町だったたな」

その前になにか食わしてくだせえ、と庄太が神人を拝んだ。

「そんなヒマあるか」

ぶうぶう文句を垂れる庄太を引きずるように麴町へと足を速めた。


芝里はまだ戻っていなかった。

神人は妻女を待った。初津がかつて嫁いだ家だ。見覚えのある玄関に立つ神人は、ふうと深い息を洩らした。

静かな足音がして、

「澤本、さまでございますね――」

現れた芝里の妻女は神人を一目見るなり、その場で泣き崩れた。

ふわりと立ち上った香りはやはりお勢のものと同じだった。

五

翌日。

見廻りを終えた神人が、庄太とともに屋敷へ戻ると、くまが足下にじゃれついてきた。

「おう、帰ったぞ」

神人がしゃがんでくまの身を転がし、撫で回していると、おふくがあわてふためいて出て来た。

「おかえりなさいませ。ほんの少し前に、芝里家からお届けものが」

「ああ？　六蔵からだと」

おふくが手にしていた桐箱《きりばこ》と書状を差し出した。神人は書状を取り、桐箱は庄太が受け取った。

「開けてみな」

庄太が桐箱を開けると、ぎっしりと詰まった色とりどりの金平糖の上に桜花を模した落雁《らくがん》が載っていた。

「あらあら、きれえなお菓子ですねぇ、旦那」

庄太の手許を覗きこんだおふくが声を上げた。

「ほんとですねぇ。春爛漫《らんまん》ですよぉ」

庄太は珍しく食い意地よりも先にその美しさを誉めた。

「おふくさん、多代さまはもう戻ってますか」

「ええ」

「すぐに呼んで、皆でいただきましょう」

庄太の声が弾んでいる。

「おいおい、おれを抜きでなにをさっさと決めてやがる」

「どうせ、旦那だって同じことというでしょう。おふくさん、お茶の支度手伝いますよ」

庄太は見廻りのときより、すばやい動きで屋敷に上がり込む。

神人は、そのまま庭へ回り、大刀を置き、広縁に腰掛けた。

多代が菓子を見せられたのだろう。嬉《うれ》しそうな声が奥から聞こえてくる。

芝里の書状を開くと、此度の一件の詫びがくどいほど綴《つづ》られていた。

「けど驚きましたねえ。まさか脅し文がご妻女の仕業だったなんて」

庄太が神人の傍らに湯呑みを置いた。

「おう。文を六蔵から手渡されたとき、かすかだがなにか香ったんだ。それがお勢の小袖と同じ袖の香だ」

庄太がはあと、ため息を吐《つ》いた。

獣肉店へ通った後、六蔵の羽織や袴に臭いが染み付くのを嫌った妻女はいつも袖の香を用いていた。その香りが自然、文にも移っていたのだ。

「ご妻女は、芝里さまがまだ初津さんのことが忘れられないでいるのが悲しかったそうですね」

ああと、神人は首肯した。

昨日、六蔵の妻女はひとしきり泣き終えると静かに話を始めた。

妻女は芝里の母親から、初津のことを嫁ではなく、六蔵につきまとい、少し気鬱の病にかかってしまったのを不憫《ふびん》に思い家に入れただけの奉公人だと聞かされたのだという。

「それがすべて嘘《うそ》だと知ったのは、祝言を挙げてから四年後のことでした。わたくしに子ができないことを、義母上が詰《なじ》っていたのを耳にしてしまったのです。それまでは優しくて、実の娘のようだといってくれていた方がです」

しかし、子ができなくとも実家は利用できる。三人の男子がいるならばひとりを養子にもらえばよい。やはり不浄役人の娘に子など産ませず、追い出してよかったといっていた。

「役に立たない女に心惹《ひ》かれたから、面倒なことになったのです。それに比べれば、わたくしは扱いやすい。持ち上げるだけ持ち上げておけばいいのだ、と」

神人は込み上げる怒りを懸命に抑えながら妻女の話を聞いていた。

だが梅の頃、亀戸《かめいど》天神に連れ立って参ったとき、六蔵がそわそわとして、どうしても訪れたい寺があるといった。

「それが報恩寺でした。夫は私を門前で待たせ、しばらく経ってから戻って参りました。知人の墓参りだとそれだけしか話してはくれませんでしたが」

妻女はわずかに赤い唇を引き結んだ。

「それがどうしても気になって。おそらく前のご妻女であろうと思ったのです」

屋敷の中間《ちゅうげん》を問い質し、前妻が、澤本という御番所勤めの役人の娘で、初津という名だと知った。さらに、子が出来ずに芝里の家を出されたということも聞いた。

後日、妻女は再び寺を訪れ、澤本家の墓へと参った。このことは、もちろん六蔵には明かしていないと妻女は声を震わせた。

「夫には内緒でお墓参りをいたしておりました。知らぬことだったとはいえ、初津さまが痛めたお心を癒して差し上げたくて。そして六蔵さまをわたくしに託してほしいとお願いしました」

六蔵は命日の一度だけ。そのあとの墓参は妻女だったのだ。妻女は泣き腫らした眼を隠そうともせず、

「ほんの悪戯心だったのです。上さまの鶴が行方知れずだという話を夫から聞いたときに、ちょっと思いついただけで。気づいてくれるかと思ったのですけど……まさか澤本さまにおすがりするとは思いも寄らず」

まことにどのようにお詫びをすればと妻女は俯いた。神人は苦笑していた。もっとふてぶてしい女かと思っていたが、そうではなさそうだ。神人の胸底のきしみがとれていくような気がした。

町で姿を隠したのも妻女だ。報恩寺で幾度か神人とすれ違い顔を見知っていたのだ。

「しかも、あの下手くそな鶴の絵は妻女の都留《つる》って名のことだったなんて……それに気づかねえ芝里さまも大間抜けだ」

庄太はため息をついた。

「けど、母親のいいなりで、嫁さんの実家をあてにするような男のどこがいいのかさっぱりわかりませんよ」

「ただ、あれで芝里って奴は、意外と芯があるんだ。剣術もからっ下手《べた》だったが、努力は惜しまない。御徒になるきっかけは妻女の実家の力を借りたようだが、徒組頭はな、上役が推してくれたそうだ」

へーっと庄太は小さな眼を丸くした。

父親を早くに亡くし、母と息子で暮らしてきた。母の幸せが己の幸せだと思ってきた。

初津はそれに気づいていたのだろう。だから芝里から離縁されても恨み言ひとついわず身を引いたのだ。

「初津も惚れてたんだ。それなりにいい所もあるってことだ」

「はぁ、そういうもんですかね」

「初津を侮る物言いだな」

神人に睨まれ、庄太が首をすくめたとき、あっと叫んだ。

「神人の旦那。芝里六蔵でしたよね。六蔵をひっくり返すと蔵六になります。亀ですよ、亀！」

神人もおっと声を上げた。そういえば道場通いをしているとき、なかなか上達しない芝里を亀と呼んでからかっている者がいたことを思い出した。

「庄太さん、どうして蔵六が亀なのですか」

おふくと座敷にいた多代が広縁に出てきた。庄太は丸い顔に笑みを浮かべた。

「亀は頭と尾と四本の足の六つを甲羅っていう蔵の中に引っ込めるからですよ」

「まあ、面白い」

多代が笑顔を浮かべ、お教えいただいたお礼に桜の落雁をあげますと、庄太に差し出した。

「これはかたじけのうございます」

うやうやしく庄太は受け取り、口の中にほうり込んだ。

「少し味わうように召し上がってください」

多代に叱り飛ばされ、庄太はばつ悪げに笑う。

「なるほどなぁ、妻女の名が都留で、旦那は蔵六の亀か。鶴亀でいい取り合わせだ」

なあ初津……と、神人が空を仰いだとき、白い鳥が大きな翼を広げ、東のほうへ飛んで行くのが見えた。

「伯父上、鶴です」

多代が叫んで庭へ下りると、庄太もあわてて後に続いた。

「ああ、やっぱり腹が減って帰りたくなったんですかね」

「おまえと違うさ。もう餌付けなんざ真っ平だと思ってるはずさ。瑞鳥だなんだと持ち上げられても結局、食い物にされちまうんだからな」

神人はそういって、都留の最後の言葉を思い出した。

「もう文のことはおわかりでしょうが、やや子が出来ました。わたくしたち夫婦はこれからです。義母上は先に逝く方ですもの。少しは幸せな気分を味あわせてあげませんとね」

そういって静かに微笑んだ。

女は怖《こえ》えなと、神人は呟きながら、六蔵の顔を思い浮かべた。

庄太と一緒になって飛び跳ねながらゆっくり羽ばたく鶴へ懸命に手を振る多代を見つめた。

「もう戻るんじゃねえぞぉ」

庄太が鶴に向かって叫んでいた。

きっと鶴は戻るまいと、神人は思った。

芝里は母親の囲いを離れることができるだろうか。まあ、あの妻女がいれば大丈夫に違いないと、口許を緩めた。

さて。

もう伯父上はやめにするかな……そんな思いがふと湧き上がった。

幾《いく》世《よ》餅《もち》

一

　仲夏の風が暖簾《のれん》を揺らし、開け放たれた出入り口から店内を通り抜けていく。暖簾は、丸に湊《みなと》の文字を囲むようにもみじの葉と白いぼたんの花が染め抜かれていた。三和土《たたき》が店の真ん中を貫き、その両端にしつらえてある座敷で十数人の客が、鍋を突《つつ》きながら談笑していた。鍋から立ち上る湯気が行き過ぎる風にあおられる。

　高砂町《たかさご》にある湊屋はももんじ屋と呼ばれる獣肉店だ。もみじは鹿肉、ぼたんは山鯨とも呼ばれる猪肉を表している。猪や鹿以外にも、狐、兎、熊などの肉を扱い、店先でさばいた肉は小売もされている。

　出入り口を入ってすぐの座敷に座っていた物堅い商人風の老爺《ろうや》が突然、箸を落とした。

「あ、いま拾いますね」

　給仕をしていたお園《その》という小女が三和土にしゃがみかけたとき、老爺は苦悶《くもん》の表情を浮かべ、身を瘧《おこり》のように震わせた。唇を引き結び、堪《こら》えるようにしていたが、耐え切れずいきなり口から血を吐いた。

お園は悲鳴を上げた。

居合わせた客たちや、他の小女たちも突然の光景に一瞬、戸惑う。

「毒だ」

誰かが怒鳴った瞬間、一斉に皆、箸を置き、その場に凍りついた。

板場にいた女将《おかみ》のお勢《せい》が店へ飛び出した。

見れば、年老いた男が鍋の前で突っ伏して、口から血を流し、もがいていた。お園はその傍で呆然としている。

「お嬢さん、こりゃあ一体」

板前の音吉《おときち》もあわてた顔をして出て来た。

「おう爺《じい》さん。しっかりしねえ」

老爺の隣に座っていたふたり連れの客がすばやく近づき、年かさの男が老爺を抱きかかえ、若い男がその顔を覗き込んだ。

「こいつぁいけねえ」

「早いとこしねえと死んじまう」

男たちはまるで争うようにいい募った。

「医者を呼んでおくれ」

お勢が音吉へ命じると、

「その必要はありません。私が診ましょう」

暖簾を潜《くぐ》り入って来た者があった。総髪を束ねた慈姑頭《くわいあたま》に十徳を着ている。まだ若そうだが見るからに医者の風体だ。

「表にまで騒ぎが聞こえましたので」

汚れた座敷を見て眉をひそめた。

「こいつは地獄に仏、いやお医者さまだ。早くこの爺さんを診てやってくれ。きっと毒を食わされたに違いねえんだ」

老爺を抱えていた男が叫んだ。お勢は身勝手に口走る男を見据えながらも頭を下げる。

医者とおぼしき男は苦しむ老爺へとゆっくり近づいたが、ふと足を止めた。三和土に落ちていたこんにゃくを踏みつけたようで、険しい表情をした。

「こんにゃくを喉に詰まらせたわけではありませんよねぇ」

薄笑いを浮かべた医者は、老爺の両目を無理やりこじあけるように指先で開くと、襟元を広げ、心の臓あたりに手をあてた。

「ずいぶんと鼓動が速くなっております。眼にも光がない。なにか毒性の強いものを食してしまったと思われます。すぐに胃の腑の中から食したものを吐き出さねばなりません」

「そんな」

お勢はまだ皿に残されたままになっている肉と青菜に眼を止め、老爺の前に置かれた鍋に駆け寄ると、髷《まげ》を斜めに曲げた若い方の男がずいと立ちはだかるようにして、

「ここじゃ毒入り鍋を食わせるのかい」

低い声で凄《すご》んだ。

「冗談もたいがいにするんだね。そこをどいておくれな」

お勢が怒鳴る。

「無駄口叩いてるんじゃねえ、一刻を争うんだ」

「すまねえ、兄ぃ」

「さあ、吐き出させましょう」

医者がいうと、男は無理やり己の指を老爺の口中に差し入れた。

老爺が呻き声を出し、口を嚙《か》み締めた。

「痛っ。くそっ」

男は指を嚙まれつつも喉の奥へとねじ込んだ。足をばたつかせた老爺はさらに呻

き声を上げると、男の腕にしがみつく。

お勢は思わず眼をそむけた。

老爺は、一旦落ち着いたように見えたが、口の端からよだれを流し始めた。さらに身を小刻みに震わせ始めると、いきなり血の混ざった吐瀉物《としゃぶつ》を大量に吐いた。骨ばった指先で、虚空を掻《か》くようなそぶりをしながら男の襟元を摑《つか》み、引き寄せる。

その瞬間、カッと眼を見開き、

「は、なしが……」

何事かを呟《つぶや》いた。お勢が老爺の言葉を聞き取ろうと近づこうとすると、

「いいか女将、この爺さんの喰った鍋はそのままにしておけ。片付ければますます疑われることになるぞ」

男がその動きを拒むように声を張った。

「女将さん」

お勢はお園の声に振り向いた。顔から血の気が引き、唇まで真っ青だ。

「あたしが、お給仕をしていたんです」

「あんたはなにも心配しなくていいよ。毒なんかじゃないし、お園ちゃんのせいでもない」

お勢はそういって、お園を引き寄せ抱きしめた。寒さに凍える鳥のように、お園

はその身を小刻みに震わせていた。

「ああ、これはもう手遅れだな」

医者が立ち上がると、老爺の震えが止まった。

二

北町奉行所、諸色調掛同心の澤本神人は、そわそわと座敷の中を歩き廻《まわ》っていた。

「神人の旦那ぁ、少しは落ち着いてくださいよ。そう動き廻られちゃ埃《ほこり》がたちます」

庄太がまん丸な顔をしかめて、餅菓子の包みを手許に寄せた。

「せっかく勘兵衛さんから幾世餅《いくよもち》を預かってきたんですから。ほらほら座って食べてくださいよぉ」

焼いた丸餅の上に餡を載せた幾世餅は両国橋西詰の餅屋で売られている名物だ。

その昔、振り売りの菓子屋が、吉原の遊女を女房にし、毎朝夫婦ふたり両国橋で売り出したところ、たちまち人気の餅菓子となった。

女房の名が幾世であったことから、幾世餅と呼ばれるようになったという。

「ちょいと庄太さん。聞き捨てならないことをおいいでなかったかい。まるであたしの掃除が行き届かないとでもいいたいようだ」

澤本家の家事一切を取り仕切っているおふくが不機嫌な顔で茶を運んで来た。

「いまのは言葉のあやってヤツですよぉ」

「いいかたがあるでござんしょ」

おふくはかしこまりつつ、乱暴に盆を置いた。湯飲みの茶が揺れる。庄太が鬢《びん》を掻き、

「だからおふくさんのことじゃねえって」

面倒臭げに口を曲げた。

「それが目上の者への態度かい」

「へいへい、わかりましたよ」

まったくと、おふくが声を上げた。

「ですからね、おふくさんのことじゃなくて神人の旦那がうろうろしているから、うっかりいっちまっただけですよぉ」

おふくが、はあとため息交じりの息を吐く。

「うっかりってなんだい。あたしだってね、そう思ってますよ。多代さまが手習いから戻る頃になるとそわそわ」

まるで腹を空かした熊ですよ。うちのくまのことじゃなくて、ほんとの熊のほう

ですけどねと、おふくは尖った物言いをした。

くまは澤本家で飼っている犬の名だ。

「あたり前だぁ、旦那はくまみたいに可愛くはありません」

「うるせえっ」

神人はふたりを怒鳴りつけた。

「さっきから埃がたつだの、おれが熊みたいだの大きなお世話だっ」

ふんと口をへの字に曲げて、神人はどかりと腰をおろした。

もとはといえばと、庄太が口先を尖らせた。

「神人の旦那が悪いんだ」

「ああ？　おれのどこが悪いってんだ」

「もう三月《みつき》ですよ。三月。多代さまに父上と呼ばせると決めてから」

うっと神人はたじろぐ。

「そうですよ」

あげくの果てになにもおっしゃらないんですから、見ているこっちが業を煮やしちまいますとおふくが口を挟んできた。

「そうです、その通りだ」

「でしょう、庄太さん。いざとなったら意気地がないんですよ、旦那は」

いまのいままでいがみあっていたふたりが仲良く顔を見合わせて頷《うなず》きあう。

「おう、そうだよ。悪かったな」

神人は顎を上げてそっぽを向いた。

多代は八つになる神人の姪《めい》だ。

妹の初津は離縁されてから懐妊を知り、そのまま婚家には告げずに難産の末、多代を産み落とし逝《い》ってしまった。

初津の元夫、芝里六蔵はすでに新しい妻を娶《めと》り、来年には子が生まれるという。それを知ったから急に思い立ったわけではない。伯父と姪のままでも十分だと思っていた。多代は初津の娘で、澤本家のひとり娘に相違ないからだ。

神人は多代を育てているうちにうっかり嫁をもらいそびれてすでに三十を過ぎた。神人もひとり。多代もひとり。変な物言いだが、ひとつ屋根の下で、ふたりぼっちでいるならば、いっそ父娘になるのもいいかと思ったのだ。

庄太が幾世餅の包みを神人の前に差し出しながら、口許を引き締め、真剣な面持ちでいった。

「でも神人の旦那。旦那が、お父っつぁんになるなら、やっぱりおっ母さんも必要だ」

「あら、庄太さん。あたしなんか、毎日毎晩そのことで頭がいっぱいになっちまって眠れやしないんだよ」

「おふくさんまでなにをいっているんだ」

神人は幾世餅を手に取り、

「多代の母は初津だ。初津しかおらん」

馬鹿をいうなと一笑した。

庄太が首を横に振る。

「もちろん旦那のお気持ちはわかりますがねぇ。あっしは、多代さまのこれからを考えると、父親より母親のほうが大ぇ事《でぇじ》じゃねえかってね、思うんですよ」

「なんだよ。知ったふうな口を利きやがって」

神人はじろりと庄太のたぬき面を睨《にら》む。

と、くまが転げるように走って来て、縁側に前足を掛け尻尾を振った。

「おや、誰か来たようですよ」

この頃は訪問者があると、必ずくまが報《しら》せてくるようになった。

おふくが腰を上げた途端、表で訪《おとな》いを告げる声がした。

「おまえは賢いねぇ」

おふくはくまに声をかけてから座敷を出たが、小走りに戻って来た。

「旦那。お奉行所からのお使いですよ。お奉行さまからのお呼び出しです」

神人は幾世餅を無理やり口に押し込んで立ち上がった。

三

「呼び立てて済まなかったの。今日はもう退所した後だったそうだな、澤本」

北町奉行の鍋島内匠頭直孝が文机から顔を上げた。顎の尖った細面で、少々きつい風貌をしていたが、その声音は柔らかく、笑みを浮かべると途端に温和な表情になる。

「勝手をいたし、申し訳ございません。本日は夕刻より、市中の見廻りに出るつもりでおりましたゆえ」

神人は平伏したまままいった。

「そうか。ならば出る前でよかった。じつはな、ある女子《おなご》に会うてやる気はあるかの」

「お、なごでございますか」

奉行の唐突な言葉に、神人は顔を上げた。

「おお、相変わらず顔が濃いの」

鍋島は眼を細めて、肩を揺らした。

「はあ、恐れ入ります」

鍋島は、町奉行に就任し、初めて奉行所を訪れた際、神人の顔を見るや「お主、顔が濃い」といい放ち、隠密同心の役を解いた人物だ。

隠密同心は、棒手振《ぼてふ》り商人や職人に変装して市中を探索し、ときには中間《ちゅうげん》などに化けて武家屋敷にも入り込むことさえあった。

神人は眼が大きく、眉もきりりと引き締まり鼻梁《びりょう》も高い、いわゆるいい男だ。要は変装には向かない、つまり隠密役には不適格だというわけだ。

神人にしてみれば、青天の霹靂《へきれき》ともいうべきお役替えではあったが、なるようになったことだと思っていた。

「その女子は、お主のことを知っているらしいぞ。高砂町にある湊屋の女将でお勢というのだが、覚えはあるか」

鍋島は眉を軽く寄せて神人を見る。

湊屋のお勢、と神人が呟いたとき、己の鼻先にすっと香りが漂ってきた。

記憶の中の匂いだ。

その香りとともに、髪を櫛巻《くしま》きに結い上げ、きりりとした佇《たたず》まいを見せた女性《にょしょう》の姿が脳裏にまざまざと浮かび上がってきた。

「ももんじ屋の女将です。少し前、三河島の鶴が逃げたとき、話を訊《き》きに行った店です」

おお、と鍋島が首肯した。

「まったくあれは人騒がせな鶴であった。結句、三河島には戻っては来なんだ。飛ぶ物を追うたり、馴《な》らしたりするのは野暮なことよ、ははは」

鍋島はさも楽しげだ。

そのまま、その姿のままが美しいのだからなと、神人にいった。

鍋島は五千石の大身旗本で、その屋敷はモチノキ坂にある。鍋島は杏葉館《きょうようかん》という号を持ち、文人墨客らとも親交が厚く、自身は撫子《なでしこ》や朝顔の栽培を趣味とし、丹精された広大な庭を眺めながら歌を詠む風流人でもあった。

それだけに、鶴逃亡の際、お上から南北奉行所にも探索が命じられたが、老中を前に「鳥は飛ぶものですからなぁ」と、のんきに応じたらしい。

「あの、お奉行。そのお勢がどうかいたしましたか」

神人は膝を進めた。

「うむ。いまは高砂町の番屋に留め置かれておる。店で出された鍋を食して死んだ者が出たせいだ」

神人は耳を疑った。

死んだのは商人らしき老爺。湊屋には昼の九ツ（正午）にひとりで来た。小判が四枚と一分金が二枚、そして銭の入った財布を懐に入れていただけで、身許に繫《つな》がるものは所持していなかったらしい。

お勢も店の者たちも初めて見る客だといい、いまは人相書きを作り、定町廻りが市中を巡っていると鍋島はいった。

「たまたま通りかかった医者の診立《みた》てでは、トリカブトの毒ではないかというのだ」

トリカブトは猛毒植物だ。特にその根に強い毒性があるといわれ、食せばたちまち死に至る。しかし、他の生薬と合わせて薬として使用されてもいた。

「すでに店を調べたが、他の鍋にはむろんのこと店のどこを探しても見つからなんだ」

鍋島は口許を曲げた。

「仕入先も湊屋の使用人も、すべてにあたった」

「では外部から何者かが持ち込んだことになりましょう」

「野山へ行けば自生している草花ではある。それに少量で死に至らせることが出来るゆえな。喰わせてしまえば証は残らん」

鍋島は厳しい眼で神人を見る。

「それはやはり店の者が疑われているということでしょうか」

ならば、その老爺を殺《あや》めるわけがあったのか、どのような利があるのか、万が一、使用人であれば真っ先に自分が疑われることも覚悟しなければならないと、神人は並べ立てた。

「そうした危険をおかしてまで店で毒を盛るなどということがありましょうか。あるいは思うところがありその老爺が自ら命を絶ったとも考えられまする」

神人は鍋島を真《ま》っ直《す》ぐに見つめた。

腕を組んだ鍋島がふむと唸《うな》る。

「湊屋になんらかの恨みを抱いていたということもあるか」

「はい」

「だが湊屋ではまったく知らぬ顔、初めての客だという」

「それが逆恨みでも、人はなにがきっかけで恨みを買うかはわかりませぬ」

「だとしても人が死んだことはたしかゆえ、な。うやむやにはできぬ」

神人はにわかに腰を浮かせた。

「おい、話はまだ終わっておらぬぞ」

「もう十分です。湊屋の女将にはなんの咎《とが》もない。それどころかとんだとばっちりかもしれぬのです。番屋に留め置くなどどうかしている。引っ立てたのはどこのどいつですか」

腰を浮かせたまま神人は声を張り上げた。

「それがな、自ら出向きお主を呼んでくれというたのだ」

「私を。女将のお勢が」

「顔の濃い諸色調べの同心さまと話がしたいと、番人にいうたそうじゃ」

「は？」

神人は口をぽかりと開け、眼をしばたたいた。鍋島が笑いを噛み殺すように二度ほど咳払《せきばら》いをした。

「わかりました。ともかくお勢に会い、話を訊いてみましょう」

神人は鍋島に一礼し、立ち上がった。すでに気持ちが急《せ》いていた。

お勢には借りがある。

初津の元夫で神人とは剣術道場の兄弟弟子であった芝里六蔵は、逃げた鶴を食してしまったとおののいていたが、それがまったくの勘違いであることを気づかせてくれたのだ。

もっとも、お勢自身はただ思ったままを口にしただけであったのだが。

神人が急ぎ座敷を出ようとしたとき、

「澤本、待て待て」

鍋島の声が飛んだ。

「お主の父が身罷《みまか》る間際まで追っていた一件、存じておるか」

鍋島の意外な問いかけに、神人はゆっくり振り向いた。

鍋島は文机の上から小さな物をつまみ上げると、神人の足下にほうり投げた。

「これは」

神人は眉を寄せた。

天保通宝《てんぽう》だ。

天保六年（一八三五）に鋳造された銭だ。縦一寸六分ほどの小判形で、中心部に四角い穴が開けられている。表には『天宝通寳』と記され、裏面には、『當（当）百』と金座を取り仕切る後藤家の花押《かおう》である桐が鋳込まれている。

當百とあるのは銭百文分の意で、天保通宝は百文銭に当たるが、当初から八十文ほどの価値でしか流通していない。素材の品位がはなはだしく低かったせいだ。その後、さらに下落し、お上はそれを食い止めるために六十五文を下限としたが、いまでは六十文ほどに落ち着いている。いずれにせよ、百文の価値などまったくない銭だった。

「お奉行。小遣いにしてはいささか少のうございますが」

「馬鹿を申すな。それは贋金《にせがね》よ」

神人は眼を見開いた。

掌に載せて眺めていても、これが贋金だとはとても思えない。

「これのどこが贋なのでございますか」

「じつは、わしも区別がつかん」

鍋島はそういいつつも困った様子は微塵《みじん》も見せない。

奢侈《しゃし》禁止を高らかに掲げ、庶民の暮らしを締め付けた天保の改革を推し進めた水野忠邦が老中に就任してすぐに鋳造が開始された銭だった。流通した当時は、小判になど触れたことのない庶民にとって小判形をした百文銭はなかなか評判もよかったが、銭相場の下落を受け、たちまち不満の声が上がった。それでも天保通宝は、水野が老中を罷免《ひめん》され、再任した後、またまた増鋳されている。

そのため、造られた年によって書体に若干の相違がある。

「だが、これは鋳込みされている極印《ごくいん》の花押に鋳抜けが一部見られるのと、當の文字が左上がりに仰いでいるとのことだ」

極印は銭にほどこされた文字、意匠のことをいい、鋳型へすでに彫りこまれているのを鋳込みという。鋳抜けは、銭の鋳型に不良があり文字などの字間が詰まってしまっていることだ。

「ですが、年によって鋳型が違えばそのようなことは現れるものと思われますが」

「それは皆、母銭をたしかめた上での差異だ」

「申し訳ございません」

神人は詫《わ》びつつ、これをなにゆえ鍋島が寄越したのか、その真意が読めなかった。

そんな神人の心のうちを読んだのか、

「お主の父、澤本伝十郎《でんじゅうろう》が見つけたものよ」

鍋島が口角をわずかに上げていった。

四

神人は額面だけの百文銭を眺めながら唸った。

父の伝十郎は定町廻りから隠密廻りを務めた。胃の腑を患い、ひと月ほど臥《ふ》せって亡くなった。医者は、かなり長い間痛みを堪えていたのではないかといっていた。

神人が二十一のときだ。見習いとして奉行所に出仕し始めてまだふた月あまりのことだった。

それから一年あまり、父の一周忌を待たずして母も流行《はや》り病で逝ってしまった。

父がお役目にどれほど熱心であったか、母からはよく聞かされていたが、隠密廻りとして最後まで探索を続けていた一件があったことは、母も知らなかったようだ。

もともと伝十郎はお役目上のことは家の者にはほとんど口外しなかった。口にするのは、かかわった難件が無事に解決したときだけだ。それも多くは語らず、普段は呑まない酒を一合だけ呑み、酔いに任せて安堵《あんど》した気持ちを語るだけのものだった。

赤みを帯びた顔で白髪の混じる鬢を撫《な》ぜながら、

「人の世も、人の心も、己が望むようにはいかないものだ。どこで折り合いをつけるかが肝心だろう。それを受け入れるか、受け入れないかは己次第よ」

とろんとした眼つきを神人へ向けて必ず最後にそういったものだった。

なるほどと、いまさらながら神人は思った。酒に強くないのも、どうせこの世はなるようにしかならないと思うようになったのも、親父譲りであったのだ。

「お奉行。父はこの贋金造りを追っていたことになりましょうか」

再び座りなおした神人は、鍋島へ問うた。

鍋島が静かに首肯した。

「一枚出れば、数千、数万の贋金が出回っていよう。伝十郎の調べがどこまで進んでいたのかは知れぬ。すべて、あの世へ持って行ってしまったようでの」

遺《のこ》されていたのは、これが贋金であるという証を記した紙切れと、この銭一枚だと鍋島は唸った。

「贋金とはいいながらもすっかり馴染《なじ》んでしまうたかも知れん」

そうなれば真贋かかわりなく、贋が真物になるということだなと、鍋島は苦く笑った。

「それと、この一枚、だ」

鍋島は、再び神人の前に銭を投げた。

「そいつは、湊屋で鍋を食ろうて死んだ者の守り袋に入っていたものだ」

神人は手にした二枚を見比べた。

當の文字の傾き具合、花押の鋳抜け。寸分変わりがない。

鋳型が同じだということだ。

神人は顔を上げ、思わず膝を乗り出していた。

鍋島は鬢を掻きつつ、細面の顔を歪めた。

「どこぞの商人かと思われる老爺がなにゆえ、贋金を持っていたのか。なにせ身許がまったく知れぬゆえ。それにしても十年を経て、同じ贋金が出てくるとはなぁ。面妖よ」

鍋島はひと息洩《も》らすと、文机に乗り出すようにして両腕を付き、声をひそめた。

「お上は、近々天保通宝の増鋳を考えている」

そのようなときに贋金がこうして現れるのは偶然ではないやも知れぬという。

「どこかでその話が漏れているとお奉行はお考えですか」

「考えたくもないがな」

贋金で一番に考えられるのは真物との差益だ。あるいは商売での取引き。贋物が流通することによって引き起こされる世の混乱を楽しもうとする妙な輩もいるだろう。

いずれにせよ、汚い悪事だ。

割を食うのは、真っ正直に生きてる大多数の奴らじゃねえか。贋金が出てきた湊屋の女将がおれを名指しで呼んだのも奇縁ってものだ。親父が遣り残したことならば、おれが代わりに暴いてやりてえと、神人は込み上げてくる思いを押さえ込むように、唇を嚙んだ。しかし、諸色調掛は、あくまでも市中の諸色を取り締まる役目だ。適正な値で物が売られているか、お上のお定めを守って商いをしているかを調べるために市中見廻りをしている。いまのままでは出すぎた真似《まね》はできない。それが歯がゆい。

鍋島はやれやれというふうに首を振ると、神人へ鋭い眼を向けた。

「どうだな澤本。父の代わりにこの一件、探ってみぬか」

神人は眼を瞠《みは》った。

「私は定町廻りでも隠密廻りでもございません。そのような真似をすれば却《かえ》って探索の邪魔になるのではないかと」

鍋島は、それは違うと口角を上げた。

「贋金が出れば、諸色にも影響が出るとは思わんか。お定めを破る商人を取り締まるだけが諸色調掛の役目ではなかろう。ときには商人を守らねばならぬ」

あっと神人は小さく声を洩らした。

「それにのう澤本。お主、諸色調べになってから、どのくらいの数の店を回ったかの」

まったくこのお奉行はなにをいいたいのかと、神人は面食らいつつも、

「ほぼ市中の店は巡っております。屋台、棒手振りの行商人などを含めますと、数え切れぬほどの数になろうかと」

正直に述べた。べつに見栄《みえ》を張るわけでもなく誇張もない。

ふうんと、鍋島は頷いた。

「諸色調べは定町廻りと違っていささか目線が町人と近《ちこ》うございます。多少いい辛《づら》いこともすんなり話してくれるのもたしか。お奉行が常々私の顔のことをおっしゃいますが、おかげさまで皆の覚えもよく……」

「それは重畳《ちょうじょう》。ではこの贋金が出回っているか探るのも容易《たやす》いのではないか。お主のその顔での」

鍋島はにやにやとした。

神人は思わず顔を伏せた。

身体《からだ》に震えが走った。

この奉行は、おれをここへ導くよう隠密廻りから退かせたのかもしれない。父が暴ききれなかった贋金の出所を探るために町中を泳がせていた。だとしたらなんて奉行だ。これもなるようになったということだろうか。

神人は顔を上げ、

「まずは、湊屋のお勢の許へ参ります」

にっと笑みを返した。


神人は表に出て空を仰いだ。そろそろ陽《ひ》が傾きかけている。

それでもずいぶん日が長くなった。夕暮れ近くなっても袷《あわせ》で長く歩くと暑いときもある。那智黒《なちぐろ》の玉砂利を踏みしめ、門へと向かった。

木の葉一枚落ちていないのは、小者《こもの》たちがしじゅう掃き清めているからだ。

神人の耳に馴染みのある馬鹿笑いが聞こえてくる。庄太だ。

中年の門番と話し込んでいる。なにが面白いのか、げらげら笑い声を上げていた。

「おい庄太、行くぞ」

背に声をかけると、神人に気づいた門番があわてて頭を下げた。

「あ、旦那。それじゃまた」

門番が軽く会釈を返した。

潜り戸を出ると、

「あの門番が面白いのなんのって。ほらいつも仏頂面で立っているせいか、誰かと話したくてうずうずしているんでしょうね」

庄太は思い出し笑いをしている。

神人は首を回した。

「おめえにとっちゃおかしな話でも、又聞きはちっとも面白くはねえんだよ」

「ですからね、ときどき神人の旦那も話しかけてあげてくださいってことですよ」

結構、ためになりますよと、庄太はひとり頷いていた。

「あの門番、仲間内で賭けに負けたんだそうですよ」

奉行所の門番が賭けかと、神人は苦笑した。

「あ、賭博じゃねえですよ。負けた罰として白粉《おしろい》を刷《は》いて、女の衣装を着て柳原土《やなぎわら》手に立ったそうなんです。これがなかなかいい女っぷりだったとかで」

くだらねえと、神人は足を進めながら呟いた。

神田川《かんだがわ》沿いの柳原土手は、昼間は竿竹に古着をつるした古着屋がずらりと並ぶが、夜には夜鷹《よたか》が男たちの袖を引く処《ところ》だった。

「も、男たちが寄るわ寄るわで、あやうく押し倒されそうになったとき、思い切り男の声で怒鳴ったそうです」

そんときの相手の顔がまたと、庄太は吹き出しそうになって口許を押さえた。

わかったよと、適当に相槌《あいづち》を打ち、

「高砂町の番屋へ行くぞ」

神人は足を速めた。

「それが、お奉行さまのご用件だったんですか。でも高砂町の番屋って……えっ番屋になんの用があるんです。嫌だなぁ」

庄太が口先を尖らせる。

「湊屋の女将からのお名指しだ」

眼をしばたたく庄太に、湊屋で起きた毒死の一件を神人は手短に話して聞かせた。

「そいつは気の毒だ。えへへ、でもお勢さんでしたっけ。あの女将さん、凛《りん》としたきれえな方でしたよね」

やっぱりお店はいろいろ廻っておくもんですね、頼りにされてよかったじゃないですかと、庄太は無駄口を叩く。

「それにいま湊屋の評判は上々ですよ。近頃はこんにゃくを入れているそうです。これが肉とだし汁のうまみをたっぷり吸って、滅法うまいと勘兵衛さんがいってました」

庄太はよだれを垂らしそうないきおいだったが急に表情を変え、でもちょっと変ですと、首を傾げた。

「なにが変だよ」

神人は庄太ののんきな物言いに苛立《いらだ》ち、ついきつい調子で返した。おそらく気が急いているからだろう。

だが庄太は神人の剣幕などものともせずに、けろりとした顔で後を続けた。

「トリカブトで爺さんが死んだと医者が診立てたんですよね」

「ああ。たまたま店の前を通りかかって騒ぎを聞きつけたようだ」

なるほど、それはあってもおかしくないと、庄太は首肯した。ももんじ屋は獣肉を鍋で煮て食べるため、臭いがこもらないよう開けっ広げな店が多い。湊屋も暖簾が下げてあるだけで、戸はたてていない。中の騒ぎが表に漏れ聞こえることは十分ある。庄太が珍しく小難い顔つきをした。

「で、死んだ爺さんはいきなり血を吐いた」

「そうだ」

「で、二度目は血の混ざった反吐《へど》ですね」

「なんだよ、もったいぶったいい方だな」

庄太が神人の顔を見上げた。

「毒だから血を吐くってのは思い込みですよ。まことにそうなるものもあるにはあるそうです。けどこれは、以前お医者から聞いた話なんですが」

庄太は袂《たもと》をごそごそ探って、まんじゅうを取り出し、一口で頬張った。

神人は呆《あき》れたが、腹が減ったとぶつくさ文句を垂れられるよりいいと見なかったふうを装った。

「とりかふどでふぁおけつしなひんれす」

「肝心なときに、なにをいっているのかさっぱりわからねえぞ、庄太っ」

神人が怒鳴った。

庄太は頬を膨《ふく》らませながら、懸命に胸を叩き、ごくりと飲み込んだ。

大きく息を吐くと、

「嘔吐はするそうですが、トリカブトでは吐血しません」

妙に顔を引き締め神人を見た。

「もともと胃の腑が悪いとか労咳《ろうがい》ならばそういうこともあります」

胃の腑を患った父が大量に吐血したことを神人は思い出した。

「じゃあ、その爺さんはなんで死んだんだ」

庄太はうーんと唸った。

トリカブトを食すと、まず嘔吐、大量の涎、身体の震えがあって、最後は息が詰まって死ぬのだといった。

「なにも患っていなかったとすれば、吐血は芝居じゃないですかね」

神人は庄太をまじまじ見つめた。

「ほらほら口にあらかじめ血袋を含むとか。よく蜜柑《みかん》でやったなぁ。ぶちゅうって潰して、口の端から汁をだらだら」

汚ねえ奴だと、神人はうっかり笑みを洩らした。

「妹がね、喜んだんですよ。えへへ」

「おまえに妹がいたのか。そいつは知らなかった。いくつだ。やっぱり食いしん坊か？」

庄太は軽く空を仰いだ。

「もう嫁に行く歳《とし》になってますよぉ。十歳で逝っちまってなければ」

だから神人の旦那とは妹を失《な》くした同士なんですよと、妙に明るくいった。

「そうか」

「その妹が心の臓が悪くて薬にトリカブトを使ってたんで」

庄太が笑みを浮かべた。

五

呉服橋の北町奉行所から高砂町の番屋までは四半刻《しはんとき》（約三十分）もかからない。出入り口を覗くと、腰隠しの板の向こうに書き役の姿が見えた。

「邪魔するぜ。北町の澤本だ」

「ああ、これは。お待ちしておりました。どうぞお上がりください」

書き役が立ち上がり、片側の障子を開け、神人を促した。庄太は表で待つ。

「よう澤本。ご苦労だな」

神人はその顔を見るなり口許を曲げた。かつて定町廻りだった神人とともに町場を駆け巡っていた和泉与四郎だ。眦の上がった眼で座敷に上がる神人を見ながら、

「湊屋の女将なら隣だ」

くいと顎を上げた。

座敷の奥には板の間がある。腰高障子で区切られているが、そこは本来は町役人の休息場として使われることになっている。だが板敷きで窓もないことからあまり快適とはいえず、それよりも町内で捕らえられた罪人やらを留め置き、吟味などが行なわれた。逃亡のきらいのある者には縄を打ち、柱に打ち付けられている鉄輪に

縄の端を結びつけた。

「おまえが来たら話をするといっている。諸色調べはどこまでどんな面倒を見るのだ」

皮肉っぽい物言いをして口角を上げた。

「うるせえ。縄を打っちゃいねえだろうな」

神人がちらと横目で睨むと、ふんと鼻を鳴らした和泉は、

「下手人じゃねえからな。けどな、毒が店になかったというだけで、湊屋の疑いが晴れたわけじゃねえんだぞ」

そっぽを向いた。

構うことはない。和泉のいつもの口調だ。

「開けるぜ」

座敷と板の間を仕切る腰高障子を開けると、俯《うつむ》いていたお勢が顔を上げた。

紺地に格子柄の地味な装いで、櫛巻きにした髪に平打ちの簪《かんざし》を一本挿している。

神人を見るなり、強張《こわば》らせていた顔をふわりと和らげた。

「旦那。来てくださったんですね」

お勢は胸に手を当て、薄く紅を塗った唇をわずかに開いて安堵の息を洩らした。

お勢が頭を下げたとき、『袖の香』の香りが鼻先をかすめる。

神人は、久しぶりだといって腰を下ろした。

「とんだ災難だったな」

お勢はこくりと頷いた。

「店はどうした」

お勢は首を横に振る。

「隣の座敷にいる定町廻りにも聞かせてやっちゃくれねえかな。少しばかり陰険な奴だが、根は悪くねえんだ」

「旦那がそうおっしゃるなら、よろしうござんす」

お勢は背を正して応えた。以前見た凛とした表情が戻ってきた。

お勢は店で起きた一部始終をしっかりとした口調で話し終えると、大きく息を吐いた。

「でも、気になっていることがございます。亡くなったご老人が最後の力を振り絞ってなにかをその男に伝えようとしたのですが」

「だが、そいつは聞く耳を持たなかった」

「おかしいじゃありませんか。いまわの際の言葉なら聞いてやるのが情けというもんでございましょう」

「その男も気が動転していたのではないか」

和泉が口を挟んだ。

お勢は強く首を横に振った。

「そんな人じゃありません。毒を吐かせると口に指を差し入れたんです。ご老人は苦しんで相当、強く嚙まれてたようです。それに連れていた若い男も凄んできたり。初めに毒だと声を上げたのは、若い男のほうだと、うちの子が」

老爺の給仕をしていたお園という小女だといった。

お勢の話では、老爺が死ぬとその男たちも医者も立ち去ってしまったという。どの誰ともわからぬままだと唇を嚙んだ。

「それでお勢。爺さんはなんといったんだ」

神人が訊ねると、

「話が違う、と。そういったのでございます」

その言葉に、神人はいきなり立ち上がった。

「仏さんはどこだ」

神人の厳しい顔を見て取った和泉は、表だと応えた。

上物ではないが、お勢のいう通り衣装もそれなりの物を身につけていた。年の頃は六十に手が届くかというぐらいだ。

乾いた血が口や顎の周りにこびりついていたが、苦しんだという割には死に顔は穏やかなものだった。これまで神人はいくつもの亡骸《なきがら》をみてきた。血の気のない顔は命あるときよりもつるりとしている。年寄りはとくに皺《しわ》が消えてしまうのが不思議だった。

長く生きれば生きるほど、苦しみや悲しみが顔にも心にも刻まれていく。人は死ぬことでそれらを清算するということだろうか。

あの世には、もうなにも背負っていかねえでいいように、きれいになるんだろうか。

けれどと、神人は思う。

仏になっちまった者を質すわけにはいかない。だが、逝っちまった者たちがこの世に残した無念や未練は、生きている者が受け止めてやらなくちゃならねえ。

そうして人は繋《つな》がっていくのだ。

気のせいか、帯に挟んだ贋の天保通宝が重たく感じた。

神人は莚《むしろ》に寝かされている老爺の顔を凝視した。やはり見知らぬ者だった。しかし、妙に引っかかる顔でもある。どこで会ったという記憶はない。町中ですれ違ったからといって、印象に残るような面でもなかった。死に顔は生前とは見た目が変わるとしてもだ。

神人が老爺に手を合わせたとき、

「旦那、神人の旦那」

骸《むくろ》が苦手な庄太が番屋の陰から手招きしていた。

庄太が己の口を開け、指をさす。

「なにやってんだ、あいつは」

和泉が呆れたようにいった。

「この骸、検視は行なったのか」

「あたり前だ。毒死に間違いはない」

「この爺さん、他に病を抱えてなかったか」

そこまではわからんと、和泉は不服げな顔をした。

神人は腰を落とし、亡骸の口をこじ開けた。

「なにしているんだ、澤本」

「トリカブトの毒じゃ血は吐かない。なのに爺さんは血を吐いた。しかし、お勢の話から死に様はやはりトリカブトによる毒死だ」

つまりなにか、和泉が呟いた。

「あらかじめ口中に含んでいたとでもいうのか」

「爺さんを抱えた男は、その口に指を差し入れた。毒を吐かせるためだというが果たしてそうだったのか」

神人の指に何かが触れた。

取り出すと、小さな油紙の切れ端だ。

神人は、驚き顔の和泉を見据えるようにした。

「さすがに鍋に油紙は入っちゃいねえ。話が違うと最後に吐いたのは、この爺さんが誰かに利用されていたってことにならねえか」

「女将。その男たちの人相を教えろ」

「指も痛めているかもしれねえな。爺さんだって必死だったろうからな」

「絵師を呼べ、いますぐだ」

和泉が色めき立ち、番屋へ向け怒鳴った。

六

湊屋での毒死はその日のうちに読売として摺《す》られ、またたくまに広まっていた。

神人は番屋からお勢を湊屋まで送り届けた。店の前には人だかりがあったが、神人の姿を見ると蜘蛛《くも》の子を散らすようにあたふたと逃げ出していった。

「ああ、こりゃひどいですねぇ」

庄太が息を吐いた。

店の前には石ころやゴミが散乱していた。毒を食わせる店だと、投げつけられた物だ。

裏口から店に足を踏み入れたお勢は嘆息をした。

大戸にも穴が開いていた。そこから鼠《ねずみ》や猫といった獣の死骸を投げていく者もあったと店にひとり残っていた板前の音吉がいった。

「お父っつぁんには申し訳ないけど、もう湊屋はだめね。毒入り鍋なんて風評が立っちゃ」

お勢がさびしそうに店を見回していった。

「お嬢さん。弱気になっちゃいけません」

音吉は片付けを続けながらいった。

「女が主《あるじ》だと甘く見られるのよ」

「ここに店を構えてどのくらい経《た》つんだ」

神人は座敷に黒く染み付いた血の跡を眺めつつ、訊ねた。さすがにこの血が人のものか、獣のものか調べる術《すべ》はないのが悔しかった。

かれこれ八年ほどになりましょうと、音吉が口を開いた。

その前は三嶋屋《みしまや》という酒屋で、いまは深川《ふかがわ》へ越したが、酒はその店からいまだに仕入れているといった。三嶋屋は酒を商いながら両替商も営んでいるという。

両替商かと、神人は呟いた。

座敷にくずおれるように座ったお勢の横顔が眼に張り付く。神人は湊屋を出た。

「旦那、すいやせん」

表に出ると、音吉が追いかけて来た。

「どうかお嬢さんを助けてやっておくんなさいやし。親方が亡くなってから、五年もの間、ずっとおひとりで頑張ってきたんで。この頃、店の調子がいいもんで、やっかみやら嫌がらせがちょいちょいあったんでさ。挙句、この騒ぎだ」

諸色調掛の旦那なら、きっと店も守ってくれるとお思いになっていると、音吉は深々と腰を折った。

神人はなにもいわず、踵《きびす》を返した。

「神人の旦那、なんで助けてやるといってやらなかったんですか」

庄太がへの字に口を曲げた。

「助けてやると言葉じゃなんとでもいえるが、物事はなるようにしかならないんだよ。おれにもこの一件、どう転がるかわからねえ」

神人は拳《こぶし》を握りしめた。

「それでも安心させてやればいいじゃねえですか。だからお勢さんは旦那を」

黙れと、神人は庄太を睨《ね》めつけた。

翌日、読売を手にした庄太は膨れっ面をしていた。

「ひどすぎますよ。この読売。獣肉どころか人肉を喰らわしていたとか。こんにゃくだといっているがそれがトリカブトだとか」

読売の中身は詳細で、おそらくその場に居合わせた客の話をまとめたのだろうと思われた。

諸色調掛は不正に出版される書物、刷り物にも眼を光らせている。読売屋をあたることはお役目内のことだった。神田の佐久間《さくま》町にある読売屋へ足を運んでいた。ふたりの男と医者の話が聞けるかもしれないからだ。

これじゃあお勢さんがかわいそうすぎますよ、なんとかならねえんですかと、庄太は道々ずっと話し通しだ。しまいには読売を忌々しげに、びらびら振り始めた。庄太のおしゃべりにいささかげんなりしていた神人は耳の穴を指でくじっていた。

「お勢さんの顔なんざまるで鬼女みたいに描かれているんですよ。あれ」

神田川に架かる新《あたら》シ橋を渡ろうとして庄太が対岸の橋の下を指差した。

「あの娘、湊屋の小女ですよ」

「おまえいい加減なことをいうんじゃねえ」

いやと、庄太がいつになく神妙な面持ちで、

「すれ違ったきれえな姐さんは忘れても、食べ物屋で働く娘の顔は忘れません」

自信たっぷりにいい切った。

「なにしてるんですかね。拝んでるみたいだ」

見れば、たしかに神田川に向かって手を合わせている。

神人は新シ橋の欄干《らんかん》から身を乗り出し、下を覗いた。行き交う船の間を縫い、束ねた花が川の流れに乗って運ばれていく。

神人は早足で橋を渡った。川べりへ降りると小女が首を回し、眼を見開いた。

「あ、あ」

小女が神人の顔を見覚えていたかどうかは知れないが、御番所の役人だということは風体でわかる。

あたりを見回すと、七輪や鍋、欠けたどんぶり鉢が置かれていた。破れ傘とよしずで囲いがしてあり、その奥にはぼろ布が無造作に敷かれていた。ここに人が住んでいたのだ。

神人の脳裏に柳原土手で女の格好をさせられて歩いた門番の話がいきなり甦《よみがえ》った。

宿無し爺さんが、商人の姿で現れることだってあるやもしれない。

「娘、死んだ爺さんを知っていたのか」

小女は身を返し、草深い斜面を上り始めた。

軽く舌打ちして神人はその後を追った。

腕を摑むと、小女はその場に膝を落とし、わっと泣き出した。

小女は毒死した老爺の給仕をしていたお園だった。


庄太は幾世餅をまたひとつ手に取った。

「死んだ爺さんが宿無しだったなんて」

だからぱっと見にはわからなかったのも当然だ。そのうえ、自分の働いている店でいきなり死んだのだ。

「怖くていい出せませんよねぇ」

庄太は多代に幾世餅をせがまれ、持参してきたのはいいが、もうふたつもその腹の中に収めていた。多代が手習いから戻るまでにいくつか残るといいがと、神人は縁側にごろりと転がり、うちわを扇《あお》いだ。

今日はすっかり夏の陽射《ひざ》しだ。

「おれも気づかなかった。あちこちの飯屋の裏で食い物の屑《くず》をあさってた爺さんだったとはな。お園にいわれてみりゃ、あの界隈で見かけたことがあったよ」

お園は湊屋のごみ溜《た》めで老爺と幾度も会ううち、話をするようになったのだという。在所は信州上田《うえだ》。妻子を残し江戸へ出て懸命に働き、それなりに店を構えたが、岡場所の娼妓《しょうぎ》に入れあげた末に、人に騙《だま》されなにもかも失ったのが十年前。

「ひとり娘がお嫁入りするという報せの文をずっと大事そうに持ってたんです。もう二十年も前の文です」

　だから在所に帰ったほうがいいと勧めたのだとお園はいった。ときおり湊屋で残った肉をこっそり渡すこともあったらしい。

「でもお爺さんは帰れないって。どんな顔して会えばいいのかわからない。よしんば戻っても受け入れてくれるはずもないって。却って迷惑になるだけだと」

　お園の後れ毛を、土手に吹く風が揺らした。

「もしも孫がいたら、あたしぐらいの歳だねって話したら、ぽろぽろ泣き始めて。帰りたい帰りたいって。ここで神田川を見ながら」

　だが、湊屋は悪い人が営んでいるからやめるようにと、お園にいったという。お園は否定したが、老爺は頑としていい続けた。

　すると明日だけは休めといったらしい。

　その顔がすごく怖かったので、休みをもらうと、お園は嘘《うそ》をついたという。

「だから、立派な格好で来たお爺さんが、あたしを見て驚いた顔をしたんですね。でも、あたしはいつものお爺さんだとは気付きませんでした」

　庄太がため息を吐《つ》く。

「お園ちゃんがいるとわかってたのに、どうして騒ぎを起こしちゃったんでしょう」

神人は黙って首を横に振った。

「近頃嫌がらせがあるって板さんもいってたじゃないですか。だから、ほんとは血を吐いて騒ぎを起こすだけでいいはずだったんじゃないですか。なのに、トリカブトまで盛られたってことですよ」

冗談じゃねえと、庄太が下唇を突き出した。

「すべては和泉が追ってる野郎どもが知っているはずだ」

おそらく、老爺は三嶋屋に騙され店を失ったんだろう。三嶋屋から酒を仕入れている湊屋を三嶋屋の持ち物だと思っていたのかもしれない。昔の恨みを晴らせると唆《そそのか》されたか、あるいは、持ちかけられた稼ぎ話が偶然一致したか。

「いずれにせよ利用した奴らは、宿無しの爺さんひとりの命なぞどうでもよかったという話だ」

神人は憤りを隠さず吐き捨てた。

これがなんのために行なわれたのかは、これからだ。

老爺がすべてを失くしたのが十年前。三嶋屋が深川へ越したのが八年前。

いまは両替商となっている三嶋屋。

老爺の守り袋にあった天保通宝。

このふたつも繋がるのか……神人はうちわを持つ手を止めた。泣きじゃくりながら懸命に話すお園の姿が浮かんできた。

「なかなかお鍋を口にしないので、あたし、こんにゃくを勧めたんです」

店に入ったはいいが、やはり食べつけない獣肉に身構えてしまい、口に入れるまで悩んでしまう者がいるらしい。

「そうしたら隣にいた若い男の人がほらって、お爺さんの器へ入れたんです。だからあたしも、こんにゃくはお腹をきれいに掃除してくれるんですよって。そうしたら、これまでの自分もきれいにしてくれるかなと、にっこり笑ったんです。そのとき初めていつものお爺さんだとわかりました。それからすぐです。お箸を急に落として……」

こんにゃくは砂払いとも呼ばれた。体内の砂を払ってくれる効能があるからだ。

こんにゃくで老爺は過去の自分をきれいに払えただろうか。それならばいいが、そうでなければ遣り切れない。

お園は、老爺が二十年持ち続けていた文を頼りに、遺髪を送ってやりたいといっていた。

神人は身を起こし、幾世餅を手に取った。

幾世年月を重ねても、消えないものは後悔だろうか、それとも大切な者たちを思う心だろうか。おそらく、老爺の中にはその両方があったに違いない。

神人は餅を齧《かじ》った。

どこからともなく、くまが走って来ると、縁側に飛び乗り、神人のあぐらに組んだ脚の間に潜り込んだ。

「あれ、いまだにそこが好きなんですねぇ。ああ、でもしばらく湊屋さんは店を閉じるそうですよ」

庄太が残念そうにいった。

神人の脳裏に、お勢の横顔が不意に浮かび上がってくる。

通りで風鈴屋の涼しげな音が響いていた。

富士見酒

一

神人は文机の上に紙を置き、筆を構えていた。

眼の前には、老婆がひとり座している。

同心詰所の一角だ。

衝立《ついたて》で目隠しをしているが、神人の渋面は周りから丸見えで、皆、口許《くちもと》をにやにやさせながら通り過ぎていく。

老婆の名は、おつた。れきとした酒問屋の隠居だ。

霊巌島《れいがんじま》を流れる新川《しんかわ》に架かる二の橋の南詰、新四日市《よっかいち》町二丁目に笹屋《ささや》という店を構えている。新川沿いは昔から酒問屋が多い。

大坂から樽廻船《たるかいせん》に載せられた酒樽は、品川《しながわ》沖へと入り、そこから小船に積み替えられ、新川まで運ばれる。川沿いには酒問屋の蔵が立ち並び、冬場、新酒の時期ともなると樽の檜《ひのき》と酒の香りがあたりに漂う。

下戸ではないが、酒に強くはない神人は、この界隈《かいわい》にはあまり足を踏み入れない。酒の香りだけで酔いが回りそうだからだ。

もっぱら、若い同僚にまかせている。見廻《みまわ》りに行くと必ず数軒の問屋で茶の代わりに酒がでる。同僚は勧められるたび呑み干すので、奉行所に戻ったときには、ほとんど使い物にならないことがしばしばだった。

それにしてもまいったと、胸のうちで神人はぼやいていた。今日が三のつく日だということをすっかり忘れていた。

己を恨んだが、しかたがない。

出仕するなり同僚が、本日は門前廻りでござると、あたふたと走り出して行ったのをまず疑うべきだった。

老中や若年寄には、大名や旗本から政《まつりごと》への陳情や意見、ときにはごく私的な相談事を聞く逢対日《おうたいび》、対客日が設けられている。登城前に面会することになっており、多いときは百名ほどが押し寄せた。いまは初秋なのでよいが、冬場などまだ夜が明けきらぬころから長蛇の列をなす。その際、供廻りの者たちで門前がごった返し、いい争いから喧嘩《けんか》騒ぎになることもあり、その整理と取り締りを行なうのが門前廻りだ。

同心は百二十名しかいないため、人によって二つ、三つと役目を掛け持ちしている。もうひとりの諸色調掛同心は門前廻りを兼務していた。

神人は諸色調べだけである。

兼務ではあるが、組み分けしているはずだった。今朝は同僚の出番ではないと思ったが、妙に急ぎながら、一瞬神人を振り返り、後は頼みますといって口角を上げた。

その笑いの意味がようやく知れたのは、来客を告げに来た見習い同心がどことなく気の毒そうに神人を見ていたせいだ。

今日は文月の十三日。三のつく日はおつたが来る日だった。

それを承知で出て行ったのだ。

前回の三日は神人がおつたの相手をしている。ならば此度《こたび》は奴の番だ。

まんまと逃げられた。

なにが、後は頼みます、だ。調子のいい奴だ。

神人は表面には出さず、胸のうちでため息を吐《つ》きながら、おつたを眺めた。

おつたの声が退屈な経文のように神人の耳に流れ込んでくる。

ああでもないこうでもないと、おつたはたわいもない話をし続けている。昔話から嫁の悪口、近所の噂《うわさ》などなどなど、だ。

涙を流したかと思えば、急に笑い出したりする。同じ話を幾度も繰り返す。もうかれこれ半刻（約一時間）以上、休みなく付き合わされていた。

よくもまあ続くもんだと、半ば感心しながら、ほとんど右から左へと流していた。それでも、おつたの表情を見ながら、ときどき相槌《あいづち》を打つ。おつたがどうだという顔をすれば、ほうと感心してみせ、嬉《うれ》しそうなら笑顔も作る。いまは眉間に皺《しわ》を寄せているので、神人も渋い顔つきをしているだけのことだ。

そのおり、筆を走らせる真似《まね》だけしていればよい。

それでも神人は果てなく続くおつたの話を聞き流しながらも、尻がうずうず疼《うず》いてきた。

「もう我慢ならねえ。次から次へとよくつまらねえ話ができるものだ。隣の酒問屋の猫がさかったからってなんだっていうんだ。近頃の娘は挨拶ひとつまともに出来ないくせに、親に楯突《たてつ》いているだと。当たりめえじゃねえか。親に楯突くような娘だから、挨拶もできねえのさ。また昔話か。もう聞き飽いた」

というのはむろん心の声だ。

喉からいまにも飛び出しそうになるのを神人は懸命に堪《こら》えている。

そんな暴言を吐こうものなら、おつたは、奉行の鍋島内匠頭直孝へ訴えるとわめきだす。

鍋島が、まだ前髪立ちの時分からの昔なじみだというのがおつたの自慢で、畏れ多くも五千石の大身でもある町奉行を〝なべちゃん〟などと呼んではばからない。

「笹屋は、わが屋敷に出入りをしておったのだ。寡婦になってからは、番頭や手代とともにおつたもよく来たものだ。昔なじみといえばそうであろう、おつたにはよく菓子をもろうたしなぁ。親父《おやじ》どのの眼を盗んでよく食ったものだ」

鍋島は懐かしげに眼を細めつつ、

「まあ、老婆の茶飲み話ゆえ、付きおうてやってくれ。ただなぁ、なべちゃんは儂《わし》でなく親父どののことだったはずだが」

苦い顔をした。

北の御番所は町人の話も聞いちゃくれない冷たい処だといいふらされても困る。心して耳を傾けろよと、鍋島は微妙な笑みを浮かべた。

その笑みの意味が、おつたと対面してようやく知れた。

念のために杖《つえ》を使ってはいるが、齢《よわい》七十六にして、脚も腰も耳も眼も悪いところは一切ない。その中でも、達者なのが口だった。

おつたが奉行所に来るようになったのは、三月前からだ。

初老のお店者に酒樽を載せた荷車を牽《ひ》かせ、門番へいきなり、「なべちゃんの祝いに来た」と、告げたという。

面食らったのは門番だ。

かなり高齢の老婆であるが、身なりもちゃんとしていた。しかも、新四日市町の酒問屋、笹屋の隠居つただと、素性もはっきり述べている。年番与力が、帰すか待たすか考えあぐねているところへ、当の鍋島奉行が下城して来たので、「なべちゃん」「おつた」と相成った。

荷車を牽いて来た男はおつたの倅《せがれ》で、笹屋の主《あるじ》、源兵衛《げんべえ》だった。

奉行所の奥、鍋島の住まいに通され、陽気のせいだけでなくびっしり掻《か》いた汗を拭き拭き源兵衛が語ったところによれば、おつたは十か月前に卒中で倒れ、生死を彷徨《さまよ》ったが、奇跡的に回復し、この三月前から妙におしゃべりになったのだという。もともと、話し好きであったが、それに輪をかけて、口に油でも塗ったようにぺらぺら話す。

源兵衛や女房にしてみれば、卒中は、手足が利かなくなったり、それこそ寝たきりになる、あるいはそのまま逝《い》ってしまう怖い病、それがおしゃべりになっただけなら、なんと運がよかったものかと、涙を流して喜んだ。

病を得てから、おつたは店の外にある縁台に座っているのが常となった。

ところが、通りを行く誰かれ構わず話しかける上に、長話。最初のうちは皆、年寄りの無聊《ぶりょう》を慰める体で耳を傾けてくれていたが、さすがに四半刻（約三十分）以上になれば、しびれをきらす。

申し訳ないがと幾人もの者に告げられ、源兵衛は、ただ驚いた。

「母へ自室にいるよう説得したのですが」

だめでしたと、肩を落とす。

「たがはずれてしまったとでもいうのでしょうか。これも病のせいなら仕方がありませんが、まあ、ともかくよくしゃべる」

しかもそんな昔のことまでよく覚えているものだと感心するくらいだという。

「お得意先の番頭に向かって、私が吉原《よしわら》に居続け、付け馬を連れて帰ったとか、深川《ふかがわ》の水茶屋の女に入れあげたとか、料理茶屋の女将《おかみ》に惚《ほ》れて、怖い兄さんにこっぴどく殴られたとか」

全部、女がらみかと鍋島が苦笑すると、

「昔のことでございますゆえ」

源兵衛はげんなりして俯《うつむ》いた。

だからといって老母を奉行所に連れてくる理由はどこにも見当たらない。

「それが、母は」

昔なじみの方々に会いに行き、思い出話がしたいといい出しましてと、恐縮した。

「ですが、母の口から挙がった方々はすでにほとんど鬼籍に入っておられまして。母は来年喜寿を迎えますので、当然といえば当然なのでございましょうが」

ちらと、源兵衛が鍋島を上目に窺《うかが》う。

生きていたのは、なべちゃんだけかと、鍋島は自嘲した。

「恐れ入りましてございます。それゆえまかり越した次第でございます」

がばと源兵衛が平伏す。

「母にもそうそう先があるとは思えません。どうか今生の名残と思し召し、願いを叶《かな》えてやってくださりませ」

鍋島は、ふむと唸《うな》って頷《うなず》いた。

ところが、鍋島相手に半刻ほどしゃべりまくったおつたが満足げに腰をあげたとき、

「わしは御用繁多でなかなか会うことも敵《かな》わぬが。また話をしような、おつた」

鍋島が口にしてしまったから大騒ぎだ。

北町奉行直々のお墨付きをいただいたと、おつたはそれ以降、霊巌島からいそいそと通って来るようになった。

鍋島も余計なことをいったものだと後悔したが、あとの祭り。年寄りをむげに追い返すことも出来ず、悩んだ挙句、御番所には丁度よい者どもがいると、諸色調掛へ白羽の矢を立てた。見廻りにも出るが、町名主からあがってきた報告を書き留めるため、奉行所内に詰めることが多い。

笹屋は四代続く酒問屋。

そこの女将を長年務めてきたおつたの話ならば、色々参考になろうというのだ。

苦しい弁明だ。

ただし、三のつく日だけとし、神人と同僚のふたりが交替で老婆の茶飲み話に付き合うこととなった。

二

おつたが、茶を飲み干した。

神人はほっと胸を撫《な》で下ろす。これが終わりの合図だ。

ところが、今日に限っておつたはすぐには立ち上がらなかった。

神人の顔をじっと見詰めている。

「なんだえ。おれの顔になにかついているのかね、ご隠居」

「いつも気になっていたんだけど、あんた、いい男だよねぇ」

おつたがいきなり身を乗り出してきた。

神人は鼻梁《びりょう》も高く、眼が大きく、眉もきりりと引き締まっている。奉行の鍋島にいわせると「濃い顔」なのだそうだ。定町廻りを経て、隠密同心を務めていた神人だったが、この顔のせいで鍋島から役を解かれた。ようは、顔が目立ちすぎて隠密には向かないという理由からだ。

「あたしがあと五十も若けりゃ、ほうっておかないけどね」

まだきれいに生え揃《そろ》っている歯を見せ、楽しげに笑った。

五十も若けりゃか、ずいぶん遡《さかのぼ》らなけりゃならねえな、と神人は軽く口角を上げておつたを見る。白髪の髪は薄く、鬢《びん》ももう満足に張れないのだろう。軽く結い上げているだけだ。

「やっとうも強いのかい」

「そこそこといったところだ」

「ふうん、そうかい。なら人を斬ったことはあるのかね」

神人はどう返答してよいものか悩んだ。捕り物で、よほど凶悪な者でない限り、刀を抜くことはそうそうない。捕り物に出るときには十手と刃引きの脇差を持つ。相手の武器を打ち落とすためだ。

本来は相手を傷つけず召し取ることがよいのだ。見廻り中、武士同士が抜刀して争っているところに遭遇しても、同心は刀を抜くことなく捕らえるのが最上とされた。

ただ一度、町人親子を斬殺し、捕り方に追い詰められた浪人者が市中で抜刀し暴れたため、与力の命を受け斬り捨てたことがある。それ一回きりだ。

相手のわき腹を斬り裂いた感覚はいまでも覚えている。褒美は出たが、すぐさま同輩に振舞って仕舞いにした。

「まあ刀は抜かねえほうがいい」

おつたは小さく頷くと、再び口を開いた。

「なんだろうね。やっぱり、あんたとどこかで会っている気がしてならないんだよ。諸色調べなんだろう。新川にも寄ったことがあるよねぇ」

神人は首を振る。

「おれは酒に弱いんでね。新川沿いは酒問屋だらけだからな。こも樽が積まれているのを見ただけでも酔っ払っちまいそうだ」

へえ、そうは見えないけどねぇと、おつたはちょっと驚き顔をした。

「だから、新川はもうひとりの奴が見廻っているはずさ」

「知っているよ。あの坊やは見たことあるから」

たしかにおつたにしてみたら、二十二、三など、ようやく歩き出した赤ん坊なのかもしれないと笑った。だとしたらおれは奉公に出た小僧あたりになるのだろうか。

「ならどこだろうかねぇ、思い出せないよ。これも歳のせいかね」

冗談か本気かわからぬようなことを呟《つぶや》き、よいしょと、おつたはようやく重たい腰を上げた。

表には笹屋の手代がいまかいまかと待っているはずだった。

神人も立ち上がり、おつたを門外まで送り、手代に引き渡した。

「あんたにどこで会ったか次までに思い出しておくからね、澤ちゃん」

おつたは神人へ向け、童のように手を振った。手代が恐縮しながら、頭を下げた。

おれもとうとうちゃん付けかと、おつたと手代を見送りながら神人は口の端を緩めた。

しかし、卒中で倒れた後、饒舌《じょうぜつ》になるなど耳にしたことがない。命が助かったとしても、言葉が不明瞭だったり、理解できなかったり、あるいは言語そのものを失うなどがある。記憶の混濁も含まれる。

しかし、おつたにはそれがまるでない。まさに立て板に水のごとく話をする。

なにかに追われるかのように話をする。

おつたはそうすることによって、なにを得ようと思っているのだろうか。いや、むしろその逆か。すべて吐き出して、身ぎれいになりたいのかもしれない。

人間生きていれば、いらぬ物がどんどん溜《た》まっていく。忘れていると思っても、なにかの拍子にぴょこりと顔を出す。一度頭に刻まれたことは、ただ思い出さずにいるというだけで、死ぬまで忘れることはない。

おつたは、卒中であの世に行きかけ、身に溜まった物をすべて吐き出したくなったのではあるまいか。

そう思うと、十日に一度くらいのことならば、ちゃんと話を聞いてやるかという気持ちにもなるが、おつたの話が代わりに自分の頭に溜まっていくのも考えものだと、神人は口角を上げた。

さて今日も暑いが見廻りに出るかと、神人が両腕を差し上げ、伸びをしたときだ。

「澤本、待て」

甲高い声が響き、那智黒の玉砂利を蹴散らすふうに走って来る音がした。

定町廻りの和泉与四郎だ。振り向いた神人の顔を見るなり、

「奴ら、とっくに江戸を出たやもしれぬ」

忌々しげに吐き捨てた。

「澤本、手伝え」

和泉はずいと神人に顔を寄せた。

「やぶから棒になんのことだ」

「なんのことだと？　湊屋で殺められた爺《じい》さんの一件だ。人相書きから、鳶職《とびしょく》の伊《い》作《さく》と、その弟分の勘平《かんぺい》、そして御家人の柿崎八郎《かきざきはちろう》、この三人でなかろうかとようやく目星がついたが遅すぎた。やはり一足先に逃げられた可能性が高い」

ひと月前のことだ。

獣肉鍋を食わせる湊屋で、爺さんがトリカブトを盛られた。

徳五郎という六十がらみの宿無しだった。

トリカブトは、食せばたちまち死に至るという恐ろしい猛毒草だ。獣肉鍋に仕込まれていたのではないかと噂が広がり、もうずいぶん時も経つというのに、いまだに、毒入り鍋屋と石礫《いしつぶて》やら塵芥《ちりあくた》を店に投げつけている輩《やから》がいた。おかげで湊屋は休業の憂き目に遭っている。このままでいけば、廃業ということになるだろう。

どこに身を寄せているのか、女将のお勢は住まいにもなっていた店に暮らしてはいない。

ふと、『袖の香』の香りが神人の鼻先を掠《かす》めていった。お勢が衣装に移している香りだった。

「こいつら三人が深川を塒《ねぐら》にしてつるんでいたことだけはわかっている」

「柿崎ってのは御家人なんだろう」

和泉は口許を曲げた。

「御家人くずれだな。南割下水《みなみわりげすい》に住んでいたらしいが、なまじっか風采がいいだけに、人を信用させるのがうまい。たらしこまれて銭を巻き上げられた女は数知れずだ」

ふむと神人は頷いた。その手の輩ならば医者に化けることも造作ないのだろう。

「しかし、宿無しの爺さんを殺めたところで三人にはなんの得もありはしない」

だとすれば、何者かに頼まれたと考えるほうが自然だが、その繋《つな》がりがまったく出てこないと、和泉は苛立《いらだ》ちながら呻《うめ》いた。

湊屋の板前音吉が、毒殺事件の以前より、嫌がらせがあったといっていた。それが、この三人である可能性も否めない。

徳五郎がなぜ湊屋に来たかはおおよそ見当がついている。

じつは湊屋は、八年前、三嶋屋という酒屋だったところを借り受けて店を開いた。三嶋屋が酒屋に加え両替商を始めたため、深川へあらたな店舗を構えたからだ。いわば家主と店子。湊屋で扱う酒もすべて三嶋屋から仕入れていた。

一方、徳五郎は信州上田の在で、妻子を残し、一旗あげようと江戸に出て懸命に働き、一軒の店を構えた。しかし、妻子を江戸へ呼ぶどころか、岡場所の娼妓に入れ上げたあげく、人に騙《だま》されすべてを失い、飯屋の残飯で腹を満たす暮らしへと堕《お》ちた。橋の下で雨露をしのぐ十年だった。

徳五郎は湊屋の残飯をあさるうち、小女と口を利くようになったが、その際、「ここは悪い人が営んでいるからやめるよう」幾度もいったという。

湊屋の女将お勢と徳五郎はまったく面識がなかった。ならば、悪い人とは誰のことか。

湊屋が三嶋屋の持ち物だと徳五郎が勝手に思っていたと考えれば想像がつく。あるいは、お勢が三嶋屋の囲い者だと、どこかで吹き込まれたのかもしれない。とはいうものの、当の徳五郎が死んでしまったいまとなってはたしかめる術《すべ》もなければなんの証もない。

しかし、徳五郎を騙したのはおそらく三嶋屋だろうと、神人は睨《にら》んでいた。

徳五郎は、積年の恨みを晴らそうと三嶋屋と繋がっているであろう湊屋に乗り込んだが、逆に三人の男たちに毒を盛られて、死んだ。

「おまえが眼を付けた両替商の三嶋屋だがな。いまは小売の酒屋じゃねえ、酒問屋になっていた。深川にもともとあった酒問屋を買い取って、店屋敷を広げたのだ。殺された徳五郎とはたしかに商売上の付き合いがあったと主人の仙次郎《せんじろう》は隠すことなくいった」

いきなり奉行所の役人が訪ねて来れば身構えるのが当然だ。和泉の訪問に初めは怪訝《けげん》な顔をしていたらしいが、三嶋屋は湊屋の家主である。

家主としては気がかりであろうと、和泉がやんわりいうと、それはその通りでと恐縮した。

さらに湊屋で毒を盛られた老爺《ろうや》は徳五郎という名だったと聞かされるや、息が止

まったかと思うほど驚いた顔をして、身をぶるぶる震わせ、

「湊屋の女将さんからすぐに報《しら》せが参りましたが、まさか、殺されたのが徳五郎さんであったなどと、なんの因果か。いまのいままで知りませなんだ」

南無阿弥陀仏と唱えて、絶句した。

和泉は、徳五郎の暮らしぶりがどうであったかを三嶋屋へ語って聞かせた。すると、三嶋屋は細く尖《とが》った顎を下げ、眼をしばたたいた。

「てっきり信州へ戻っているものとばかり思っておりました。徳五郎さんは真面目《まじめ》な働き者でしたが、一旦、人間堕ちると、這《は》い上がるのは難儀なのでしょうなぁ」

真面目なお方ゆえ、そこにつけこまれたのでしょう。岡場所の娼妓に稼いだ銭をすべて吸い取られたようなものですと、眉を寄せた。

「娼妓には情夫がいたのですからな。徳五郎さんに銭を貢がせたあげく、その銭でちゃっかり女郎屋を退いていきましたよ」

そう話すと、三嶋屋は番頭へすぐさま申しつけ、以前の大福帳を調べさせた。

和泉が確かめたところによると、徳五郎が三嶋屋から酒を仕入れるようになったのは十八年前。徳五郎の店はなかなか繁盛していたらしく、仕入れる酒の量も半年たたぬうちに倍にも増えていたという。

徳五郎は三十前に在所を出て、

「料理屋できちんと修業もなさったと聞いております。裏路地にある一間半ほどの居酒屋でしたが肴《さかな》も旨《うま》いと評判でした」

そういう三嶋屋も徳五郎の店に幾度か足を運んだことがあるといい添えた。

それにしてもなんと気の毒な、それどころかそのような暮らしをしていたことすら知らなかった。知っていたらなんとでも手を差し延べましたのにと、声を詰まらせた。

「店を失《な》くしてから十年の間に知り合った方々との間でなにか諍《いさか》いがあったのでございましょう。そうでなければ殺められる理由などどこにも見当たりません」

会うこともなく十年が過ぎているが、長年、取引きをしていた徳五郎の不幸はまるで身内に降りかかったもののようだと悔しさを滲《にじ》ませた。ましてやかつて自分が酒屋を営んでいた店で死んだのも、どこか因縁めいている。じつは助けを求めていたのじゃないかとまでいいだした。

三嶋屋の声は次第に大きくなり、ついには一刻も早く下手人であろう三人を捕らえてほしいと、眼を潤ませながら和泉に訴えてきた。

さらに被害を受けた湊屋も早急に再開できるよう取り計らいたいと、とぎれとぎれにいった。

和泉は細面の顔を歪めた。

「三嶋屋がいっていることに嘘《うそ》はねえだろう。もっとも、いえることにわざわざ嘘をつく必要はないというべきか」

神人は初秋の陽《ひ》を睨むように空を見上げた。

「どう思う、澤本」

三

和泉は息を吐き、鬢を掻いた。

「よしんば徳五郎が三嶋屋を恨んでいたとしても、それは逆恨みじゃないか」

大福帳を和泉に見せたとき、まだ徳五郎には借金が十両あったが、すでに店も失くしていただけに、催促していないという。長い付き合いだったからだと三嶋屋はいった。

そうしたことも含め、たかだか小さな居酒屋を潰すような真似をする男のようには和泉の眼には、見えなかったという。

「まず、なにも得にならないからな」

「その三人の面は拝ませたのか。もっとも見たところで知らぬというだろうが」

「その通りだよ。人相書きを見せたが首を捻《ひね》った」

「湊屋は変わらずのようだな」

「店は閉じられたままだが、この頃は盗みに入る者もいてな、ひどいものだ。女将の行方も知れぬ」

和泉は首を横に振り、ふと神人を見る。

「すでに聞いているかもしれんが、上の方からな、この一件、打ち切れと声も挙がっている」

和泉の言葉に神人はぴくりと眉を上げた。

奉行所は罪人の捕縄や吟味だけを扱っているわけではない。民からの訴えも山ほど持ち込まれる。それを南北合わせて三百人と満たぬ所員で処理をする。定町廻りなど、たった六名ずつしかいない。皆、忙殺されているのだ。

和泉は抑揚のない声でいった。

「橋の下に住んでいた宿無し爺《じじい》がひとり死んだところで、なにが変わるかってことだ。無駄な人間がひとりいなくなっただけだ。いや、いないことすら誰も気にしてはいない」

「和泉！」

声を張ったときには、和泉の胸倉を摑《つか》んでいた。玉砂利が飛んだ。

「なにが変わるかだと？　誰が無駄だと？　宿無しだろうが、お偉いお方だろうが、人がひとり死ぬってことは、命が尽きるってことは、ただ泡のように消えるだけじゃねえ」

神人は怒鳴った。

必ずなにかを誰かに遺《のこ》していく。それを受け止める者が多かろうと少なかろうと、命の価値は変わらない。

和泉が真《ま》っ直《す》ぐに神人を見据える。

「だから手伝えといっている。おれから与力さまに申し上げる」

和泉の眼は、あきらめようとしているものではなかった。すまなかったと、神人は襟元から手を離した。

「おれはおれでやることがある。下手人を挙げるのは、おまえらの役目だ」

和泉は息を吐いて、襟を整えた。

「三人の面が割れているなら、なにがなんでも、とっ捕まえて、そいつらの糸を引いていた奴を吐かせるんだな」

神人は帯に挟んだ天保通宝に触れた。

亡くなった父伝十郎のものだ。これは贋金だ。身罷《みまか》る直前まで父はこの贋金の出所を追っていた。じつは、これとまったく同じ物を死んだ徳五郎が所持していたのだ。

神人は父が遺したであろう記録を奉行所内で探した。例繰方《れいくりかた》ではまるで残されていなかった。贋金で裁かれた者はいなかったということだ。日誌になんらかの痕跡があろうかと、十年前のものを片っ端から調べたところ、借金を苦に縊《い》死した者の家から、十数枚の銭の中に當百が二枚見つかったとあった。その二枚には差異が見られ、母銭と引き比べたところ、一枚は贋金かもしれないと記されていた。

その後の経緯を探すと、高砂町にて金貸しをしていた者が行方知れずとなっていた。

高砂町は、湊屋のあったところだ。その前は三嶋屋が営んでいた酒屋だ。三嶋屋まで辿り着く前に、父は身罷った。その探索を引き継いだ者はいなかったようだ。

神人は踵《きびす》を返した。

「澤本」

「おれは諸色調べだ」

和泉に背を向けたまま、手を振った。

和泉の舌打ちが聞こえた。

両国広小路は、小屋掛け芝居に大道芸が人を呼び、ずらりと並ぶ床店の客引きがさらに人を集める。さながら毎日が祭りのような賑《にぎ》わいを見せている。

狐の面を頭に載せた稲荷鮓屋に行列ができていた。おからを詰めた稲荷鮓は安くてうまいとたちまち評判になり、夜の商いから昼へと変え、親狐と娘狐、倅狐の三人で営んでいるという面白さも手伝っている。

神人を眼に留めた父親の弥蔵が面をはずして頭を下げる。頬の火傷の痕はすっかり目立たなくなっていた。弥蔵が横に居る娘狐のおもとに頷きかけると、神人の元へ小走りにやって来た。

「澤本さま、これ」

差し出されたのは、むろん稲荷鮓だ。

「おお、すまねえな。いいのかい？　ようやくおからの稲荷鮓にありつけるぜ」

面を脇にずらしたおもとが申し訳なさそうに眉を寄せた。

「すみません。この時期はおからがすぐ傷むので、たっぷり酢を利かせたごま入りご飯なんです」

それは残念だと、神人は軽く笑いかけた。どうもおからの稲荷鮓とは縁が薄いようだ。おもとが恐縮して肩をすぼめる。

「なに気にするな。こいつは遠慮なくいただいてくぜ。店も変わらず繁盛しているようでなによりだ」

「おかげさまでありがとうございます。そうそう澤本さま、湊屋さん、大丈夫なんでしょうか」

おもとが小声で訊ねてきた。

「どういうことだ。なぜ湊屋を知っている」

「女将さんがときどき買いに来てくださっていたので。でも少し前だったかしら」

床店を出そうかなと、冗談めかしていったという。

「あんなに立派なお店があるのに変なことというなって、そのときは思ったんですけど、女将さんも笑っていたので、すぐ忘れちゃったんです」

神人は真っ直ぐな眉をひそめた。

「でも、その後で変な事件に巻き込まれたから、あたし」

結い髪に載せた狐の面まで心配げな表情をしたふうに見えた。

神人は「大丈夫だ」とひと言告げてその場を離れた。

おもとには、そういったものの、肝心のお勢はいま行方知れずだった。冗談にしても、なぜそのようなことを口にしたのだろう。あの一件以来、どこに身を置いているのかわからない。神人は足を速めた。

庄太との待ち合わせは、甘酒屋だ。

すでに庄太は縁台に腰掛け、甘酒を啜《すす》っていた。

木陰で幾分、涼しくはあるが、それでも陽の照りに容赦はない。

丸顔のたぬき顔を汗まみれにして、

「はああ、神人の旦那。冗談じゃないですよ。暑いときにはやっぱり井戸で冷やした瓜《うり》なんかがいいなぁ」

ひっきりなしに通る人波の隙間から向かいの水菓子屋をじっと見据えている。

「うるせえ。暑気払いってのはな、熱いものを身体《からだ》に入れて汗を出すもんだ。だいたい、おれのおごりにケチをつけるな」

庄太が唇を突き出した。

「八文ぽっちで、そう偉そうにいわれちゃ敵わないな」

小声で文句を垂れたが、神人は聞こえない振りをしつつ、じろりと横目で見た。

「今朝、ようやく笹竹の川さらいを終えたんですからね、ああ、疲れた」

七夕の笹かと、神人は頷いた。

七月七日は、五節句のひとつである。

青々とした笹竹に、五色の短冊、色紙細工の網、瓢簞《ひょうたん》、西瓜《すいか》、硯《すずり》や筆などを象《かたど》ったものを吊《つ》るし、家々の屋根よりも高く据え立てる。無数の笹竹は見上げれば、空を覆うほどにもなり、風に吹かれ、しゃらしゃらと涼やかな音を立てる。笹竹に色とりどりの飾りが揺れ、それはそれは壮観な眺めとなる。

その前日の六日のことだ。

神人の屋敷でも、笹飾りをした。屋根を越すような大きなものではないが、毎年やって来る笹竹売りから購《あがな》った。

おふくと多代が、紙で作った提灯《ちょうちん》や吹き流しや、細く切った色紙を輪にして繋げたものを笹へ飾りつけた。神人は広縁に座り、横で眠っているくまの背を撫でながら、楽しげなふたりの様子を眺めていた。

「伯父上は、短冊にお願い事を書かないのですか」

多代が広縁の神人へ声をかけてきた。

「多代はなんと記したのだ。新しい衣装か、それとも美味いものが食いたいとかか」

軽口を叩くと、おふくが怒って、

「そのようなこと多代さまがお願いなさるはずはありませんよ、ねえ」

と、多代へ頷きかけた。

「なんだよ、冗談だよ」

ぶっきらぼうに応えた神人へ、近づいてきた多代が、はにかんだ表情で、赤い短冊をおずおず差し出した。

見れば、これまでとは見違えるほどの筆遣いで、

「みなでなかよくくらせますように」

そう記されていた。

珍しくはない、まっとうな願い事だと思ったが、多代の気持ちを考えれば、これ以上の願いはないのだろうと思えた。

母の顔も父の顔も知らずに育った。

神人は、芝里六蔵に父の名乗りはさせなかった。それが多代にとってよかったのかどうかはわからない。肩肘張らずに、父だと会わせてやるべきだったのではないかという後悔もある。だが、多代はわずかな対面で、芝里が己の父であると気づいていた。

親子とはそうしたものかと、いまさらながら驚いた。

だが、自分は「澤本多代」だと、多代は神人に告げた。どれだけの思いでそれを口にしたのか切なかった。幼い心で懸命に己の居場所を考えていたのだろう。

「皆で仲良くか、そうだな。いい願いだ。それに、筆もずいぶん上達したな」

神人が褒めると、多代は「かたじけのうございます」と、嬉しそうに頭を下げた。

神人は、短冊を笹に結びつけようとしていた多代の細い背に向かっていった。

「多代」

振り向いた多代が少し怪訝な表情をした。神人は己の顔が強ばっているのに気づいて、あわてて頰を緩め、咳払《せきばら》いを二度した。

「あのな、せっかくの七夕だしな。おれも願い事をしてみるかな。聞いてくれるか」

多代が小首を傾げる。

「短冊にお書きにならないのですか」

ああ、と神人は頷いた。

「そのな、これから、おれを父と思ってくれねえかな」

えっと多代が眼を見開いた。

あれまあ、やっとお言いなさったと、おふくが前垂れを持ち上げて目尻を拭った。

多代は、願いの短冊をしっかりと結びつけると、にっこり笑った。

神人は、軽く息を吐いた。

すぐに切り替えられるわけではないのだろうが、多代の口からまだ「父上」の言葉は出てこないどころか、「伯父上」の呼びかけもなくなった。

「旦那、聞いてますか」

庄太が膨れっ面で神人の顔を覗き込んでいた。

「ですからね、腕も脚も痛いんですよ」

「ああ、そのことか。ご苦労だったな」

神人はてきとうに相槌を打った。

笹飾りは、翌日の八日にははずされ、川や海に流される。家々が一斉に行なうため、川面が色とりどりに埋め尽くされる。

名主の勘兵衛の預かっている二番組は、日本橋、両国界隈だ。とくに日本橋川沿いには魚河岸《うおがし》があり、船が引っ切りなしに往来する。だいたい、すんなり川の流れに乗るわけではない。中には河岸に引っかかってしまう笹竹もあり、船の運行に差し支える。

「なので毎年、七夕の翌日に駆り出されるんですけどね、厳しいお改革がすっかりなくなったせいですか、ともかく派手な飾り付けが多かったですよ。だから引き上げるのも一苦労」

げんなりした顔で庄太はぼやく。

「そのせいか、ここ数日で痩せちまいました」

はあと息を吐いたが、神人の見たところ、まったく身体つきは変わらない。

「で、勘兵衛さんから、なにか聞き出せたか」

「そうせっつかないでくださいよ。お勢さんの居所でしょ」

庄太は少しばかり口先を尖らせた。

勘兵衛は、日本橋、両国界隈を含めた二番組の名主のひとりだ。

高砂町にあるお勢の店、湊屋も二番組に含まれている。

自分の仕切る二番組で、毒殺などという物騒なことが起きたことで、勘兵衛はぴりぴりしていた。まあ湊屋の鍋に毒が入っていたのではなかったことに安堵《あんど》はしているが、その下手人はいまだ逃亡中だ。やはり気が揉《も》めている様子で、

「肩が凝《こ》るっていうんで叩いてあげました」

庄太が強く頷いた。

「勘兵衛さんの話ですと、お勢さんは、五年前に親父さんを亡くしてからは、女手ひとつで湊屋を切り回していたそうです」

「そんなのはわかってらぁな。お勢は独り身のように見えたが、世話をしてくれる旦那はいなかったのか」

庄太は、旦那はいませんよ、と妙な笑みを浮かべた。

「で、居所は」

「やはりそこまではわかりませんでした。板前の音吉の塒《ねぐら》はすぐわかったんですが、長屋の連中の話じゃ、どうもあれ以来、帰ってねえって」

毒入り鍋の噂が立ち、店を閉じてからだ。そうかと、神人は甘酒を口に運んだ。

「神人の旦那、一所懸命ですねぇ。まあ、そうですよねぇ」

含むように庄太は独り合点している。

宿無し徳五郎が湊屋で毒殺されたとき、お勢は誰より先に神人を呼んだ。

「たった一度しか会っていない旦那を頼りにしたんですよ。もちろん御番所のお役人だからってこともあるかもしれないですけど、人ってなにか、ぴんと来るものがあるんじゃねえかって思うんですよ」

頼るのはこのお方しかいないわ、と庄太が妙な声色を遣い、しなを作った。

神人はそっぽを向く。

「だってあの女将さん、きれいでしっかり者って見た目じゃないですか。それがあんなに寂しそうな顔を見せたんですよ。なんとも思わなかったら、旦那のほうがおかしいや。力になってやりてえって思うもの」

ずずずと、庄太は甘酒を啜り、大きく嘆息した。

「店は潰れたも同然だし、下手人も捕まらないときた」

読売に毒入り鍋屋と書き立てられ、店には塵芥や石礫を投げつけられた。

荒れた店の中でくずおれたお勢の横顔が不意によみがえる。

神人は甘酒を飲み干した。

「和泉が探索を手伝えといってきたんだよ」

「え？　定町廻りの和泉さまが」

ごくりと庄太は甘酒を呑み込んだ。

「なあ庄太」

「なんです」

「おれはどこかで諸色調掛なんぞ、恐ろしくつまらねえお役目だと思っていた。物の値段を、眼を皿のようにして追っかける、あこぎな商売をしている奴を叱ったところで、同じような奴らがわいてくる」

庄太がむすっとした顔をした。

「なにをいっているんです。諸色調べは大事なお役目ですよ。そりゃあ、定町廻りとか隠密廻りとか、悪党を捕らえるなんて派手ですけど、おれは違うなぁ」

「どう違う」

「常の暮らしを心安くするためですもん」

ふっと神人は笑みを洩らした。

気持ち悪いなぁと庄太がいった。

「おれも同じ思いだからよ。お勢だからじゃねえ。おれは諸色調掛同心だからな。まっとうに暮らして、懸命に生きている者が難儀するのは見過ごせねえ」

庄太がうんうんと頷く。

「世の中、なるようにしかならねえ。けどな、それは手をこまねいてなにもするなということじゃねえんだ」

水が上に流れる道理はない。水は上から下へ流れるものだ。だが、水の流れをせきとめれば、別の流れができる。

「そうですねぇ、それでも水は変わりなく流れます。あれ、その包みはなんですか」

神人が横に置いた稲荷鮓を目ざとく見つけ鼻をひくつかせた。

「狐の稲荷鮓だよ」

「うへえ、おれのためですか」

庄太がきらきらした眼差しを向けた。

「喰わせてやってもいいがな、その前に例の件はどうした」

途端に眼の光を失った庄太は、口先を尖らせ、徳五郎が持っていた贋の天保通宝を取り出した。

「勘兵衛さんは、おれ以外にも人を使って探させたんですが二番組のあたりではこれと同じ銭は見つかっておりません。けど十年も前のものなら、もう真物と紛れてしまっているだろうといってました」

神人は、そうかと頷いた。

「これをおれの親父が見つけたのが十年前だ」

徳五郎の店が潰れたのも十年前。たしかにこの贋金は天保通宝が造られてすぐに出回ったものなのだろう。

そして近々天保通宝が再び鋳造される。

お勢が床店を出そうかという冗談をいっていたことを告げた。

「ところで、庄太」

「それはないでしょう。湊屋さんは繁盛していたし、床店を構えるなら、別の場所にお店を借りたほうがいいですよ。それに獣肉を扱うのに床店じゃあ」

湊屋からさほど離れていない場所にもう一軒、常世田屋という獣肉鍋の店がある。

そこと客の食い合いになっていたということはあるのだろうか。しかし、湊屋は女店主であることで、獣の臭み消しに多く野菜を入れ、婦女子も食せるようにと奥に座敷を拵《こしら》えるなど、肌理《きめ》細かな対応をしている。近頃ではこんにゃくを入れるなどして、さらに人気を高めた。もともと獣肉は滋養の薬として食されていた。こんにゃくもまた身体を掃除してくれるとして好まれているだけに、お勢の商いの手腕はなかなかのものなのだろう。

庄太が唸って、懸命に頭を働かせている。食べ物がからむとこんなにも真剣になるのかと神人は憮然《ぶぜん》と眺めていた。

二軒目の店舗を考えるなら、庄太のいう通り、店を構えるべきで床店は考えない。あるいは、急な立ち退きを迫られていたらどうだろうか。

と、庄太がひらめいたような顔をした。

「神人の旦那、お勢さん、家主の三嶋屋さんとなにかあったのかもしれませんねぇ。店も調子がいいのにそんなことというなんて」

神人は稲荷鮓の包みを庄太に手渡すと立ち上がった。

四

神人は高砂町へと向かった。

湊屋がどのような状態かたしかめに行くつもりだった。

湊屋は大戸を下ろしていたが、その前には変わらず石ころや木っ端、鼠や猫の死骸なども転がっていた。毒入り鍋屋、人殺し鍋などの貼り紙までしてある。いまだに、毒入り鍋屋だと思っている者がいるのだろう。

庄太が不快げに唸った。

「いつまでも底意地の悪い奴がいやがる」

「だって、読売に出ちゃいましたから。じつは鍋に毒は入っていなかった、あれは間違いだったなんて、いまさら引っ込めませんよ」

「ったく、なにも考えてねえ」

読売屋は売れるネタには飛びつき、広めるのが仕事だ。皆が知りたいことを報せるのだとうそぶく。間違ったことを伝えたら、どう波及し、なにが起きるかまで、奴らが考えているのかはなはだ疑問だ。罪のねえ者がこうして迷惑していることを知っているのだろうか。

神人は怒りを抑え込みながら、貼り紙をすべて破り捨てた。

大戸を上げ、あちこち破れた腰高障子を開けた瞬間、もわんとした生暖かい風が中から吹き寄せ、神人は思わず掌で鼻を覆った。

「うわぁなんだ、臭ぇ」

庄太はあわてて手拭を出し、鼻先に押し付けるようにした。

初秋とはいえ、店はひと月ほども閉め切ったままだ。だが、熱気がこもっているだけでなく、異臭が混じっていた。

暗がりに陽の光が差し込み、店の中がぼんやりと見え始めた。

店の中は雑然としていた。真ん中に三和土《たたき》があり、その両脇には小上がりの座敷がある造りはまったく変わっていない。ただ、その所々に割れた皿や七輪、鍋が散乱している。たったひと月前、ここで小女たちがきびきび働き、舌鼓を打つ客たちで溢《あふ》れていたと誰が思うだろう。

蠅《はえ》が大量に飛び回っている。

獣肉から湧いた蛆《うじ》がすでに蝿となり、飛び回っているのだ。

「獣の臭いというか、肉の腐った以外にも色んな臭いがします」

「下肥《しもごえ》だな」

神人は顔を歪め、思わず草履の裏を見た。

うへえと、庄太は飛んでその場を逃げたが、三和土の部分といわず店全体に撒《ま》かれているようだ。

この陽気で臭いがさらにきついうえに、眼が痛い。庄太はすでに涙目になっている。

「一体、なんだってこんな真似までするんでしょう。酷《ひど》い。酷過ぎますよ」

眉をひそめた庄太が首を振る。

「まるで人を寄せ付けないようにしているみてえだ」

神人は呻いた。

三嶋屋は早急に湊屋が再開できるよう取り計らいたいと和泉にいったそうだが、これでは逆だ。再開どころかもう廃業だ。

毒入り鍋屋と記した読売の影響が果たしてここまで及ぶだろうか。

ふと、店の奥に気配を感じた。勝手口の方からだ。神人は蝿を手で払いながら進んだ。

小さな音がした。

ひっと庄太が身を縮め、神人の背後に身を隠す。

「誰かいるのか。隠れていねえで出てきやがれ」

神人が低い声で問うと、板場からぬっと黒い影が現れた。

神人は眼を細めた。

「音吉じゃねえか。ここでなにしてる」

音吉は静かに頭を垂れた。

「包丁《ほうちょう》を一本、流しの下に忘れちまったのを思い出したんで、取りに来たんでさ」

「板前が、てめえの商売道具をひと月も忘れているはずもねえよなぁ。もう少しましな嘘をつけねえものかえ」

神人は音吉を見据える。

「すいやせん。連日、石やらなにやら投げ込まれていたものですから、ちょっと時をあけたまでです」

音吉が眼をそらす。

ふうんと、神人は顎を上げた。

「それにしちゃずいぶん汗だくだな。置いたところがわかっていたなら、とっとと持って出て行けばいい。違うのだろう、音吉」

音吉は唇を嚙《か》み締めた。神人が音吉を見据える。音吉は、ふっと小さく息を吐いた。

「はい。ときおり店を見に来ていたのでございます」

一時は、わざわざ見物に来るかたがた毒入り鍋屋と塵芥を投げつける輩が多く、鍋釜、皿を盗まれることもあったという。が、それも潮を引くように減り、安心していたところに、下肥が撒かれていた。一回二回ではない。

お勢が住まいにしていた中二階にまで及んでいたという。

ええっと庄太が顔をしかめた。

「湊屋をそこまで疎んじる者がおりましょうか。たしかに獣肉を嫌がるご仁もおりましょう。臭いが嫌だと口許を覆って通り過ぎる方々もおられますが。だからといって」

音吉は歯を喰いしばる。

「三嶋屋が立ち退きをいってきてねえか」

眼を見開いた音吉が大きく頷いた。

「お勢に会わせろ。いますぐだ」

神人は厳しい口調でいい放った。

陽が傾き始めていた。

翌日、庄太が煎餅《せんべい》を齧《かじ》りながら、

「旦那、早えよ。そんなに急がなくたって新川は逃げません」

小走りになっている。

神人は酒問屋の笹屋へ向かっていた。おつたに会うためだ。

八丁堀の屋敷から霊巌島まではほんのわずかな距離だ。

霊巌橋を渡り、南へ歩けば新川だ。笹屋は新四日市町二丁目、二の橋のすぐ近くだ。

朝の陽がまぶしい中を、酒樽を載せた小舟が幾艘《そう》も新川沿いに立ち並ぶ蔵前にもやってあった。鉢巻に半身をさらした男たちが威勢のよい声を上げながら、酒樽を運んでいく。

このあたり一帯、酒の香りが漂っていそうな気がして、なんとなく胸のあたりがもやもやしてきた。が、そのようなことに構っている場合ではない。

江戸でも酒は造られているが、やはり上方には醸造量も味もかなわないといわれる。

八割以上は、伊丹《いたみ》、池田《いけだ》、灘《なだ》から送られてくる上等な酒だ。

人の多い江戸では地場産の物だけではとても足りない。

こうして上方で作られた物が江戸へ入ってくることを下り物という。いまでこそ、江戸が政の中心ではあるが、たかだか二百年ぽっちの繁栄では敵うはずもなく、上方の品は質もいいとやはりもてはやされる。上方にしても大量に消費されている江戸はいいお得意さまでもある。売れるのがわかっているから、上質な物を売る。

「だから酒も下り酒っていいますけど、上物じゃないとなんていうと思います？」

なんだって庄太はこういうときにしゃべりたがるのか。これから会いに行くおったと一緒にしたら、どっちが勝つだろうかと神人はうっかり考え、

「くだらねえ」

呟いた。

「あ、当たりですよ、神人の旦那」

「あ、なにが当たりだ」

神人は庄太を振り返った。

「下り物に対して下らない物、だから質の劣るもの、つまらない物とか事って意味で使われるようになったとか」

神人はそうではないと思っていた。くだらないという言葉自体、ずっと昔から使われていたはずだ。

まあ、いいかと神人は再び「くだらねえ」とひとりごちた。

庄太はひとり悦《えつ》に入ってさらに続けた。

「神人の旦那はあまり酒が得意じゃねえから興味ねえでしょうけど、上方の酒は辛《から》いんです」

でも、幾日も船に揺られることで、さらに味わい深く、まろやかになり、江戸っ子好みの甘口になるのだと、庄太は鼻を膨らませた。

「それに下り酒は富士見酒ともいうんです」

「富士を見ながら船に揺られてくるからか」

なるほど、富士見酒かと、神人は呟いた。ときをかけ、波に揺られ、味が変わるというのは面白い。

なかなか風流なもんですよねぇと庄太は頷きつつ、新川の小舟を見て驚きの声を上げた。

「やあ、本当にすごいなぁ。いまの時期でもこんなに船がつくんですねぇ」

「季節が下って冬の新酒のころになると、もっとさね」

昨日、さんざん耳にしていたしわがれ声に神人は振り返った。いつもの手代を供に、杖をつきながらも、おつたはしっかりした足取りで歩いて来た。

「昨日の今日で、うれしいね。澤ちゃんから会いに来てくれるなんて」

澤ちゃんってと、含み笑いを洩らす庄太に神人は口許を曲げる。

「話が聞きたくてな。いいかい、ご隠居」

「はい。構いませんよ。お役目ごくろうさまでございますなぁ。じゃあウチに上がっておくんなさいな。酒も売るほどあるから」

「いや、おれは酒が」

ああ、そうだったとおつたは楽しそうに顔中皺だらけにすると、

「甘味屋にでも行こうか」

庄太に眼をくれた。

「えへへ。おれも酒より甘いものが」

神人はおつたの足の運びに付き合い、隣を歩いた。しかし、後姿でよく気づいたものだと感心していた。もっとも着流しに黒の巻き羽織姿など御番所の人間以外はしない。

「まったくねえ、気の毒だったよ、徳さん」

おつたが歩きながらぼそりと呟いた。

神人は訝《いぶか》りながら訊ねた。

「徳さんって誰だい、ご隠居」

おつたは杖をとんと付いた。

「死んじまった徳五郎さんのことだよ。そのことで来たんじゃないのかい」

神人は眼をしばたたき、おつたをまじまじ見る。そんなに見ないでおくれよと、おつたが少しはにかんだ。

「読売をね、見たんだよ。それでね、これは徳さんだって思ったんだ」

「なぜ、そうだと？」

読売には、毒を食わせた獣肉屋のことしか書かれていなかった。それに死んだ年寄りは物堅い商人ふうな男というだけで、身許《みもと》不明になっていたはずだ。その背景や理由については触れられていない。

「なぜもっと早く伝えてくれなかった」

責めるように神人がいうと、おつたは顔を辛《つら》そうに歪めた。

「古いことは考えれば思い出せるんだけどね、新しいことは、いいそびれると忘れちまう」

「そうか、悪かったな」

「でもね、あすこのももんじ屋は、三嶋屋の持ち物だ。徳さんは、三嶋屋にいつかひと泡吹かせようと思っていたはずだからね。まあ、間違っちゃったようだけど」

おつたは皺の刻まれた額をさらに深くした。

「江戸の居酒屋であたしが知らない処はないよ。中でも徳さんはほんとにいい人だったよ。在所に置いてきた娘ぐらいの子を見ると、うれしそうな悲しそうな顔してね」

「おれは、徳五郎がてめえの店を三嶋屋に潰された、その恨みがあったんじゃねえかと思っている。違うかい。そのわけを知っているなら、ご隠居」

教えてくれと、神人はおつたを見た。

「なら仇《かたき》を討ってくれるのかね」

おつたの穏やかな眼がそのときばかりは強いものに変わった。神人は面食らった。

「いや、おれは諸色調掛だからな」

「でもさ、あたしに会いに来てくれたのは嬉しいよ。昔話なんて、皆耳を傾けもしない」

もう新しいことは出来ないけど、古いことなら話せる。それが役に立ったら、ありがたい。あたしが生きてきた証だものねと、おつたがいった。

「おれはご隠居の話が聞きてえから来た。それじゃだめかい」

十分さと、おつたはにこりと微笑《ほほえ》んだ。

「三嶋屋に銭さえ借りなければ、よかったんだよ」

神人は険しい顔で、帯に挟んだ銭を一枚取り出した。天保通宝の贋金だ。

「徳五郎の骸《むくろ》からもこれと同じ物が出てきたんだ。これは贋金だ。なにか見聞きしちゃいねえか」

おつたは立ち止まって、神人を不思議そうに見上げた。記憶を探るように、神人の顔を穴の開くほど見つめる。

「なんだい、ご隠居。またかい」

おつたの口許に笑みが浮かんだ。

「思い出したよ。道理でどこかで会ったはずだ。酒が苦手で、いい男で。あんた、澤伝さんの息子だね。あはは、親子だねぇ。これは贋金だっていまと同じ事をいったよ」

神人は驚き顔でおつたを見た。

神人は強い陽射《ひざ》しが降り注ぐ縁側に座り、うちわを使っていた。

庄太が澤本家の飼い犬のくまを盥《たらい》で水浴びさせている。くまは成犬と変わらぬほどにまで成長したが、やることはまだまだ子どもだ。何かに取り憑《つ》かれたように、盥の中でぐるぐる回っている。

「よかったですねぇ、徳五郎さんの仇が討てて。笹屋のご隠居も喜んでいましたよ」

徳五郎に毒を飲ませた三人は、三嶋屋の寮（別荘）に隠れていたのを和泉が捕縄した。

その後、湊屋の店座敷の下、地中深くから幾つもの壺《つぼ》が引き上げられた。中には贋の天保通宝がぎっしり詰められていた。

父の伝十郎と徳五郎が持っていた贋金と寸分違わぬものだ。極印の花押に鋳抜けが一部あり、當（当）百の當の文字が左上がりに仰いでいた。

三嶋屋は十年前に贋金を造り、店が傾きかけた徳五郎へ融通していた。

もともと天保通宝は當百の文字が示すように、百文の価値で造られたものであったが、質が悪く当初から、六十文ほどの値で取引きされていた。

しかし、三嶋屋は贋の天保通宝で貸し付け、利子代わりだと百文の額面で返済を迫った。切羽詰《せっぱつま》っていた徳五郎はそれでも借りるしかなかったのだ。

三嶋屋は徳五郎に借金の返済を催促せぬ代わりに贋の天保通宝を使った金貸しを始めさせた。

だが、神人の父伝十郎に贋金と気づかれたことを知り、手を引くと同時に徳五郎にもこれが発覚すれば互いに死罪だと含みを持たせ、追い出した。

三嶋屋は贋金を使って儲《もう》けた金で酒問屋を買い、銭両替商を始めた。しかし、

「二年前ぐらいかね。三嶋屋の頼んだ樽廻船が嵐に遭ってね。積荷はほとんど潮を被《かぶ》っちまった。そのうえ、助かった酒の中身が違っていたのに、江戸の仲買いが気づいたんだよ」

おつたが教えてくれた。

　本来なら下ることのない質の悪い酒がこも樽に詰められていたという。江戸の居酒屋ではほとんどが酒を水で薄める。下々に酒の味などわからぬだろうと、高をくくったのだ。

　三嶋屋は問屋仲間からの信用も失い、銭両替商も酒の損失から金回りが悪くなっていた。

「くだらねえ酒に、くだらねえ銭。それで三嶋屋は必死だったってわけだ」

　そのため、贋の天保通宝がまたぞろ必要になった。だが、湊屋の地下にあるものを掘り出すことなど家主でも勝手に出来ない。

「なにがなんでも湊屋に出て行ってほしかったんですね」

　嫌がらせも三嶋屋が仕組んだものだ。それでもお勢は頑《かたく》なに踏ん張った。父親が開いた店をここで閉じるわけにはいかないと、額をこすりつけて頼んでいたと、板前の音吉が話してくれた。

　だが店内で徳五郎に毒を盛り、毒入り鍋屋の読売を摺《す》らせ、下肥を撒き、商売を立ち行かなくした。

　それもこれも、贋金を掘り出すためだ。

「深川に越す前に持って行けばよかったのにな。あ、こら冷てえよ」

盥から出たくまが、ぶるぶると身体を振った。水しぶきが盛大に飛び散る。

「その通りだよ。親父がどこまで探っていたのかはわからねえ。だが、うちの親父が死んだとどこかで耳にして、三嶋屋も安心しちまったのかもな。ほとぼりが冷めたら掘り返そうと思ったんだろう。くだらねえ、悪あがきだ」

でも、と庄太が顔を曇《くも》らせた。

「天保通宝が再び鋳造されることはどこから聞き出したんでしょうね。それに三嶋屋がほんとうに贋金を造ったんでしょうか」

神人はほうと息を吐いた。

奉行の鍋島は、ご苦労だったといい、

「市中に再び贋金が広まらずによかった。またぞろ幕府が粗悪な銭を出したと責められるからな」

この先は、わしの出番だと口角を上げた。

神人はこの奉行ならと思えた。

「なるようになる。大丈夫だ」

「またそれだぁ。でもやっぱり三嶋屋は焦ってたんですかね。あんな悪党三人に頼んじまって」

神人は口許を曲げて、うちわを置いた。

和泉から聞いたところでは、筋書きを書いたのは三嶋屋だが、徳五郎を死に至らせたのは浪人の柿崎八郎が勝手にしたことらしい。

三嶋屋は、自分を恨んでいるであろう徳五郎に「湊屋の女将は三嶋屋の妾《めかけ》。湊屋を潰せば昔年の恨みを晴らせる」と持ちかければ必ずいうことを聞くと柿崎へ告げた。

だが、ただの腹痛ていどで済ませる話であったものを、柿崎は「半端はやめだ」と、徳五郎をトリカブトで殺めた。

驚いたのは三嶋屋だ。しかも、柿崎にこれを仕組んだのはすべてお前なのだと、逆に脅されていたという。

なんて奴らだと、庄太が嫌な顔をした。

「三嶋屋は、お縄になったとき泣きわめいたそうだ」

「自業自得じゃねえですか」

「気の毒なのは徳五郎ひとりだ」

徳五郎は、江戸で店を持ち、女房子どもを呼び寄せるつもりが、岡場所の女に金を巻き上げられ、三嶋屋にも騙され、身を持ち崩した。もとはといえば、己の身から出た錆《さび》だ。だが、それを落とすか、落とさないかで、人の運命は変わってしまうのだろうか。だとしても遣り切れない。

ああ、そうだと庄太が袂《たもと》を探り、

「神人の旦那。こんなのが出てましたよ」

一枚の読売を出した。

「ももんじ屋の大手柄って。まことの毒は贋金だったって、これなんです？」

「くだらねえ読売だろう」

神人は素知らぬ顔をした。

諸色調掛は版元、読売屋も監視している。三嶋屋から金をもらって毒入り鍋屋と書きたてた読売屋をちょっとばかし脅かしたのだ。

「ああ、まさか旦那が」

庄太が眼をしばたたいたとき、手習から帰った多代が、若い女の手を引いて来た。

「伯父……父上、お客さまでございますよ」

「不躾《ぶしつけ》ながら、お嬢さまに門外でお会いいたしまして案内をしていただきました」

櫛巻《くしま》きに結い上げた髪、白い肌に薄紫の小紋が似合っていた。ふと『袖の香』の香りが漂う。

「此度《このたび》は、ありがとうございました」

お勢の眼が潤んでいる。

「なに、なるようになっただけさ」

神人が手を振ると、庄太がきょとんとした顔をしていた。

「ええと、多代さま、いまなんとおっしゃいました。父上っていつからですか。あれあれあれ」

庄太が、神人と多代を交互に見る。

神人は、ははははと笑った。

上方から揺られてくる下り酒が、富士を眺めながら、甘口の酒に変わっていくように、ゆっくりゆっくり父娘になればいいと、神人は恥ずかしげに俯く多代へ静かに眼を向けた。

煙《けむ》に巻く

一

小気味よい音が通りに響く。

弥太郎《やたろう》と弥二郎《やじろう》の兄弟は、ふたつ並べた切り台の前に座り、乾燥させた煙草《たばこ》の葉を、幅広の大きな包丁で刻んでいく。馴《な》れた手つきで、まるで太鼓で節をとるかのように包丁を扱う。

乾燥させた葉たばこを、こまと呼ばれる細長い小さな板できちりと押さえ、その小口をするように少しずつ包丁を動かす。

こすりと呼ばれる技で、これが下手《へた》だと葉たばこの刻みは荒くなる。

しかも兄弟ふたりの息は面白いほどぴたりと合う。刻んだ煙草を笊《ざる》に移し、新たな葉を取って台に置き、刻む。その一連の動作もほぼ同時に進む。

包丁捌《さば》きの正確さも互角。

煙草の葉は兄弟の手にかかると絹糸ほどの細さになる。

堀留町《ほりどめ》二丁目にある煙草屋吉田屋《よしだや》の店先は、看板娘でなしに、弥太郎、弥二郎兄弟が人を寄せた。

ときどき、ふたりはこまを宙で回してみたり、葉たばこをすばやく交換したり、一拍二拍ずらしてみたり、大道芸のような見せ場も作るからだ。

人が集まる理由は、兄弟の熟練したその葉刻み技以外にもあった。

弥太郎、弥二郎は、どちらがどちらか見分けがつかないほどよく似ていた。兄の弥太郎を生んですぐに弥二郎を身籠った十月違いの兄弟だ。店先で紫のたすきをかけているのが兄の弥太郎。朱のたすきが弟の弥二郎だった。

身体的に異なる所といえば、弟の弥二郎のほうが兄より一寸ほど背丈があるくらいだ。

それも並んでみて、初めてわかること。

歳《とし》は十七。切れ長の眼に、鼻筋がすっと通った色白の肌で風采もいい。その顔がふたつ並んでいるとくれば、若い娘たちがほうっておくはずもない。

刻み煙草を作る職人を賃粉《ちんこ》切りと呼ぶが、ふたりが店座敷に出始めたのは五年前。そのころは幼い兄弟の賃粉切りとして、近くのご隠居やら、粋な姐さんらに目をかけられて、菓子や小遣いなんかをもらっていた。それが十四、十五となる頃には、若い娘の気を惹《ひ》き出した。

自分は煙草を喫《の》まないが、父親や祖父のお使いだと理由をつけて購《あがな》いに来る。

刻み煙草といえば、最上は国分《こくぶ》といわれるが、葉たばこは日本国中で栽培されており、その産地ごとの銘葉がある。

吉田屋では、兄弟刻みとして、弥太郎刻み、弥二郎刻みという銘柄を三年前から売り出している。それも、人気のひとつだ。

他の煙草屋でも、お客の求めに応じて、各地の葉を調合した刻みを作ってはいるが、兄弟のそれはひと味違う。

どの産地の葉たばこを使ったか、どれだけの分量で調合しているかをきちんと記して売り出している。

刻みは、香り、呑《の》み口、甘み、青臭さなどの味わいがあるが、葉たばこ産地を吟《ぎん》味《み》し、それぞれの特徴を活かすことによって調合し、甘みを増したり、青臭さを減らしたりということができる。

弥太郎刻みは甘みが強く、弥二郎刻みは青臭いが呑み口が爽やかというふうに、月末近くの五日だけ、各々調合した刻みを売り出す。

しかもその袋それぞれに、兄弟の似顔が描かれている上に、弥太郎、弥二郎のふたりがそれぞれのたすきの色と同じ羽織を着て、直接対応する。

そのときの吉田屋の店先は、若い娘たちが列をなし競って刻みを買いに来る。

「毎度ありがとうございます」

ふたりが声を出すたび、娘たちの間からはため息が洩《も》れ、悲鳴が上がり、あたりは大騒ぎ。

そのさまだけを眺めていたら、役者の顔見世狂言かと見紛うばかりで、とてもとても煙草屋の店先だとは思わない。

兄弟のおかげで、吉田屋は昨年間口二間半ほどの隣の居抜きの店に移った。以前の店の二倍以上で、奉公人も増えた。もちろん兄弟ふたりだけの刻みでは到底売り物には足りないので、賃粉切りも数人雇い入れている。

兄弟はこれから売り出す刻みの調合に余念がない。各地の葉たばこを吟味している。どちらの刻み煙草が評判を取るか、兄と弟、競い合っているが滅法仲が良い。

主《あるじ》で父親の吉田屋文左衛門《ぶんざえもん》は幼い頃からふたりの息子に刻みを仕込み、立派な職人になってくれたことを喜んでいる。しかし、ときどき胸の奥底から湧き上がる不安に心が揺れていた。

ふたりともに十七。そろそろ跡取りだのなんだのという話が出てくる。先日も、同業者から縁談を勧められた。まだ早いと文左衛門は相手にしなかったが、女房のお梅《うめ》は受けたほうがいいという。

深川八幡《ふかがわはちまん》門前にある菓子屋の三女らしい。

むろん悪い話ではないとは思っている。

兄弟はまったく知らぬことだが、十月違いの兄弟というのは真っ赤な偽り。

弥太郎、弥二郎は、正真正銘双子の兄弟。

誰がそれを知っているかといえば、実母のお梅が自分で確かに産んだ覚えがあるのと、産婆のお辰《たつ》に、主の文左衛門の三人と、お梅の実家のふた親だけだ。

双子は畜生腹といわれたり、陰陽がふたつに分かれてしまったとされ、片方は悪人になるといわれたりした。そのため、すぐに里子へ出したり、少し前には子の命さえ絶ってしまうこともなくはなかった。

産婆のお辰は、ひとりをすぐに里子へ出せばいいといったが、父親の文左衛門にしてみれば待ちに待った子だ。お梅と夫婦になって七年。自分たちの子はあきらめ、養子をと思っていた矢先に授かったのだ。

それが一気にふたりもできた。

赤い顔をして泣く子らを文左衛門は交互に見つめて、首を振る。

どちらも愛《いと》しいし、どちらを里子へ出すかなぞとてもじゃないが選べない。

子は宝だ。その宝が二倍になった。そう思えばめでたいことだ。

だいたい畜生腹だのというが、戌《いぬ》の日に帯祝いをするのは、多産で安産の犬にあやかったものじゃないかと、文左衛門は思った。

しかし、だ。

たとえ小さな煙草屋でも、これではどちらを惣領《そうりょう》息子にするのか悩んでしまう。こんな小店で跡取りに悩むのだ。お大名家やご大身《たいしん》、豪商ならさぞかし大変だろうと文左衛門はぼうっと思う。

双子を嫌うというのはこうしたこともあるのだろう。

けれどやはり生まれたふたりの子は自分の子。どちらも手放さず、手許《てもと》に置きたい。

それにと、文左衛門は賃粉切りのふたりが仲良く並んでいる姿を思って、胸が躍った。

きっと店のいい看板になると踏んだ。

もっとも欲をかいてのことじゃない。ちょっと面白そうじゃないかという遊び心だ。

ならば早速と、文左衛門は十か月違いで生まれた年子にすると決めた。

さすがに出産を終えたばかりのお梅も、自分の亭主が素っ頓狂な戯言《ざれごと》をいっているのかと、眼をぱちくりさせた。

だが、文左衛門は本気だ。

お梅の実家に預け、頃合いを見てふたり目ができたことにするのだといった。

それなら片方を里子に出すのと同じじゃないかと、お辰に突っ込まれたが、文左衛門はそうじゃないと首を振る。

里子に出してしまったら、あるていどの歳になるまでは里親が育ててしまう。なので、お梅の実家には事情を話して、二か月ごとに赤ん坊を交替するという。赤ん坊なぞたいてい顔など似通ったものだ、うちは双子だからもっと似ているだろうし、ときどき取り替えたところで誰も気づきはしないと、文左衛門は自信満々だ。

そうすれば、どっちの子も均等に可愛《かわい》がれるじゃないかと、大威張りしながら、万が一病を患ってどちらかが逝《い》ってしまってもひとりは残るから安心だとつけ加えた。

「生まれたときから死ぬ心配をしてどうするんだい」

お辰が怒鳴った拍子に、お梅が、わっと泣き出した。

お梅もお辰も、文左衛門の突拍子もない考えに呆《あき》れ返りながらも、承諾した。お辰には過分の銭を包んでよくよくいい含め、先に生まれた子に弥太郎、後から生まれた子に弥二郎と名をつけた。

文左衛門の筋書き通り、弥太郎らを産んで五か月後、お梅はお腹《なか》の中に少しずつ布を入れ、身籠ったふりをした。産み月には実家へ帰り、お辰まで呼びつける念の入れよう。

ようよう苦労のかいあって、二歳を越えたところでようやく弥二郎を披露した。

「十か月しか変わらねえと顔も似ちまうし、兄貴の真似《まね》をしてぇとすぐに歩けるようになっちまってなぁ」

文左衛門は隣近所や同業の煙草商に怪しまれないよう懸命になって話をした。やはりふたりを手放さずに育てたことは間違ってはいなかったと文左衛門は思っている。おかげで店も潤い、大きくなった。

けれど、まことにこのままでいいのだろうか。十月違いの兄弟だと偽ってきたが、うっかりした拍子に知れてしまうこともある。だいたい賃粉切りの双子を並べたら面白そうだった、などという思いつきをまず恨まれるかもしれない。

近頃、文左衛門には気にかかることがあった。産婆のお辰だ。このごろ毎日のように店先を訪れるようになった。身内以外で兄弟の秘密を知るのは、お辰だけだ。

弥二郎とよく話しているのを見かける。

店座敷へ上がりこみ刻みに火をつけ、「あんたの小さい頃は」と、始めるのでときどき文左衛門は、割って入って別の話にすりかえることもしばしばあった。

夫婦別れをして、身寄りもないお辰は、もう還暦だった。お辰に要求されてはいないが、ずっと銭も与えている。

文左衛門にしてみれば、口止め料のつもりだが、うっかり口をすべらされたらと思うと気が気でない。

一度、それとなく釘を刺さねばと文左衛門は思っていた。

二

北町奉行所諸色調掛同心、澤本神人は飯台に肘をつき、堀留町二丁目にある甘味屋の連子窓から向かいを窺《うかが》っていた。

諸色調掛同心は、町場で売られている物が適正な値で売られているか、法外な値になっていないか、探るお役目だ。

あまりにあこぎな商売をしている者は、奉行所に引っ張って訓諭する。

神人の視線の先にあるのは煙草屋の吉田屋だった。

同じ堀留町の一丁目にある同業者から、吉田屋の商いが迷惑だと苦情が入り、探りに来たのだ。賃粉切りの兄弟が見世物で人を寄せている、集まる娘へ甘い言葉をかけて、高い刻み煙草を買わせているなどだ。

店座敷には評判の兄弟はいなかったが、若い娘が三十人ほどあたりにたむろしている。

ふたりが出て来るのを待っているのだろう。

「まるで役者の出待ちみたいですねぇ」

二杯目の汁粉をすすっていた庄太が口許《くちもと》を歪《ゆが》めた。

おくびが出た。これで二度目だ。汁粉の餡《あん》で胸が焼けたせいだ。

「嫌だなぁ。こっちはまだ食べてるってのに」

庄太が口の端に餡をつけたまま憎まれ口を叩く。

「うるせえ、おまえに付き合ってここで待ち合わせたんだ。三杯目の銭は出さねえぞ」

声を張った瞬間、またおくびが出た。庄太があからさまに嫌な顔をする。

「だいたい、なんでおれが汁粉屋に来なけりゃいけねぇんだ」

どこを向いても若い娘ばかりだ。奥には男女で忍び会う座敷が設《しつら》えてあり、たまたま入ってきた若い男女が神人を見てぎょっとする。役人がいれば当然だろう。ともかく男ふたりで来る処《ところ》ではない。

「なんでそんなに機嫌が悪いんですか。また、和泉さんとなにかあったんですか」

和泉与四郎は神人と同じ北町の同心だ。かつて神人が定町廻りだった頃、一緒に市中を走り回った。

「ねえよ。あいつは、おとつい仙台堀《せんだいぼり》から上がった婆《ばあ》さんの身許調べで走り回っているからな。おれにちょっかい出す間もねえ」

「ああ、読売が出てましたね。酔って堀に落ちたんでしょ。棒杭《ぼうくい》に引っかかってたって。赤い袖なし着てたっていうのは、還暦のお祝いかなぁ。気の毒だなぁ」

庄太がため息を吐《つ》く。

「たぶん災難だろうってことだが、身許《みもと》も知れないのもかわいそうだってな」

「あの人、一見冷たそうに見えるけど、情に厚いっていうか」

「いや、きっちりさせねえと嫌だという性分なだけだな」

神人は薄く笑った。

「あ、じゃああれだ。お勢さんのことですね」

「ああ？　それもかかわりねえよ。甘いもん食って胸が焼けただけだ」

神人は空とぼけたような声を上げ、茶をひと息に呑み干した。

お勢は、かつてもんじ屋を営む女主人だったが、借りていた店舗の地下から贋金が出てきて大騒ぎとなった。むろんなにも知らなかったお勢に咎《とが》めはなかった。

だが、もともと自分の地所ではないこともあって、店の存続は難しくなり、頼る身内もないお勢は、神人の口利きで日本橋、両国界隈《かいわい》を含めた二番組の名主である丸屋勘兵衛の処へ奉公することになった。

名主を務める勘兵衛は、お勢のことを知っていたし、店が続けられなくなったわ

けも重々承知していたので、ふたつ返事で引き受けてくれた。しかし、

「とてもありがたいお話ですが」

お勢は当初頑《かたく》なに固辞した。

「もう少しだけ待っていただいてもよろしいですか」と、神人と勘兵衛に頭を下げた。

勘兵衛が訳を訊《たず》ねても、それはと口を閉ざし語らなかった。

それからひと月ばかりして後、神人の屋敷へ来ると、

「丸屋さんでお世話になります」

お勢は、晴れ晴れとした顔でいった。

元は店の女将《おかみ》だけあって、お勢は人を使うことにも馴れているし、気働きもよい。すっかり勘兵衛の気に入りになってしまい、奉公してふた月ほどで奥向きをまかされるようになっていた。

そのお勢が、昨日いきなり姿を見せた。

多代の看病に来たのだという。

多代は数日前に熱を出し、寝込んでいた。往診に来た医者の診立《みた》てによれば水痘。熱が下がった途端、赤い発疹《はっしん》が多代の白い肌に小花を散らしたように広がっている。水痘は主に子どもが罹《かか》る病で、一度罹ると二度とはならない。しかし、患ったこ

とがない者は、大人でも罹るという。神人もおふくも水痘になった記憶がなかった。つまり、多代の看病をすれば、ふたりとも水痘になる恐れがあるということだった。

そのことを庄太にこぼしたのが、お勢にしっかり伝わっていたのだ。

発疹が出始めたその日の午後だ。井戸端で水汲《みずく》みをしていた神人の前にいきなりお勢が現れた。

「涼しいを通り越して寒くなりましたね。さっき炬燵《こたつ》やぐら売りのご夫婦を見て驚きましたよ。お水、お手伝いします」

面食らう神人に構わず、お勢は釣瓶《つるべ》を手にした。

「多代さまが水痘だって庄太さんから聞いたんですよ。あたしは小さい頃罹ってますから、大丈夫。旦那さまの許可もいただいていますので、しばらくお世話をさせていただきます」

庄太の奴《やつ》ぺらぺらと、と舌打ちする神人を見て、お勢はくすりと笑った。

「赤い出来物の痒《かゆ》みが取れて、かさかさになるまでは、ちゃんと養生させなきゃいけません。それに女の子ですから、掻《か》いてしまうと痕《あと》が残ってしまうのもおかわいそうですよ」

そこまで気が回らなかったと神人は素直に告げた。

水を汲み終えると、お勢は手桶《ておけ》を持ち、

「では、お任せくださいましね、神人さま」

身を返して神人の後ろを通り抜けていった。

これまで旦那だったのが、神人さまになっていた。悪い気がしないどころか、むしろ心地《ここち》よく感じ、神人自身が戸惑った。

もう四日、お勢は多代のために寝泊りしてくれていた。熱もなく発疹だけなので、多代は動きたくてたまらない。それをお勢が退屈しないよう草双紙を読み聞かせたり、カルタやすごろくで遊んでくれている。

ふたりの楽しそうな笑い声が屋敷に響いているのに、神人はどこか安らぎを覚え始めてもいた。

庄太が妙に、にやついた顔をした。

「なんだよ、薄気味悪い顔しやがって」

「いや、なんていうのかなぁ、ほら旦那は當百の贋金の出所を追っていたじゃないですか」

ああ、それがどうしたと、神人は素っ気なく応えた。その後、三嶋屋は厳しい詮議を受け、自らが贋金を鋳造したことを白状したと、吟味与力が教えてくれたが、奉行の鍋島は三嶋屋から、さる雄藩との繋《つな》がりを聞き出しているという噂《うわさ》だった。

だが、どうも上の方から横やりが入ったらしい。もしも贋金が真物として出回っているならば、混乱を防ぐために、そのままにせよというお達しだ。

「馬鹿も休み休みいえというのだ。贋金がまかり通っては、お上の威厳は失墜する。藪《やぶ》を突かれ、焦って逃げ出す諸侯がおるのではないかというてやったわ」

鍋島は吐き捨てるようにいい放った。

「それで、お勢さんの湊屋で殺められた徳五郎さんの持っていた贋の當百で、三嶋屋が浮かんできたわけですよ」

「なにがいいたいんだ」

えへっと庄太は丸い肩をすぼめた。

「贋金が結んだ縁が、真物になるかなって」

「馬鹿いってんじゃねえよ」

思わず大声を上げた神人へ若い娘たちの視線が刺さる。神人は、咳払《せきばら》いして庄太を睨《にら》みつけた。

「あ、旦那、神人の旦那。ほらほら出てきましたよ」

庄太の声が響き、癪《しゃく》に障りながらも神人は連子窓から表を見る。兄弟のひとりが出て来た瞬間、吉田屋の店先でたむろしていた娘たちが我先にと刻みを求め始めたが、甘味屋に居た娘たちも一斉に立ち上がった。

　庄太が眼を丸くして、ものすごい勢いで店を飛び出す娘たちを見送った。

「やれやれ、たいした人気ですねぇ」

　店先に出て来る奉公人など娘たちは相手にしない。皆、吉田屋の倅《せがれ》しか見ていない。

「なんだか変な光景ですね。あれ、でもひとりだけですね。どっちでしょう」

「たすきが朱だから弟の弥二郎だな。紫が兄貴の弥太郎だ」

　箸を手にした庄太が顔をしかめる。

「色男って嫌だなぁ。ひとりで幾人もの娘にきゃあきゃあ騒がれて。いい気なもんだ」

「まあ、そういうな。あれは店看板だ」

「神人の旦那だっていい男の類じゃねえですか。醜男《ぶおとこ》で小太りの気持ちなんかわかんないでしょ」

　姐さん、汁粉もう一杯と、庄太は平らげた椀《わん》を掲げて奥へ怒鳴った。

「おめえはさ、丸顔で目鼻がちまちまっとして愛嬌《あいきょう》がある面だ。眺めているとほっとするとよくおふくがいってるぞ」

　神人は苦し紛れにそういった。愛嬌があるというのは嘘じゃない。たぬきのようだと思っているからだ。

おふくさんに褒められてもなぁと、庄太はぼやいて息を吐く。

「所詮、世の中は公平じゃねえんです。美醜も貧富もあるし、身分の差もあります。生まれ落ちたときから決まっちまってるもんはいかんともしがたいです。兄弟だってそうでしょ。たすきの色で分けなきゃいけないほど顔が似てたって、兄貴は跡継ぎだけど、次男は出て行かなきゃならない」

「たった十月、後から生まれただけでな。で、なにか気になることは拾えたか」

えっとですねと、庄太が懐から帳面を取り出し、丁を繰る。数日前から、この近辺で吉田屋の話を拾い集めている。

「いまの店は昨年、居抜きで手に入れたものです。店を広げて奉公人も職人も増やしてます。これも兄弟のおかげなんでしょうが、葉たばこを刻むのを大道芸のようにして人集めするのはどうかと。しかも見目よい青年ふたりは陰間(男娼《だんしょう》)もどきじゃないかといってる者もありました。ほとんど同業者ですけど」

「たしかに顔がそっくりで色男の兄弟なら人も集まるだろうさ。けどな、いくらなんでもてめえの息子に店先で売色なんぞさせねえよ。ほっといていいんじゃねえか。こいつはただのやっかみだ」

神人はふんと鼻を鳴らした。

葉たばこを刻み始めたのか、店先に集まっている娘たちはその様子をうっとりと眺めている。煙草を購っても、なかなか帰ろうとしない。

「まあ、この様子を見たら、同業の者が腹を立てるのもわかるがな。周りの煙草屋も迷惑がってるっていうんだろう」

堀留町からほど近い新材木町《しんざいもく》あたりは、葉たばこの荷揚げがあり、昔は煙草河岸《がし》と呼ばれ、市も立った。いまはそれも衰えたが、堀留町に数軒の問屋が残り、吉田屋のような小売の煙草屋もこの近辺にまだ数軒あった。

「娘たちがこの界隈に押しかけて、きゃあきゃあ騒がしいので、古くからの常連客までが寄りつかなくなっていると」

「取ってつけたようなことをいいやがって」

神人は吐き捨てた。

「そうですねぇ。煙草を喫んでいない人を捜すほうが難しいくらいですから、客が来なくなるなんてことないでしょ」

江戸では、約九割の者が喫煙している。

だが喫煙について、お上は幾度も禁令を出していた。まずは身体《からだ》によくない。火の不始末で火事が出る。あるいは無頼の者が好むようなものはどうか、といった道義的な理由まで加わった。

それに、煙草は、もともと異国渡りのもの。それまで煙草がなくても不自由なかったのだから、必要がないと説いたり、どうせ煙になるのは銭の無駄といわれたりもしている。

それでも、喫煙者が減らなかったのは、葉たばこにも原因があった。

葉たばこは、その地場の土の具合で風味、味わいに違いが出来る。国分、水府《すいふ》、服部《はっとり》などの銘柄が生まれたのもそのせいだ。地場産業として各藩が眼をつけたのだ。喫煙者が減らないので、葉たばこが多量に生産される。葉たばこが生産されるから、喫煙者は減らない。いたちごっこだ。

結局、幕府は喫煙の禁令をあきらめて、葉たばこの畑の制限に切り替えた。が、それも遵守《じゅんしゅ》されるはずもない。

「まあ、煙草は忘憂草《ぼうゆうそう》という異名がありますけど、浮世を忘れる草ってことでしょ。煙草を喫む人が減らねえのは、それだけ世の中、暮らし辛《づら》いってことじゃねえですかね」

庄太が真面目《まじめ》な顔をしながら白玉を口中に放り込んだ。

三

四半刻（約三十分）ほど様子を窺《うかが》っていたが、別段、変わったことがあるはずもない。主の文左衛門は奉公人の指図に忙しく、弥二郎も葉たばこをもくもくと刻んでいる。

「残念だが、今日はひとりしか店に出てねえみたいだな」

「そのようですね。そっくりな顔が並んでいるのを拝みたかったんですけど」

三杯の汁粉を食べきり、庄太は満足そうだ。

「煙草の値はどうだ」

「それも他の煙草屋と変わりないですよ」

一斤《きん》（約六百グラム）が三分の高級品から二朱ほどの物と色々あるが値としては適正だ。売れているのは、一玉五匁《もんめ》八文の刻みで、わずかに国分が混ぜられているので人気があると庄太はいった。

「真面目に商売していて、こつこつ蓄えた銭で店を広げたんですから、なにも突っ込むところはありません」

賃粉切りの兄弟を見世物のようにして売るのがあこぎだというなら、

「両国の大道芸人をみんな引っ張らないとなりませんよ」

庄太は口をへの字に曲げた。

「あと兄貴の弥太郎に縁談が持ち上がってますね。深川八幡前の菓子舗丹波屋《たんばや》の三女で名は、おせんです」

心底羨《うらや》ましそうな顔を庄太がした。おそらく縁談ではなく、菓子屋の娘が相手というのに気が惹かれたのだろう。

「それより旦那。吉田屋へ苦情をいってる竹屋《たけや》のほうをあたったほうがよさそうです」

庄太は袖から包みをひとつ取り出し、飯台の上へ置いた。半紙に包んだ刻み煙草だ。刻み煙草は計り売りされて、客は直接煙草入れにいれるか、半紙などに包んでもらうだけだった。店の名の入った袋や包装はしない。

吉田屋でも袋を誂《あつら》えるのは兄弟刻みのときだけだ。

庄太が半紙包みの刻みを袂から出した。

「汁粉屋に来る前に竹屋で買ってきました。一玉四文でしかも国分入り。すごく安いんですが、妙な味がすると客から文句が出てます」

葉たばこじゃない混ぜ物をしているという噂が近所でもあるらしい。

「なら、そっちを締め上げたほうがよさそうだな。よし」

神人は刻み煙草を摑《つか》んで立ち上がった。

「え、どこ行くんですか」

「吉田屋だ」

神人は結局、四杯分の代金を置き、汁粉屋を出た。

神人の姿を見るなり、店先に集まっていた娘たちが退いた。そんなに嫌うこともねえだろうと神人は思ったが、御番所の役人など、誰にとっても煙たいものだ。

「おいでなさいませ。ただいま参ります」

主の文左衛門が帳場からすぐさま飛んできた。

神人は刻み煙草の包みを差し出した。

「おれは北町の諸色調べの澤本って同心だ。御用の筋、といえばそうだが、この刻みはおめえさんの店のものか」

受け取った文左衛門は、すぐに半紙包みを開いた。

「弥二郎、ちょっといいかな」

文左衛門が呼び掛けたが、切り台に真剣に向かっている弥二郎は気づかないようだ。

「おい、弥二郎。聞こえないのかい」

文左衛門が声を張り、ようやくはっとした顔をして手を止め、切り台から顔を上げた。

「申し訳ございません。刻みは気を張って行なうものですから」

文左衛門は神人へ向け、言い訳がましくいうと、刻み煙草を弥二郎に見せた。首を伸ばし、中を一瞬覗《のぞ》き込むと、

「うちのではありません」

神人へ大きな瞳を向け、きっぱりいった。

「ちょいと見ただけでわかるもんかえ」

神人が問うと、弥二郎は強く頷《うなず》いた。

遠巻きに眺めていた数人の娘の間から、「さすがねえ」とか「すてきねぇ」とか、ため息交じりの声が洩れた。横にいる庄太が忌々しげに唇を尖《とが》らせる。

「これは、かんな刻みという機巧《からくり》で作ったものです」

「かんなって、大工が使うあれか」

弥二郎は、まあそうですと薄く笑った。葉たばこを幾枚も押し固め、かんなで削るように作る刻み煙草だという。

「刃に油を差しながら刻むので、少し油臭くなります。上等な葉たばこでは使いませんし、うちの機巧は、ゼンマイ刻みですから、一本の細さが違います。少々お待ちください」

「これだって十分細いぜ。髪の毛ほどだ」

弥二郎は応えず、十ほどの小僧に指図して、奥の棚にずらりと並んだ黒塗りの細長い箱をひとつ持って来させた。

弥二郎が蓋を取ると、中に刻み煙草が入っている。箱を覗いた神人は、ほうと声を出した。なるほど、竹屋の刻みが大人の髪で、吉田屋は童のそれというふうだ。

「これがうちで一番売れる国分混じりの刻みです。刻みの細さも香りも艶《つや》もまったくこちらと違うのは一目瞭然でしょう」

「ああ、そのようだな」

「ちょっと失礼します」

弥二郎は煙草盆を引き寄せて、煙管《きせる》に刻みを詰めた。

「いい銀煙管だな。形がいい」

神人が煙管を褒めると、弥二郎が心底嬉《うれ》しそうな顔をした。

「私が煙管師の親方の処で教わりながら誂《あつら》えたんです。いい煙管だと、煙草も美味《うま》くなりますから」

弥二郎が火をつける。わずかに煙を口に含んで、すぐに吐き出した。

眉を寄せて、不快な顔をする。

「葉たばこ以外の葉が混ざっています」

「そんなことってあるんですか」

庄太が眼をしばたたく。

「はい。嵩《かさ》を増やすために楓《かえで》などを混ぜると聞いたことがあります。酷《ひど》い話です」

弥二郎はわずかに強い声でいった。

「私は口中に含むだけで煙草を喫みません。常時喫んでしまうと、自分の好みに味が偏りがちになりますし、葉たばこのそれぞれの味がぼやけてしまうので。ただ、これがどこのお店の刻みかまではわかりかねますが」

「これはべつの店で購ったもんだ。試したようで悪かったな。これでそっちの店を引っ張れるぜ」

神人は一丁目の竹屋の名を挙げ、苦情が出ていたことを告げると、文左衛門の顔が強張《こわば》った。

「ま、同業者はやっかいだ。互いにうまくやってくれ」

神人が口許を歪めると、文左衛門が、恐れ入りますと平伏した。

弥二郎も軽く頭を下げると、再び切り台に向かった。

「機巧で刻みを作ったほうが楽じゃねえのか」

弥二郎が首を横に振る。

「たしかに大量に作れますし、技の修業もいりませんが、お馴染《なじ》みさんは手刻みのほうが風味も味わいもあるとおっしゃいますので」

「そういうもんか」

「だと、私も思います」

ちょいと見せてくれと、神人は手を伸ばし切り台の刻み煙草を摘み上げた。

　ふわりと煙草の香りが立ち昇り、乾いた葉を切っただけのものとは思えないほど柔らかな感触をしていた。

「すげえな。絹糸、それ以上だな」

「綿みたいにふわふわですよ。どれだけ細いんでしょうねぇ」

　庄太も神人の手元を覗き込みながら、感心している。

　でも、刻みの技だけで煙草の味ははかれませんと、弥二郎がいった。

「葉たばこにはいろいろな銘葉があるが一種類だというのはまことかい。葉の種類が違うわけじゃねえのか」

　はいと、弥二郎が首肯した。

「葉たばこには種類がありません。ただ、植えられた地によって味が変わるんです」

「ほう。まるで、あんたら兄弟みたいだな」

「な、なにをおっしゃいますやら」

　主の文左衛門があたふたしていった。

「いや、顔は似ていても、中身が違うってことをいいたかったんだよ。深い意味はねえさ。兄弟ふたり並んだ姿が見たかったんだがなぁ。兄貴はいねえのかい」

　弥二郎がわずかに眉を上げた。

「出掛けております。夕刻には戻ると」

「じゃあ出直してくるぜ。といっても御用じゃねえ。次はただの見物だ。若い娘たちに混じってな」

神人は片方の口角をわずかに上げて身を返した。

神人は歩きながら、両腕を差し上げて伸びをした。

「さあて、今日は帰るか」

庄太が、ぶるぶる首を振る。

「だめです。これから今川町《いまがわ》の飼い鳥屋ですよ」

神人は顔をしかめた。

近頃、武家や商家の間で小鳥を飼うのが流行《はや》っていた。異国渡りの珍しい大型の鳥に百両の値を付けた飼い鳥屋がいるという報《しら》せがあったのだ。もちろん異国の鳥だから、あるていど高値なのは当然といえたが、あまりに法外だ。お上が高値での小鳥販売を禁止するという触れを出したばかりでこれだ、と神人は眉を寄せた。

「もう吉田屋はいいですよね。兄弟も商いも真面目でしたから」

「じゃ、竹屋のほうをちょいと脅かすか」

神人は軽く笑って、振り向いた。

吉田屋の弥二郎が端整な顔を引き締め、葉たばこを刻んでいた。

四

竹屋の主は身を震わせ、「恐れ入りました」と、あっさり平伏した。弥二郎がいったとおり、楓の葉を混ぜ込んでいたのだ。かんな刻みの機巧を買い入れたが、その代金が支払えず、ついやっかんでと白状した。吉田屋へ詫《わ》びを入れるということで片がついた。

「いまさらですけど、商いも大変ですね」

庄太がため息を吐いた。

「やってるのは人だからな。いろいろあるさ」

定町廻り、隠密廻りを務めてきた神人にとって、諸色調掛などと、少々高をくくっていた。しかしいまは違う。物の値が乱れれば、すぐ庶民に跳ね返る。商いが滞れば、暮らし難くなる。日常を守れなくて、なにが奉行所だという思いに変わってきていた。

堀留町を出て小網《こあみ》町、北新堀《きたしんぼり》町を道なりに真《ま》っ直《す》ぐ歩けば永代橋だ。橋を渡りながら、神人は河口を眺める。停泊している廻船から艀《はしけ》に荷を積み移しているのが見えた。

幾艘《いくそう》の舟が泊まっているのか、帆柱がいくつも立っている。その上を白い翼を広げた海鳥が数羽、ゆうゆうと旋回していた。

その先に見えるのは人足寄場が置かれている石川島《いしかわじま》だ。

「海が間近だから風がしょっぱいですね。それに風が冷たいなぁ。こういうときは、腹が減りますね」

庄太が眉を下げ、少し突き出た腹を両の掌で撫《な》で回している。

神人は、むっと顔をしかめた。

「いまさっき汁粉を三杯食ったろう？」

まあそうですけど、と庄太がうなだれる。

「まったく、おめえは春夏秋冬休みなく腹っぺらしだなぁ」

苦々しくいう神人に、

「ひでえよ旦那まで。勘兵衛さんとこの仲間うちにいわれるのは、まだしかたねえとしても、旦那はおれが食いしん坊なのは十分知ってるんですから」

あらためていうことじゃないと、庄太が顔を上げ、頰を膨《ふく》らませた。

まあいいや、と神人は橋をぶらりぶらりと渡る。

「あとひと月もすれば二十日恵比寿だな。勘兵衛さんの処はどうだい？」

「いつもはしわい勘兵衛さんも、恵比寿講の日だけは奢《おご》りますから」

庄太はまんざらでもなさそうな顔をした。

「べったら漬けは食べ放題です。どんぶり飯三杯はいけます」

べったら漬けは、大根を麴で甘く浅漬けしたものだ。

神君徳川家康公から賜ったといわれる恵比寿神が祀られている日本橋の本町にある宝田恵比寿神社を中心にして、この日に市が立つ。

その名物がべったら漬けで、「べったら、べったら」という売り声とともに、甘い麴のついた大根を振り回して売るのが恒例だった。飛んできた白い麴が衣装にべったりつくので客が大騒ぎになるという賑《にぎ》やかな祭礼だ。

商家でも恵比寿を盛大に祀る。なんといっても、鯛を抱え、福々しい顔に笑みをたたえる恵比寿神は、商売繁盛の神様だ。

二十日恵比寿の日には床の間に恵比寿神の掛け軸を掛け、大店《おおだな》では米俵を積み、魚、野菜などをふんだんに供え商いの繁盛を願う。さらに取引先や上得意の客などを招いて、酒食を楽しむのだ。

神人は諸色調掛となってから毎年、勘兵衛の処で過ごしている。

「神無月に出雲へ戻らないのは、恵比寿さまだけですからね。頑張っていただかないといけませんから」

信心なんて勝手なものだと、神人は苦笑する。

「ところで父親の気分はどうですか」

庄太がいきなり神人の顔を覗き込んできた。

「別にこれまでと変わらねえさ」

神人はとっさにいったものの、やはりずいぶん勝手が違った。

ずっと伯父の立場で過ごしていたが、一ッ家に別々の家族がいるようでどこかしっくり来なかった。

伯父上から父上と呼ばれるのは、こそばゆくもあったが、無責任を承知でいえば、多代に対しての重みがこれまでより一層増したような気がしている。これまでは死んだ妹のために多代を守り育てると思ってきたが、これからは多代自身を守ってやりたいという気持ちが強くなった。

これが親ってものかもしれないと思いつつ、女房も持ったことがないのになと、妙な感じがした。

庄太がうーんと唸《うな》って神人の顔を覗き込むようにしてきた。

「ねえ旦那、お勢さんのことどう思います？」

「なんだよ、さっきから」

神人は面食らった。どうといわれても、こうとは答えられない。

「物怖《ものお》じしねえ、しっかり者だと思うぜ」

神人は顎を上げて、ちょっとばかり突き放すような物言いをした。

「それだけかぁ」

庄太は独り言のように呟《つぶや》いた。

だが、店を失《な》くしたときに見せた哀《かな》しい横顔はいまだに眼に焼きついている。気丈に振舞う姿もどこか痛々しいものに映った。

不幸を背負った者を気の毒だと思うのは誰にだってあることだと思っている。

しかし、お勢に対してはどこか違う。

昨日のことだ。まだ寝間から出てはいけないといわれていた多代が、お勢が薬種屋へ出掛けている隙にこっそり抜け出し、犬のくまと遊んでいたが、そこへどこから紛れ込んできたのか、黒毛の野良犬が一匹、多代へ歯を剥《む》き飛びかかった。くまは野良犬に向かっていったが、成犬とでは力の差がありすぎた。あっと言う間に組み伏せられ、くまは後ろ足を嚙《か》まれた。

ちょうど薬種屋から戻ったお勢が、多代の悲鳴と、くまの鳴き声を塀越しに聞きつけ、駆けつけた。

おふくが竿竹で、野良犬に立ち向かっていたが、腰が引けていた。野良犬はますます気を高ぶらせ、多代の帯に嚙み付き、唸り声を上げている。多代が泣き叫んでいた。

「放しなさい」

お勢は声を張り上げた。おふくの手から竿竹を取るやいなや、野良犬を二度三度と打ち据えた。

屋敷に戻った神人は、ひどいありさまに眼を見開いた。くまの後ろ足にはさらしが巻かれ、お勢も腕に怪我《けが》を負っていた。

眼を真っ赤に腫《は》らした多代がおふくにしがみついている。

お勢はすぐさまかしこまり、

「お退屈で我慢できなかったのでしょう。お任せくださいといっておきながら、お許しくださいませ」

神人へ手をついた。

するとおふくに抱かれていた多代がお勢の隣に座り、

「あたしがお勢さんのいうことをきかなかったからです。まだ、寝ていなくてはいけなかったのに、どうしてもくまと遊びたくて。お戻りを確かめるために門の扉を開いて通りを覗いたのです。きちんと扉を閉めなかったので、野良犬が」

またぞろそのときの恐怖を思い出したのか、声を震わせた。

「多代さま。怖かったでしょう。よく頑張りましたね」

お勢が優しく声をかける。

「お勢さん、お助けいただき、かたじけのうございます」

結局、神人の出る幕などまるでなかった。多代とお勢はその場で抱き合ってわんわん泣き、そのあとまたふたりで寝間にこもるやいなや、声を上げて笑っていた。

お勢の素直な姿が、少しずつ見えてくるのが嬉しく思えた。

「ねえ、神人の旦那。おれ面白いと思ったんですよ」

神人は、ちらと庄太へ眼を向けた。

「お勢さん、どうして勘兵衛さんの処へすぐ来なかったかわかりましたよ。ちょっと前にね、ももんじ屋の板前だった音吉さんが訪ねて来たんですよ」

ちょうどお勢は使いに出ていて留守にしていたため、庄太が話を聞いたのだ。音吉は、いま浅草花川戸町《あさくさはなかわど》の料理屋にいるのだという。

「つまりね、お勢さん、湊屋の奉公人たちの働き口探しに骨折ってたんですよ。自分ばかり先行きが決まって申し訳ないからって」

初めて聞く話に、神人は眼を見開いた。

「そんとき、お勢さんいったそうです。世の中なるようにしかならないけど、なにかしなくちゃいられないって」

ね、面白いでしょ、お勢さんと神人の旦那はどっか似てるなって思ったんですと、庄太がえへへと笑った。

「うるせえよ」

神人は強い口調でいってはみたが、お勢の顔が浮かび上がっていた。再び、河口を眺めた。永代橋を渡りきる間際に、見覚えのある背を見た。炬燵やぐら売りの源《げん》太郎《たろう》だ。

「よう、源太郎」

振り向いた源太郎があっという顔をした。

「旦那もお元気そうで」

「おめえを見ると、もう冬が近いって思うぜ。背が軽いところを見ると、もう商いは終わりかえ」

背にやぐらは担いでいない。おかげさまでと、源太郎は頭を垂れた。

「相変わらず、一日一個しか担がねえのか」

「一個売れれば、酒にありつけて、なんとか飯も食えますから」

庄太は、へええと妙に感心したような声を洩らした。

「おめえの茶飲み友達も元気か」

神人が訊ねると、源太郎はにわかに表情を曇らせた。

「そいつがねぇ、ここ数日塒《ねぐら》に戻っていないんで。帰らないときには、ちゃんとあっしに告げて行くんですけどね」

「なんだ。そいつは心配だな。親戚の処とか身寄りはねえのか」

「へえ。十五年前に夫婦別れして、子どももねえし。互いにひとり身同士で付き合ってたんでねぇ」

源太郎は小さな声で、そのうちけろっとした顔で戻るでしょうけどと、無理に笑顔を作り、

「じゃあ、あっしはこれで」

相川町のほうへと右に折れていった。

神人と庄太は逆の左に折れた。今川町は仙台堀沿いだ。

「あの人、いつもああなんですか」

庄太が不思議そうな顔を向けてきた。

「ああ、おめえ初めてか。炬燵の時期になると、ああしてやぐらを一日にひとつだけ担いで売っているんだよ。売れたらその日の商いは仕舞いだ」

はあと、庄太の顎が下がった。

「ああ見えて、あの爺《じい》さん、れきとした商家の生まれらしい」

「へええ、それがどうしてやぐら売りになったんでしょうねぇ」

庄太は口許を歪めた。

さあなと、神人は素っ気なくいった。

源太郎とは諸色調掛に就いてすぐに出会った。酔っぱらいにからまれていたところを救ってやったのだ。

「人には色々あるもんだ。なるようにしかならねえからなぁ」

「またそれだぁ。旦那はいつもそれでことをおさめちまうから、ずるいや」

庄太は拗《す》ねたように口先を尖らせた。

「ずるいってなんだよ」

神人は口の端を下げた。

「でも冬以外は何を商っているんですか」

春は苗売り、夏はうちわ売り、秋は、わからねえと応えた。そうして季節ごとべつの物を商う振り売りは珍しくない。

「苗も一鉢、うちわも一枚だったらおかしいですよね」

庄太はひとりで笑った。

源太郎の暗い顔が気にかかった。同じ長屋に住む婆さんが戻らないのは心配だろう。たしかお辰という名だった。

陸奥仙台藩の蔵屋敷が見える。この蔵屋敷沿いに流れているところから堀の名は仙台堀と付けられた。

「そういや、婆さんの土左衛門があがったのがここでしたよね」

庄太がぶるりと身を震わせた。

と、堀割に架かる上之橋《かみのはし》から水面へ向けて手を合わせている若い男女がいた。

「あれ。あの娘のほう。丹波屋のおせんです」

庄太がぼそりといった。

「おせん。どこかで聞いた名だな」

「さっき教えたばかりでしょう。吉田屋の長男と縁談が持ち上がってる娘ですよ」

ああと神人は得心したが、さすがは庄太だと感心した。食い物屋の娘の顔はしっかり頭に入っているらしい。

「じゃあ、隣にいるのは兄貴の弥太郎ってことですよね。出掛けてるってのはこういうことか。ああ、うつむいていて顔がわからないなぁ。弟とそっくりなのかなぁ」

庄太がぶつぶついう。だが、上之橋の上で何に対してふたりが手を合わせているのか気にかかる。

神人は仙台堀の手前を折れずに、橋へと足を進めた。庄太があわててついて来る。歩きながら、「弥太郎」と声をかけた。

だが、男は手を合わせたままだ。娘のほうが気づいて、男の袖を引く。

はっとして、男が顔を上げた。

「うわっ。ほんとにそっくりだ」

頓狂な声を上げた庄太へ男が不快な視線を放った。

「悪いな。吉田屋の弥太郎と丹波屋のおせん、でいいか」

役人に声を掛けられ戸惑いつつも男の方が、はいと頷いた。

「弥太郎でございます」

今度ははっきりいって腰を折った。

ふうんと神人は弥太郎の顔をじっと見つめた。たしかに気味が悪いほどそっくりだ。弥太郎はわずかに神人の視線をそらした。

「私に何用でございましょう」

「堀割に向けて手を合わせてたんでな。数日前、ここで上がった土左衛門の知り合いかい」

おせんが、弥太郎の背に隠れるような仕草をした。弥太郎は一度唇を嚙み締め、すぐに口を開いた。

「私を取り上げてくれた産婆でございます」

神人は眼《みは》を瞠った。

「産婆、だと」

「はい。赤い袖なしを着ていたと読売にございましたので、もしやと思い、さきほど番屋へ伺ったところ」

兄弟ふたりで還暦に贈った袖なしだということがわかったと、弥太郎は顔を歪めた。

おせんがうつむき袂で目許《めもと》を押さえた。

「酔って足を滑らせたとのお話でしたが、悔しくてなりません。私たちのことも本当の子のように思ってくれていましたから」

絞るようにいった。

「私は三日前に会ったばかりなんです。なのにその翌日、ここで見つかるなんて信じられません。うちを出た後、家に戻るといっていたんですから」

おせんが小さく嗚咽《おえつ》を洩らした。

「おせんさんも、お辰さんの手で取り上げてもらったんですよ」

「お辰？　いまお辰といったな」

弥太郎が神人の大声に眼を丸くして、はいと応えた。

「引き止めてすまなかったな」

神人は身を返し、

「庄太。飼い鳥屋はあとだ。相川町の源太郎の塒へ行く」

上之橋からもと来た道を歩き始めた。

五

相川町の裏長屋に赴き、神人はお辰のことを告げた。九尺二間の侘《わび》しい住まいには、売り物のやぐら炬燵が積まれ、隅には売れ残りのうちわがあった。ぽっかり空いた隙間は、夜具を敷くためだろう。源太郎はきちりとかしこまり、神人の話を神妙な顔で聞いていた。

話を終えると大きく息を吐き、うな垂れた源太郎は消え入るような声で、自分が弔うといった。子どももいないし、お辰の別れた亭主にいまさら頼めるはずもないと首を振った。

ふと神人は、積まれた炬燵の前に置かれていた煙草盆へ眼をやった。

「ところで、吉田屋とお辰はどんな付き合いをしていたか知っているか」

神人が訊ねると、源太郎がさあ、と視線をそらす。

いましがた仙台堀で長男の弥太郎が手を合わせていたところに出くわしたのだと告げた。

「自分たち兄弟を取り上げた産婆だってな。還暦祝いも贈っている。密な繋がりが吉田屋とお辰にあるのか」

　乳母ならともかく、産婆といつまでもつきあいがあるのも不思議だった。

「兄弟ふたりが懐いていたという話です。十か月しか変わらない兄弟なんで、弟が生まれたときには兄貴の面倒をよく見ていたってことぐらいは聞きましたが」

　源太郎はどこか居心地が悪そうにぼそぼそ話した。

「なるほどな。そうした恩があるってわけか。おう源太郎、煙草盆を貸してくれねえか。今日は朝から歩き回っていたんでな、一服つけてえんだ」

　源太郎は煙草盆を引き寄せ、神人の前に置いた。隅に小さな袋が差してある。取り出すと、弥太郎の似顔が摺《す》られ、弥太郎刻みと記されていた。

「これは吉田屋兄弟の刻みじゃねえか。お辰からもらったのかい」

「へえ。吉田屋さんへ行くたびに、刻みをいただいてきているんで。あっしもおすそ分けで、へへへ」

　源太郎はそれだけいって眼を伏せた。

「ちょいと、おれにも分けてくれるか」

　へえと、源太郎はわずかに顔を強張らせながらも、頷いた。

　煙管を手にした神人は、弥太郎刻みを詰め、火をつけた。

　ゆるりと煙をくゆらせる。なるほど香り豊かで甘めのいい刻みだ。

「なあ、源太郎。お辰が戻らなくなったのはいつからだ」

源太郎はつと首を傾《かし》げ、口を開いた。

「たしか、四日前です。吉田屋の弥二郎さんに次の日に会うと出て行ったきり」

「店まで行ったのか」

「それはわかりませんや」

「そう、か。邪魔したな」

神人は立ち上がった。

「お辰のことは気の毒だったが、寿命と思えばせん無いことだ。あまり気を落とすなよ。じゃ、刻みをちょいともらっていくぜ」

源太郎は、へえと肩を落として俯《うつむ》いた。

長屋を後にすると、すかさず、

「なんだかかわいそうでしたね」

庄太が呟いた。

「まあ、年寄りがふたり仲良くやってきたからなぁ」

神人は再び永代橋を渡りながら、唸っていた。なにかが引っかかっている。その引っかかりがなんなのかがわからない。

庄太がかわいそうになぁとまた呟いた。

「神人の旦那。お辰さんって人、ほんとに吉田屋と昵懇《じっこん》だったんですねぇ」

「ああ、ややこしいほど昵懇だ」

神人は夕暮れの陽《ひ》を見ながら、

「もう一度、吉田屋へ行くぜ、庄太」

ええっと仰天した庄太が情けない顔になった。

「腹が減ってるんだろう。吉田屋が済んだら、おれんとこでたらふく飯を食わせてやるよ」

「それなら行きます」

力強い声を出して、庄太が歩き始めた。

店座敷にいたのは、昼間と同じく弥二郎だけだった。もう日が暮れているせいか娘たちの姿も絶えている。

客がひとり、刻みを選んでいた。

店先に立った神人に気づいた弥二郎が、刻みの手を止めた。

「おとつい仙台堀で見つかった土佐衛門はおまえさんたちを取り上げた産婆のお辰だったそうだな」

弥二郎が頷いた。

「仙台堀で兄貴に会ったぜ。縁談相手のおせんと手を合わせていたよ」

それがなにか、と弥二郎は表情を変えずにいった。

「おれの頭が悪いのか、おまえたちがややこしいのかわからねえが、三日前、お辰が死んだであろう日に会っていたのは、どっちだ」

弥二郎がこれ以上は開かないだろうというほど眼を見開いた。

「よく聞け。お辰の茶飲み仲間の源太郎って振り売りは、お辰は三日前におまえに会いに行ったという。だが、おまえの兄貴は三日前にお辰に会ったといっている。どっちが嘘をついているのか、教えてほしいんだ。それとも、兄弟揃《そろ》ってお辰に会っていたのか」

「……私は、お辰さんに昼間会いました。夕方、兄が会ったのでしょう」

弥二郎が顔を強張らせた。

神人の脳裏に弥二郎の言葉が甦《よみがえ》ってきた。

「葉たばこには種類がありません。ただ、植えられた地によって味が変わるんです」

同じ葉でも、味が違う。今日、店座敷にいた弥二郎。上之橋で出会った弥太郎。顔はそっくりでも性質は違うだろう。考えることも別だ。姿かたちは似ていても別の人間だ。

弥二郎は荒い息を吐いている。

「悪いが、この刻み、試してくれねえかな」

神人は身を乗り出し、懐紙に挟んできた刻み煙草を取り出した。弥二郎は、指先を震わせながら、煙管に詰め火をつけた。

口に含んだ瞬間、眼をしばたたいた。

「この刻みは、私が今月末に兄弟刻みとして売るものです。なぜこれが」

弥二郎が訝《いぶか》しげに神人を見上げた。

「三日前、お辰に渡したんじゃねえのか。だが、その刻みは源太郎の塒にあった。だとすりゃ、そいつが嘘をいった。自分も三日前にお辰に会っていることになるからだ。でなきゃ、この刻みが手許にあるはずがねえんだ。だが、おめえさんたちにもなにかある」

「おっしゃっていることがわかりかねます」

弥二郎が神人を上目に見つめる。

庄太が後ろで、へっと間抜けな声を上げた。

神人が振り向くと、橋の上で会った弥太郎の姿があった。

神人は店座敷に座る弥二郎へ向かって、

「おめえが、兄貴の弥太郎だな。たったいま、てめえの口でいったんだよ。この刻みが弥太郎刻みだってな」

ふっと笑みを浮かべた。

お辰は源太郎に殺《あや》められた。

源太郎が持っていた弥太郎刻みは、三日前の昼間に、じつは弥二郎の弥太郎が、近々兄弟刻みとして売る物だといって、お辰に渡したという。

「ああ、もうまさかのまさかですよぉ」

庄太は縁側に座って、頭を抱えた。

「弥太郎さんと弥二郎さんが入れ替わっていたなんて。つまり、おれたちが店で話した弥二郎さんが、ほんとは弥太郎さんで」

仙台堀で出会ったのは、弥太郎ではなく、弟の弥二郎だった。

店でも橋の上でも、名を呼ばれてすぐに応えないのはそういうことだったのだ。

自分の名ではないからだ。

兄弟が入れ替わることを決めたのは、兄の弥太郎に縁談話が来たときだ。

じつは弟の弥二郎とおせんはすでに恋仲だった。

「まさかそんなことになるとは思いも寄りませんでした。おせんは私に会うたびに泣いていましたし、おせんの父は吉田屋の跡継ぎということで大喜びしていましたから」

　誰にもいえず、お辰を訪ねたのだという。双子だったということも、そのとき知らされた。

「お辰さんは口止め料をもらうことも気にしていましたけど、本当を聞かされても別段驚きはしませんでした」

　弥二郎はかすかに笑みを浮かべた。

　兄弟、薄々気づいていたのだという。弥二郎が悪い物を食べて腹を壊すと、弥太郎も腹が痛む。別々に外出をしても、買って来る土産《みやげ》がいつも同じ。

「幸い女子《おなご》の好みは違っていましたけどね」

　弥二郎は笑った。

　そのことを兄弟で話し合い、結局、ふたりは入れ替わることを考えた。弥太郎には煙管師になりたいという夢があった。弥二郎になれば吉田屋を出て行ける。そして、弥二郎は弥太郎になって、おせんと一緒になり吉田屋を継げばいい。

　それを、源太郎は耳にしてしまったのだ。

　さらに産婆の仕事もめっきりなくなっていたのに、お辰がいつも銭を持っているのを源太郎は不思議に思っていたのだという。

　それが双子の口止め料だと知って、源太郎は色めきたった。しかも双子が入れ替わっていることを種に脅して、銭をせしめようとたくらんだ。

だが、それをお辰に知られてしまった。口論となった末に殺めてしまい、仙台堀に捨てた。

「源太郎は妾腹《しょうふく》の弟に生まれた家を追い出されたんだよ」

可愛がってきた腹違いの弟に店屋敷のすべてを取られた。結句、店は潰れ、弟もどこへ行ったか行方知れずだ。

だからってと、庄太が首を振る。

「もちろんだ。吉田屋の兄弟に恨みなんざこれっぽっちもねえ。しいてあげるなら、兄弟の仲の良さをいつも褒めていたお辰にだろうな」

「んじゃ、吉田屋の兄弟仲を裂いてやろうとでも思ったんですかね」

庄太の問いに、神人はそれもあるかもなと頷いた。

「だが、お辰にいわれたそうだよ。妾腹の弟はいつだって、若旦那の兄貴に頭が上がらない。優しくされればされるほど、ひがんじまうし、惨めに感じる。可愛がっていたんじゃない。可哀想だと見下す心があったんだろうってな」

「ああ、偉ぶりやがってって思っちまったんでしょうねぇ。弟のほうは」

「だからこそ源太郎は、弟に裏切られたのが悔しくてたまらなかったんだろうよ」

お辰に指摘され、カッとなった源太郎は、つい強い力でお辰を突き飛ばした。お辰は土間に転げ落ち、頭を打ち付けた。

殺めるつもりはなかったのだと、源太郎は絞るような声でいっていたという。

「なんか哀しいですね。源太郎って人も」

「きっとな、お辰に惚《ほ》れていたんだよ。爺と婆でひっそり暮らしたいってな。けどな、人から奪った銭金で楽しく暮らせるはずはねえや。どこかで間違ったんだ。いや」

間違っても人を殺めちゃならねえ、と神人は遣り切れない思いにかられ、庭へ下りた。くまが飛んできて足下にまとわりつく。

「それにしても吉田屋の双子には驚かされたな」

父親の文左衛門も母親のお梅もただただ唖然としていた。

「煙草屋だけに煙に巻かれたって感じですかね」

「違えねえや」

庄太は深く頷きながら、いまは元の名に戻った弥二郎と、おせんが持参した丹波屋の羊羹《ようかん》をうまそうに頬張った。

結局、弥二郎はおせんと祝言を挙げることになり、弥太郎は望みどおり、煙管師の元へ奉公に入った。名物兄弟はひとりになったが、それでも煙草の味で変わらず繁盛している。

奥の部屋から多代とお勢の笑い声が聞こえて来る。

まだまだ発疹は盛りだったが、多代はお勢のおかげで退屈せずに過ごしている。

「なんだか賑《にぎ》やかでいいですねぇ」

庄太が湯飲みを手にほうと息を吐く。

神人はくまを地面に転がしながら、撫で回している。

「もうこのまんまお勢さんに居てもらったらどうですか。多代さんのためにもよさそうです。きっと、なるようになるんじゃねえですか」

ふんと神人は鼻で笑った。

「おれのお株を奪いやがって」

神人は青く高い空を見上げ、それもいいかもしれねえなと、こっそり呟いた。

解説

細谷正充
（文芸評論家）

梶よう子の時代小説シリーズを愛する読者にとって、今年（二〇二三）は、驚きと喜びの年となった。なぜなら一冊で完結したと思っていた作品や、完結したと思っていたシリーズの続刊が出版されたからだ。もちろん、彰義隊を題材にした『雨露』のような、優れた歴史小説も上梓されているが、作者のファンならば、時代小説シリーズのヴィンテージ・イヤーだと思ったことだろう。

もう少し、具体的に述べたい。二〇一四年に刊行された、『ことり屋おけい探鳥双紙』は、鳥専門のペットショップを営みながら、失踪した夫を待つ、おけいを主人公にした連作集だった。本の帯に「新・時代小説シリーズ」と書かれていたが、続刊の音沙汰もなく、一冊で完結だと思っていた。ところが今年の五月、第二弾となる『焼け野の雉』を上梓。やっと本当のシリーズとなった。ちなみにこの作品で、おけいは夫と離婚している。

次に、今年の八月に、「摺師安次郎人情暦」シリーズの第三弾となる『こぼれ桜摺師安次郎人情暦』を刊行。五年ぶりのシリーズ新刊だが、いつものテイストを堪能できた。さらに十月に、『江戸の空、水面の風　みとや・お瑛仕入帖』が刊行された。二〇一四年から一八年にかけて三冊が刊行された「みとや・お瑛仕入帖」シリーズの第四弾である。第三弾『はしからはしまで　みとや・お瑛仕入帖』の内容から、これで完結だと思っていただけに、第四弾の刊行に仰天した。しかも、ヒロインのお瑛が結婚し、子供までいるではないか。従来の設定を発展させた、セカンド・シーズンの開幕となっているのである。

そして今年の十二月に、『商い同心　人情そろばん御用帖』が刊行された。二〇一三年に刊行された『宝の山　商い同心お調べ帖』（文庫化に際して『商い同心　千客万来事件帖』と改題）の、なんと十年ぶりとなるシリーズ第二弾である。それに併せて文庫が、新装版として復刊されることになった。こういう出版社の心遣いは大歓迎である。

本書には、「月刊ジェイ・ノベル」二〇一一年五月から一三年五月にかけて断続的に掲載された七作が収録されている。主人公は、北町奉行所諸色調掛同心の澤本神人だ。ちなみに諸色調掛同心とは、市中の品物の値を監視し、また幕府の許可していない出版物が出ていないか調べ、どちらも悪質な場合は奉行所にて訓諭するという役目である。このような役目の同心を主人公にした作品は珍しい。面白いところに目を付けたものだ。

もともとは定町廻りを経て、臨時廻りを務めていた神人。しかし二年前、「お主、顔が濃い」という奉行の鶴の一言で、諸色調掛同心になった。実は神人、彫の深いイケメンであり、変装して市中を見廻る臨時廻りには向いていなかったのだ。花の三廻りから外された神人だが、生来の楽観的な性格で、さして気にしてはいない。また私生活では、身ごもっていたことを知らないまま離縁された妹が、命と引き換えに産み落とした姪の多代を育てている。その多代も、今では七歳だ。澤本家の飯炊きのおふくと共に面倒を見た甲斐があり、利発で可愛らしい少女になった。子育てにかまけていて三十を過ぎた今も独り身だが、これまたあまり気にしていない。イケメンにしてイクメンと書くと恰好よさそうだが、どうにも太平楽な男である。

冒頭の「雪花菜」は、そんな神人のもとに、隠居した父親が廻りの小間物屋から鼈甲を高値で売られたという、商家の主人の訴えが持ち込まれる。小間物屋は若い娘で、父親が誑かされたのではないかというのだ。食いしん坊で算盤の得意な小者の庄太を連れて、さっそく一件を調べ始めた神人だが、隠居が殺され、小間物屋が下手人と目される。しかし、それに疑問を感じた彼は、独自に真相を追うのであった。

この物語には、メインの殺人事件の他に、おからを使った稲荷鮓の屋台の話が挿入されている。無関係に見えた、ふたつのエピソードを結びつけ、急転直下の解決へと導く作者の手腕がお見事。心温まるラストも気持ちよく、連作の幕開けに相応しい内容になっている。

続く「犬走り」では、江戸のリサイクル・ショップである献残屋を題材にしながら、金の魔力に憑かれた男の末路が語られる。最初は冷酷な商売人に見えた、献残屋の描き方も味わい深い。手にした品物に、人の想いを見るのか、それとも金銭の値段を見るのか。登場人物の対照的な価値観に、深く考えさせられる物語だ。澤本家の飼い犬になる〝くま〟を使い、テーマを明確にする小説技法も優れていた。

単行本時の表題作の「宝の山」は、澤本家にも出入りしている、紙屑買いの三吉が、何者かに襲われる。正直者で善良な彼が、なぜ狙われたのか。三吉の職業と直結した、事件の真相が優れている。しかし、それ以上に素晴らしいのが、三吉のキャラクターだ。自分の人生を踏まえた、彼の秘めたる願い。それが明らかになったとき、胸に熱いものがこみ上げた。底抜けの善意の人を、ストレートに活写することができるのは、時代小説ならではの魅力といえよう。

第四話「鶴と亀」は、多代の父親が登場。行方不明になった丹頂鶴が絡んだ一件で、神人に思いもよらぬ助けを求めてくる。ドメスティックな事件の真相が面白く、妹に由来する胸中のしこりが解ける展開も素晴らしい。

第五話「幾世餅」と第六話「富士見酒」は、前後篇というべきか。獣肉を出す〝ももんじ屋〟で起きた毒殺事件と、神人の父親が追っていた贋金事件が絡み合っていく。本書の中でもっとも大きな事件であり、読みごたえは抜群だ。「鶴と亀」でちらりと登場した、ももんじ屋の女主人のお勢と神人が接近するのも、要チェックである。以上の三篇を使い、神人の私生活部分にウエイトをかけたことで、主人公側のキャラクターの造形が、より明確になった。それに従い、神人の魅力が、どんどん際立ってくる。

たとえば神人の口癖に、「なるようにしかならねえ」というものがある。これだけを聞くと無責任なようだが、けしてそんなことはない。

「世の中はな、なるようにしかならねえ。それはてめえが起こしたことが、どんどん転がって行くってことなんだぜ。いいふうにも悪いふうにもな」（「雪花菜」）

「世の中、なるようにしかならねえ。けどな、それは手をこまねいてなにもするなということじゃねえんだ」（「富士見酒」）

という発言を見よ。世の中には、どうにもならないことがあると承知の上で、いかに生きるかということが示されているのだ。だから納得がいかなければ激怒する。

他人の命や人生のために必死になる。神人の楽観主義の裏には、熱い生き方が息づいているのである。だから彼は、こんなにも魅力的なのだ。

そして第七話「煙に巻く」は、ミステリーの定番である某ネタを、巧みに使った好篇だ。殺人事件が起こるものの、ユーモラスな雰囲気があり、楽しく読めるようになっていた。後味よく、シリーズを締めくくってくれたのである。

このように個々のストーリーだけでも面白いのだが、さらに全話を通じて浮上してくる、重要なポイントがある。経済の大切さだ。真っ当な商いを守り、適正価格を維持することが、人々の暮らしを、どれだけ安らかにするのか。昔も今も変わらぬ、経済の在るべき姿を知ることになるのである。現在の日本では、さまざまな形で国民の貧困が露呈するようになったが、根本原因を突き詰めていけば経済ということになろう。だから江戸の諸色調掛同心の活躍から得るものは、大きいのである。

本作の解説が終わったところで、『商い同心 人情そろばん御用帖』についても、少し触れておこう。多代との仲は良好。今では本当の父娘みたいである。しかし、お勢との仲は進展しなかったようだ。このようなちょっとした変化の他に、新たな重要なキャラクターが登場する。先の南町奉行で、現在は小姓組番頭を勤めている跡部良弼だ。元老中の水野忠邦の実弟である。この跡部が、なにかと神人に絡んでくる。それにより前作より、神人と権力の接点が増加している。ゆえに権力者の思惑などを、否応なく知ってしまうのだ。飄々とした態度を取りながら、権力の理不尽を知れば、跡部に対しても一言いわずにはいられない主人公に共鳴してしまうのである。

さらにいえば本書だけでなく、「ことり屋おけい探鳥双紙」「みとや・お瑛仕入帖」のように、時間を空けて再開したシリーズには、新要素を入れている。今までの愛読者を、もっと持て成そうという作者の姿勢の表れだろう。だから新鮮な気持ちで物語を楽しめる。本書を読み終わったなら、ぜひとも『商い同心 人情そろばん御用帖』も手に取ってほしい。そしてシリーズの変化と広がりを、堪能してもらいたいのである。

本書は２０１６年1月に刊行された
『商い同心　千客万来事件帖』（実業之日本社文庫）の新装版です。

実業之日本社文庫　最新刊

倉阪鬼一郎
おもいで料理きく屋　大川あかり
おきくと幸太郎の夫婦が営む料理屋「きく屋」。常連の提案で、大切な人との思い出の味を再現した料理を出すことに。それには思いもよらぬ力があり――。
く4 14

知念実希人
幻影の手術室　天久鷹央の事件カルテ　完全版
手術後のオペ室で医師が死亡した。その容疑者は……鴻ノ池!?　部下の窮地に天久鷹央が動き出す。書き下ろし掌編「鴻ノ池の笑顔」収録の完全版。
ち1 202

知念実希人
密室のパラノイア　天久鷹央の推理カルテ　完全版
誰も入れない密室で起きた「溺死」。病院理事長の息子は、なぜ不可解な死を遂げたのか……？　書き下ろし掌編「小鳥遊先生、さようなら」収録の完全版。
ち1 103

葉月奏太
癒しの湯　純情女将のお慰め
雪景色を眺めながら、吾郎は列車に揺られていた。突然、札幌に転勤になったのだ。10年ぶりに訪れた温泉旅館には、あの純情美人女将が…。大人気温泉官能！
は6 16

南 英男
夜の罠　捜査前線
殺したのは俺じゃない！――元マル暴で警視庁捜査一課警部補の有働力哉が目覚めると、隣には女の全裸死体が。殺人容疑者となった有働に罠を掛けた黒幕は!?
み7 32

睦月影郎
美人母娘の蜜室
大学生の文夫に憧れの先輩と懇ろになるチャンスが来た。期待に胸を膨らませ部屋に向かう途中、彼女がその場に立ちすくむ。そこには二人の美女がいて……。
む2 19

実業之日本社文庫　好評既刊

宇江佐真理
為吉　北町奉行所ものがたり
過ちを一度も犯したことのない人間はおらぬ——与力、同心、岡っ引きとその家族ら、奉行所に集う人間模様。名手が遺した感涙長編。（解説・山口恵以子）
う２３

宇江佐真理
酒田さ行ぐさげ　日本橋人情横丁　新装版
お前ェも酒田に行くべ——日本橋の廻船問屋の番頭・栄助は同じ店で働いていた権助の出世に嫉妬の情が…名手が遺した傑作人情小説集。（解説・島内景二）
う２４

風野真知雄
月の光のために　大奥同心・村雨広の純心　新装版
大奥に渦巻く陰謀を剣豪同心が秘剣で斬る——新井白石の家臣・村雨広は、剣の腕を見込まれ大奥の警護役に。紀州藩主・徳川吉宗の黒い陰謀が襲い掛かる…！
か１10

風野真知雄
消えた将軍　大奥同心・村雨広の純心　新装版
紀州藩主・徳川吉宗の策謀により同じ御三家尾張藩の異形の忍者たちが大奥に忍び込む。命を狙われた将軍・徳川家継を大奥同心は守れるのか…シリーズ第２弾。
か１11

風野真知雄
江戸城仰天　大奥同心・村雨広の純心　新装版
御三家の野望に必殺の一撃——尾張藩に続き水戸藩も忍びを江戸城に潜入させ、城内を大混乱に陥れる。同心と謎の能面忍者の対決の行方は？　シリーズ第３弾。
か１12

実業之日本社文庫　好評既刊

吉田雄亮
俠盗組鬼退治　烈火

俠盗組を率いる旗本・堀田左近の周辺で立て続けに火事が。これは偶然か、それとも…!? 闇にうごめく悪と仕置人たちとの闘いを描く痛快時代活劇!

よ5 2

吉田雄亮
俠盗組鬼退治　天下祭

銭の仇は祭りで討て! 札差が受けた不当な仕置きに山師旗本と人情仕事人が調べに乗り出すが、神田祭が突然の危機に…痛快大江戸サスペンス第三弾。

よ5 3

吉田雄亮
草同心江戸鏡

長屋の浪人にして免許皆伝の優男、裏の顔は!? 浅草は浅草寺に近い蛇骨長屋に住む草同心・秋月半九郎が江戸の悪を斬る! 書下ろし時代人情サスペンス。

よ5 4

吉田雄亮
騙し花　草同心江戸鏡

旗本屋敷に奉公に出て行方がわからなくなった娘たちはどこに消えたのか? 草同心の秋月半九郎が江戸下町の闇に戦いを挑むが……痛快時代人情サスペンス。

よ5 5

吉田雄亮
雷神　草同心江戸鏡

穏やかな空模様の浅草の町になぜか連夜雷鳴が響く。雷門の雷神像が抜けだしたとの騒ぎの裏に黒い陰謀の匂いが……人情熱き草同心が江戸の正義を守る!

よ5 6

実業之日本社文庫 か72

商《あきな》い同心《どうしん》 千客万来事件帖《せんきゃくばんらいじけんちょう》 新装版《しんそうばん》

2023年12月15日 初版第1刷発行

著 者 梶《かじ》よう子《こ》

発行者 岩野裕一
発行所 株式会社実業之日本社
〒107-0062 東京都港区南青山6-6-22 emergence 2
電話 [編集]03(6809)0473 [販売]03(6809)0495
ホームページ https://www.j-n.co.jp/
DTP ラッシュ
印刷所 大日本印刷株式会社
製本所 大日本印刷株式会社

フォーマットデザイン 鈴木正道(Suzuki Design)

ISBN978-4-408-55851-6（第二文芸）